tödliche schuld

DIE GHULBANDE
BUCH VIER

EVA CHASE

Eins

Lily

Zu dritt gelang es uns, Nox zu meinem Auto zu ziehen, und das auch nur mithilfe der Notfalldecke, die ich im Kofferraum von Fred 2.0 aufbewahrte. Nachdem klar war, dass Jett, Kai und ich den massigen Körper des Schädelbrecher-Bosses nicht mehr als ein paar Zentimeter über das verwachsene Sumpfgras bewegen konnten, rannte ich zurück, um die Decke zu holen.

Mit viel Heben und Ziehen wuchteten wir ihn auf die Decke. Kai und Jett zogen sie an den oberen Ecken und kickten Steine aus dem Weg, während ich das hintere Ende festhielt, damit er nicht abrutschte.

Eine Prozession von Fröschen hüpfte zu beiden Seiten neben uns her und quakte wie bei einem Trauermarsch. Mir wurde mit jedem Schritt mulmiger zumute. Ich wollte die kleinen Biester verscheuchen, doch sie waren meinetwegen hier. Ich hatte Glück, dass die Anspannung in meinem Körper nicht den halben See heraufbeschworen hatte, um sich über unseren Köpfen zu ergießen.

Wobei es eigentlich weniger Glück war als vielmehr die Tatsache, dass ich meine übernatürliche Energie in den letzten Stunden fast aufgebraucht hatte. Deshalb brachten wir Nox weg, anstatt zu versuchen, ihm direkt vor Ort zu helfen.

Die Gauntts waren zwar geflohen, was allerdings nicht bedeutete, dass sie nicht ihre Handlanger schicken würden, um ihr begonnenes Werk zu Ende zu bringen.

Sie hatten es *nicht* zu Ende gebracht. Das war zumindest ein kleiner Trost. Nox sah aus, als wäre er tot. Seine Augen waren geschlossen, sein Kiefer schlaff und sein Gesicht wachsbleich, abgesehen von dem dunklen Fleck in der Mitte seiner Stirn, wo Nolan Gauntt ihn getroffen hatte. Hin und wieder hob sich sein Brustkorb mit einem Atemzug. Vorhin hatten wir einen langsamen, aber regelmäßigen Puls gespürt.

Er war am Leben, er war nur nicht wirklich *bei* uns. Und wir hatten keine Ahnung, was genau Nolan mit ihm gemacht hatte. Die Wirkung dieses Mals war eindeutig anders als die, mit denen seine Frau und er – und möglicherweise auch die jüngere Generation der Gauntts – die Erinnerungen ihrer jungen Opfer für ihre kranken Zwecke blockiert hatten.

Es war gut, dass wir nicht mit den Motorrädern der Jungs gekommen waren. Ohne die Decke hätten wir Nox auf keinen Fall transportieren können, und es wäre völlig unmöglich gewesen, ihn auf einem Motorrad nach Hause zu bringen. Ich stellte mir vor, wie wir versuchen würden, seinen schwankenden Körper auf dem Sitz auszubalancieren, wie in einer Slapstick-Komödie. Doch der Gedanke entlockte mir kein Lächeln.

Vielleicht wäre es einfacher gewesen, wenn Ruin hier

gewesen wäre. Er konnte nahezu jeder Situation etwas Positives abgewinnen. Leider war er in unserer Wohnung und erholte sich von der schweren Schussverletzung, die er vor ein paar Stunden erlitten hatte. Ich hatte keine Ahnung, wann er wieder bei Kräften sein würde.

In nur einer Nacht waren zwei meiner Männer außer Gefecht gesetzt worden. Und zwar auf völlig unterschiedliche Weise. Wie lange würde es noch dauern, bis die Gauntts den Rest von uns ins Visier nahmen, besonders jetzt, da wir ihr dunkelstes Geheimnis kannten?

Zumindest hoffte ich, dass sie kein noch dunkleres Geheimnis hatten als das, was wir gerade aufgedeckt hatten. Kinder zu adoptieren, nur um sie später zu ermorden und ihre Körper zu übernehmen, wenn sie alt oder krank wurden, war tiefschwarze Finsternis.

Als wir Fred 2.0 erreichten, kostete es uns einige Anstrengung, um Nox tatsächlich hineinzubekommen. Wir lehnten ihn zuerst gegen das Auto und hievten ihn anschließend über die Seite des Sitzes, um ihn auf den Rücksitz zu bekommen. Sein kräftiger Körper blieb die ganze Zeit über schlaff. Sein Atem stockte nicht und seine Augenlider zuckten kein einziges Mal.

Sobald er drinnen war, hielten wir einen Moment inne und schnappten erschöpft nach Luft.

„Wir kriegen das schon hin." Kais Stimme klang nicht halb so selbstsicher wie sonst.

„Bringen wir ihn nach Hause", sagte Jett unwirsch.

Kai erklärte sich bereit, zu fahren, und fischte die Schlüssel aus Nox' Tasche, wo der Boss sie hineingesteckt hatte, nachdem er hierhergerast war. Da Nox ausgestreckt auf der Rückbank lag, setzte ich mich auf Jetts Schoß auf den Beifahrersitz.

Unter anderen Umständen hätte es eine angenehme,

kuschelige Fahrt werden können. Doch nach allem, was wir gerade durchgemacht hatten, war ich einfach nur froh, dass er seine Scheu vor körperlicher Nähe endlich abgelegt hatte. So konnte ich meinen Kopf an seinen Hals schmiegen und mich in seine warme Umarmung lehnen, während er mich festhielt, ohne zu zögern. Sein vertrauter Geruch mit dem Hauch von Farbe und das gleichmäßige Brummen des Motors wirkten beruhigend auf meine Nerven.

Als ich die Augen schloss, stiegen die Bilder des bizarren Wasserrituals, dem wir beigewohnt hatten, aus den Tiefen meines Geistes auf. Wie ein Körper, der an die Oberfläche kam. Das schien ein passender Vergleich zu sein, denn tatsächlich hatten wir zwei Körper im Sumpf verschwinden sehen. Nur einer war wieder aufgetaucht.

Sowohl Nolan Senior als auch sein zehnjähriger Enkel Nolan Junior waren ins Wasser gegangen. Theoretisch war der Junge wieder herausgekommen. Seine Aussagen danach hatten allerdings keinen Zweifel daran gelassen, dass der Alte von dem Körper des Jüngeren Besitz ergriffen hatte.

So wie Nolan über das Ritual gesprochen und seinem Ärger darüber Luft gemacht hatte, dass die Übertragung „zu früh" durchgeführt werden musste, nahm ich an, dass es noch weitere Konsequenzen gab. Wir hatten ihn in Zugzwang gebracht, als ich sein Blut mit meiner Wasser-Magie manipuliert und sein Herz beschädigt hatte, doch sie waren bereits vorbereitet gewesen. Sie hatten *schon einmal* ein Ritual durchgeführt.

„Das war nicht das erste Mal, dass sie eine Seele auf diese Weise übertragen haben", sagte ich abrupt. Ich öffnete die Augen und blickte in die Dunkelheit jenseits der Windschutzscheibe.

Kai nickte. „Definitiv nicht. Es schien, als waren sie mit dem Verfahren vertraut und sich des Ergebnisses sicher."

Die Übelkeit, die kurzzeitig nachgelassen hatte, stieg

erneut in mir auf. „Wie oft haben sie das wohl schon getan?" Wie viele neue Körper hatten die Gauntts schon übernommen?

Er zuckte mit den Schultern. „Schwer zu sagen. Mindestens ein paar Mal, würde ich schätzen. Ich werde versuchen, mehr über die Geschichte der Familie herauszufinden, wenn ich am Montag wieder bei der Arbeit bin."

Richtig. Er musste in die Höhle der Löwen zurückkehren. Sein Job bei Thrivewell Enterprises, dem riesigen Unternehmen der Gauntts, schien jetzt eher eine Belastung als ein Vorteil zu sein.

„Wie sollst du wieder zur Arbeit gehen?", fragte ich. „Sie haben dich heute Abend gesehen."

„Sie haben mich heute zum ersten Mal gesehen. Sie kommen nicht oft in die unteren Etagen. Das Einzige, was sie über ihren neuen Mitarbeiter wissen könnten, ist mein Name, und den haben wir ihnen im Sumpf nicht verraten. Selbst wenn einer von ihnen mir zufällig im Büro über den Weg läuft, bezweifle ich, dass sie mich mit einem Gesicht in Verbindung bringen würden, das sie nur in der Dunkelheit gesehen haben. Schließlich waren sie auch emotional aufgewühlt."

Ich sah ihn stirnrunzelnd an. „Dessen kannst du dir nicht sicher sein."

„Ich bin mir sicher genug, um anzunehmen, dass es dumm wäre, meine Position dort nicht auszunutzen, solange ich noch kann", erklärte Kai sachlich.

Jett strich mit seiner Hand über meinen Arm, bevor er ihn sanft drückte. „Wir müssen irgendwie an sie herankommen. Sie werden es jetzt noch mehr auf uns abgesehen haben. Und das Mädchen …"

Ich legte meinen Kopf schief und sah zu ihm auf. „Das Mädchen? *Oh.*"

Nolan und Marie Senior hatten zwei Enkelkinder: den Sohn, dessen Körper Nolan übernommen hatte, und die etwas jüngere Tochter …

„Sie ist für Marie bestimmt", sagte Jett in dem Moment, als ich zu derselben Schlussfolgerung gelangte.

Kai schnalzte mit der Zunge. „Ich denke, das versteht sich von selbst. Bestimmt haben sie die beiden Kinder vor allem zu dem Zweck adoptiert, um jüngere Körper für die ältere Generation zu haben, sobald sie gebrechlich werden. Das ist eine gute Strategie … Zumindest aus der Perspektive eines totalen Soziopathen, den nichts außer seinem eigenen Leben interessiert."

Meine anderen Jungs und er waren auf ähnliche Weise ins Leben zurückgekehrt. Allerdings hatten sie die Körper von vier rachsüchtigen Arschlöchern an meinem College gestohlen und nicht von Kindern. Und sie hatten es nicht ausschließlich für sich selbst getan, sondern um mich zu schützen. Was wohl bedeutete, dass sie nur soziopathische Anteile hatten?

Auf jeden Fall war es moralisch eher vertretbar, keine Kinder zu ermorden.

„Wir wussten bereits, dass die Gauntts gestörte Psychos sind", murmelte ich. Sie scherten sich einen Dreck um *unser* Leben, das meiner Schwester oder das der Kinder, die sie im Laufe der Jahre missbraucht hatten.

Wir wussten immer noch nicht, warum sie sich überhaupt an einem dieser Kinder vergriffen hatten. Den Beschreibungen der Opfer zufolge hörte es sich an, als ginge es um mehr als perverse Befriedigung. Sie hatten berichtet, dass sie gespürt hatten, wie eine seltsame Energie durch sie hindurchfloss – oder aus ihnen heraus. Nährten die Gauntts auf diese Weise ihre schreckliche Magie?

Ich drückte meine Hand an die Stirn, was mir jedoch nicht half, meine Gedanken zu sortieren.

„Ein paar Dinge sind heute Abend auch gut gelaufen", betonte Jett. Die optimistische Sichtweise war so unnatürlich für ihn, dass seine Stimme steif klang. Er tat sein Bestes, um Ruin zu ersetzen, vermutlich hauptsächlich mir zuliebe. „Wir haben einen Haufen Skeleton-Corps-Arschlöcher abgeschlachtet, einschließlich *unserer Mörder*. Das bedeutet auch weniger Fußsoldaten auf der Gehaltsliste der Gauntts. Und auch den Gauntts selbst haben wir einen Dämpfer versetzt."

Kai brummte vor sich hin. „Ja, Nolan kann nicht die gleiche Autorität ausüben, solange er im Körper eines Kindes steckt. Die Familie wird Schwierigkeiten haben, ihn überhaupt ins Büro zu bringen. Er ist zu jung, um als Praktikant durchzugehen, und wäre theoretisch schulpflichtig."

„Deshalb war er auch so sauer wegen des Zeitpunkts", bemerkte ich. Es fiel mir schwer, ein Gefühl des Triumphs zu empfinden, wenn dieser Sieg den Tod eines Kindes zur Folge hatte. Eigentlich hatte ich mehr Kinder vor den Gauntts *schützen* wollen. Stattdessen hatte mein Handeln dazu geführt, dass eines sein Leben komplett verloren hatte.

Ein besonders entschlossener Frosch war offenbar vorhin ins Auto gehüpft und sprang in diesem Moment auf mein Knie. Vorsichtig strich ich über seinen glatten Rücken und fragte mich, ob es nicht sicherer gewesen wäre, wenn er auch im Sumpf geblieben wäre.

Als wir mein Wohnhaus in Mayfield erreichten, sah ich zu meiner Erleichterung, dass die Rekruten der Schädelbrecher immer noch in den Schatten neben dem Eingang Wache standen. Es hatte in der Zwischenzeit also keinen Angriff auf das Haus gegeben. Das ergab Sinn, nachdem wir dem Skeleton Corps heute Abend einen schweren Schlag versetzt hatten.

Wahrscheinlich leckten sie noch ihre Wunden. Heute

Abend war klar geworden, dass die Gauntts die Bande jahrzehntelang mit Gefallen dafür bezahlt hatten, dass sie einen Teil ihrer Drecksarbeit erledigten. Vielleicht würde das Corps jetzt die Zusammenarbeit mit der Familie überdenken.

Träumen durfte man schließlich.

Nachdem Kai Fred 2.0 geparkt hatte, stellten wir fest, dass wir nun das Problem hatten, Nox' beachtliche Statur in den zweiten Stock zu bringen. Da es seiner Gesundheit nicht zuträglich zu sein schien, ihn auf der Decke über die Stufen zu ziehen, riefen wir ein paar der Rekruten herbei, die vor dem Gebäude postiert gewesen waren. Zu fünft schafften wir es, den Boss schnaufend die Treppe hinaufzutragen, wobei wir die Decke wie eine behelfsmäßige Trage hielten.

Als wir Nox in die Wohnung trugen, richtete sich Ruin auf dem Sofa ein wenig auf. „Leg dich wieder hin!", zischte ich. Das Letzte, was ich brauchte, war, ihn wieder an der Schwelle des Todes zu sehen.

Er legte sich wieder hin, reckte aber den Hals. „Was ist mit Nox passiert?", fragte er besorgt. Vermutlich war nicht einmal er in der Lage, diese Situation positiv zu betrachten.

Er sprach genauso leise wie ich und die Schlafzimmertür meiner Schwester war geschlossen. Ich hoffte, dass Marisol endlich etwas Schlaf gefunden hatte.

„Die Gauntts sind passiert", antwortete Jett düster.

„Ich werde dir gleich alles erzählen", fügte Kai hinzu. „Es war eine wilde Nacht."

Wir legten Nox auf den Boden zwischen dem Esstisch und der Couch. Sein Brustkorb hob und senkte sich und bestätigte, dass sein Körper noch immer die grundlegenden Lebensfunktionen erfüllte. Ein kleiner Trost.

Als die Rekruten wieder nach draußen stapften, kniete ich mich neben Nox' Kopf. „Ich werde versuchen, herauszufinden, mit welchem Zauber Nolan ihn belegt hat und ob ich ihn brechen kann, so wie die anderen Male."

Kai legte den Kopf schief, schob sich die Brille auf die Nase und begann, Ruin zu erzählen, was geschehen war. Jett nahm sich eine Cola aus dem Kühlschrank und leerte sie in einem Zug.

Ich strich Nox' schwarzes Haar mit den roten Spitzen beiseite, das ihm in die Stirn gefallen war, und konzentrierte mich, wobei ich Ruins erschrockene Ausrufe der Bestürzung über Kais Geschichte ausblendete. Das Summen meiner Kräfte hallte durch meine Brust und meine Glieder. Ich legte meine Finger auf das Mal und schloss die Augen.

Tatsächlich spürte ich eine Barriere in Nox' Kopf, die sich nicht sonderlich von der unterschied, die meine und die Erinnerungen der anderen Opfer an die Manipulationen der Gauntts blockiert hatte. Diese war jedoch größer und … irgendwie schwerer, als wäre Nox' Gehirn in einer Kugel aus dickem Glas eingeschlossen. Mir lief ein Schauer über den Rücken.

Was würde wohl passieren, wenn ich *diesen* Bann brach? Das Brechen der anderen hatte keine negativen Auswirkungen gehabt, außer dem Trauma, das mit den wiedergewonnenen Erinnerungen einherging. Nach kurzem Überlegen beschloss ich, es zumindest zu versuchen. Nox' Zustand konnte schließlich nicht mehr recht viel schlimmer werden.

Ich trommelte mit den Fingern meiner anderen Hand auf die Holzdielen und weckte mehr von der Energie in mir, die ich während der relativ kurzen Zeit unserer Heimfahrt gesammelt hatte. Ich stellte mir vor, wie sie sich zu einem Eispickel verdichtete, und schleuderte die übernatürliche Kraft gegen die Mauer um Nox' Geist.

Sie prallte ab und die summende Energie in mir zitterte. Meine Nerven flatterten. Ich atmete tief ein und versuchte es erneut.

Immer wieder schleuderte ich meine Magie gegen Nolans

Bann, bis mir der Schweiß den Rücken hinunterlief und mein Kopf zu schmerzen begann. Dann lehnte ich mich auf meinen Fersen zurück. Ich hatte nicht den Eindruck, dass die Barriere beeinträchtigt wurde. Nicht der geringste Riss bildete sich darin. War ich noch zu geschwächt, oder war dieser Zauber mächtiger?

Ich rieb mir die Stirn und bemerkte, dass Kai und Jett neben mir standen. Mit einem flauen Gefühl im Bauch sah ich zu ihnen auf.

„Der Bann hat sich um seinen ganzen Verstand gelegt", erklärte ich. „Ich kann ihn nicht durchdringen. Vielleicht schaffe ich es morgen, wenn ich mich ausgeruht habe."

Jett fuhr sich mit der Hand durch sein zerzaustes lila Haar und fluchte leise. Kai beugte sich über Nox und betrachtete seinen schlaffen Körper. Sein Mund verzog sich grimmig.

„Nolan wusste, was er tat", sagte er. „Wenn er diesen Körper getötet hätte, wäre Nox' Geist mit großer Wahrscheinlichkeit freigesetzt worden und hätte von einem anderen Körper Besitz ergreifen können. Das hier ist schlimmer als der Tod. Er ist gefangen."

„Könnten *wir* ihn umbringen?", schlug Ruin vor. Sein hoffnungsvoller Tonfall war seltsam, wenn man bedachte, dass er vorschlug, seinen besten Freund zu ermorden.

Ich schlang die Arme um meinen Körper. „Wir wissen nicht sicher, ob er in der Lage wäre, von jemand anderem Besitz zu ergreifen, so wie beim letzten Mal."

„Außerdem wissen wir nicht, ob der Tod seinen Geist in diesem Zustand befreien würde", fügte Kai hinzu. „Möglicherweise ist sein Geist durch den Zauber versiegelt, egal was mit dem Körper passiert."

Und ich dachte, die Aussichten könnten nicht noch schlechter werden. Ich schluckte schwer. „In Ordnung. Dann müssen wir zwei Dinge in Angriff nehmen. Erstens, einen

Weg finden, den Zauber zu brechen. Und zweitens, die Gauntts für immer vernichten, damit sie so etwas nie wieder tun können."

Zu schade, dass die Verwirklichung dieser beiden Ziele nicht annähernd so einfach sein würde, wie sie zu formulieren.

Kai

Hinter meiner gelassenen, freundlichen Fassade, mit der ich das Thrivewell-Gebäude betrat, achtete ich genau auf die Reaktionen der Angestellten, an denen ich vorbeikam. Selbst Menschen, die sich nicht in die Karten schauen ließen, konnten ihre Emotionen nicht ganz verbergen, und ich bezweifelte stark, dass die Gauntts ihre gesamte Firmenzentrale mit Oscar-gekrönten Schauspielern besetzt hatten.

Nichts, was ich sah, löste auch nur einen Hauch der Besorgnis bei mir aus. Einige schlenderten an mir vorbei, ohne mich eines Blickes zu würdigen, andere nickten mir kurz zu oder lächelten mich an. Die einzigen Angestellten, die angespannt wirkten, waren diejenigen, die bereits eilig herumliefen, als ich vorbeiging. Sie schienen meine Existenz nicht einmal zu bemerken, weil sie so in ihre eigenen Angelegenheiten vertieft waren.

Allem Anschein nach war nach unserer Auseinandersetzung mit den Gauntts gestern Abend kein Kopfgeld auf mich ausgesetzt worden. Wahrscheinlich war diese psychopathische Familie zu sehr damit beschäftigt, eine Lösung für die Tatsache zu finden, dass die eine Hälfte der Führungsriege ihres Unternehmens jetzt im Grundschulalter zu sein schien, um über meuternde Haie in ihrem Arbeitspool zu spekulieren.

Als ich an meinem Schreibtisch ankam, war ich von höchster Alarmbereitschaft in gemäßigte Vorsicht übergegangen. Natürlich würde ich auch weiterhin aufmerksam auf Anzeichen von Misstrauen oder Besorgnis achten, doch ich hatte hier andere Ziele zu erfüllen.

Mike Philmore, der neben mir saß, hatte eine gewisse Sympathie für mich entwickelt, seit ich seine Schwärmerei für Miss Townsend, die Sekretärin der höheren Verwaltungsangestellten, unterstützt hatte. Es schien mir also sinnvoll, mit ihm anzufangen. Nachdem ich eine Weile auf meiner Tastatur herumgetippt hatte, um pflichtbewusst und beschäftigt zu wirken, schlenderte ich zum Pausenraum hinüber, als er sich gerade einen Kaffee holte.

„Mike", sagte ich freundlich und hob die leere Tasse, die ich mir geschnappt hatte, in seine Richtung.

„Zach", antwortete er mit einem Nicken und grinste mich an. Ich hatte der Firma den Namen des Vorbesitzers meines Körpers gegeben, da dieser praktischerweise auf meinem Ausweis stand. Es war nicht schwer gewesen, das Geburtsdatum ein wenig zu fälschen, damit mein Alter meiner erfundenen Berufserfahrung entsprach.

Während ich meine eigene Tasse füllte, behielt ich meinen freundlichen Plauderton bei, als wollte ich mich nur ein wenig unterhalten, wobei ich versuchte, etwas vertrauensvoller zu klingen als bei einem durchschnittlichen Kollegen. Die Leute mochten es, wenn man ihnen vertraute. Es löste das Bedürfnis in ihnen aus, zu beweisen, dass sie es verdient hatten. „Du bist schon eine ganze Weile bei Thrivewell, oder?“

Mike legte den Kopf schief. „Ja, kann man so sagen. Bald fünf Jahre. Angefangen habe ich sechs Stockwerke tiefer. Mal sehen, ob ich es jemals über diese Etage hinausschaffe.“ Er stieß ein selbstironisches Kichern aus, mit dem er wohl verbergen wollte, dass er tatsächlich hoffte, irgendwann in die obersten Ränge aufzusteigen.

Ich gluckste solidarisch. „Du hast noch viele Jahre, in denen du das schaffen kannst. Und wenn es das Unternehmen schon so lange gibt, wird es wohl auch in Zukunft existieren. Es wurde vor über einem Jahrhundert gegründet! Ziemlich beeindruckend. Weißt du etwas Interessantes über die Geschichte? Kaum vorstellbar, was nötig ist, um ein Unternehmen so lange am Laufen zu halten.“

Mike brummte vor sich hin. „Ich weiß, dass es eine große Feier zum hundertjährigen Jubiläum gab, aber das war etwas vor meiner Zeit. Ich habe den Eindruck, dass ein Großteil des Erfolges darauf zurückzuführen ist, dass es ein Familienunternehmen ist. Soweit ich weiß, war es von Anfang an im Besitz der Familie Gauntt.“

„Ein Glück für jeden, der in die Familie hineingeboren wird. Ich frage mich, was die nächste Generation auf Lager hat.“

„Ja.“ Mikes Stirn legte sich kurz in Falten. „Ich bin mir nicht einmal sicher, ob es schon eine nächste Generation gibt. Die Bosse hätten ohnehin nicht viel von ihrer Familie, wenn sie den ganzen Tag im Büro sind.“

In diesem Moment winkte ihn ein Kollege zu sich, aber das war in Ordnung. Es hatte sich nicht so angehört, als wüsste der Typ viel über die persönliche Geschichte der Gauntts.

Natürlich stellten sie die Kinder nicht im Büro zur Schau. Wenn der Plan war, dass Marie Senior irgendwann den Körper ihrer Enkelin übernahm, wollten sie wahrscheinlich, dass so wenig Leute wie möglich darüber nachdachten, dass sie und ihr zukünftiger Ehemann einmal Geschwister gewesen waren. Sie waren zwar nicht blutsverwandt, aber es war trotzdem verdammt unheimlich.

Könnten sie in ihren neuen Persönlichkeiten sogar legal heiraten? Vielleicht würden Thomas und Olivia die Adoption eines der beiden rückgängig machen, um dies zu ermöglichen? Oder möglicherweise waren einer oder beide von vornherein nie ganz legal adoptiert worden. Wenn man so viel Geld und so viel Einfluss hatte wie die Gauntts, ließen sich so einige Verfahren umgehen. Einer der beiden könnte als Pflegekind oder Ähnliches eingetragen sein, ohne dass es irgendwelche Folgen hätte.

Nachdem ich einige Minuten über dieses Rätsel nachgegrübelt hatte, beschloss ich, dass ich zu viel Zeit damit verbrachte, mir über die Heiratsaussichten unserer Feinde Gedanken zu machen, und kehrte an meinen Schreibtisch zurück. Wenn es nach uns ginge, würden sie lange tot sein, bevor sie sich mit einer erneuten Heirat beschäftigen mussten.

Im Laufe des Vormittags plauderte ich noch mit ein paar anderen Mitarbeitern, aber keiner von ihnen war hilfreicher als Mike Philmore. In den letzten Jahren schien kein Klatsch und Tratsch über die Vergangenheit oder die Abstammung unserer Chefs im Büro die Runde gemacht zu haben. Und niemand konnte mich an jemanden verweisen, der etwas darüber wissen könnte. Nicht einmal Molly aus der Buchhaltung, deren Augen allein bei der Erwähnung eines Dramas zu leuchten begannen.

In meiner Mittagspause schlenderte ich zum Schreibtisch von Miss Townsend, um meine Recherche anders anzugehen. Von allen Kollegen, zu denen ich Zugang hatte, war sie die Person, die am besten über die Firma Bescheid wusste, und ich hatte bereits ein gutes Verhältnis zu ihr aufgebaut. Nach einigen subtilen Komplimenten und der Bekundung meines Interesses, mein Wissen über das Unternehmen zu erweitern, um ihm besser dienen zu können, verwies sie mich auf einen Archivraum im Keller. Ihr zufolge konnte ich dort mehr über die Geschichte von Thrivewell erfahren.

„Danke." Ich schenkte ihr ein Lächeln und machte mich auf den Weg zum Aufzug.

Mein Körper hatte sich immer noch nicht ganz an den Energiebedarf gewöhnt, der mit meinen geisterhaften Kräften einherging, also war es gut, dass ich eine großzügige Auswahl an Snacks in meine Tasche gestopft hatte. Ich verschlang sie, um meinen knurrenden Magen zu beruhigen, während ich verblasste Etiketten studierte und staubige Kisten durchsuchte.

Die staubigsten waren natürlich die ältesten. Nach einer halben Stunde stieß ich auf mehrere Zeitungsausschnitte und Pressemitteilungen aus den 1960er Jahren. Ich setzte mich im Schneidersitz auf den Boden und durchstöberte sie nach einem Hinweis auf die Gauntts.

Und ich wurde tatsächlich fündig. In einem Artikel ging es um eine großzügige Spende der CEOs an eine Tafel. Etwa in der Mitte der Seite fand ich eine Bezugnahme auf „Nolan und Marie Gauntt, ihren Sohn Thomas und dessen Frau Olivia." So, als wäre der Artikel heute geschrieben worden.

Doch der Nolan und die Marie, mit denen *wir* es zu tun hatten, mussten 1964 noch Kinder gewesen sein. Und Thomas und Olivia, die heute in ihren Dreißigern waren, wären damals noch nicht einmal in Planung gewesen. Ein

Gefühl der Beklommenheit stieg in meiner Brust auf. Wie weit reichte das hier zurück?

Schnell suchte ich weiter, denn ich wusste, dass die Zeit drängte. Es würde nicht sofort auffallen, wenn ich nach meiner Pause eine Weile nicht an meinem Schreibtisch war, aber ich wollte keine unnötige Aufmerksamkeit erregen. Das Archiv würde auch morgen noch hier sein. Doch jetzt, da sich das Rätsel direkt vor meinen Augen entfaltete, brannte ich darauf, es bis zum Ende zu verfolgen.

Es gab noch ein paar weitere Verweise auf den Nolan und die Marie der 1960er Jahre in älteren Akten, die bis einige Jahrzehnte davor zurückreichten. Interessanterweise wurden ihr angeblicher Sohn und dessen Frau oder andere frühere Generationen in den alten Artikeln nicht erwähnt. Offenbar waren die Gauntts geschickt darin, die Berichterstattung stets auf nur eine Generation zu lenken, höchstens zwei.

Vermutlich aus strategischen Gründen, denn als ich zu den zunehmend zerfledderten Unterlagen aus den 1930er Jahren gelangte, fand ich einige Hinweise darauf, dass Nolan und Marie die Leitung der Firma übernommen hatten. Und zwar nachdem die Firmengründer – Nolans Eltern Thomas und Olivia – gestorben waren, im Abstand von nur wenigen Monaten.

Von noch früher gab es kaum Unterlagen. Ich zog die letzten Kisten hervor und nieste, als eine dichte Staubwolke aufwirbelte. Doch auch darin befanden sich nur spärliche Hinweise auf die Unternehmensgründung im Jahr 1912 durch Thomas und Olivia Gauntt. Sie waren also die Ersten gewesen. Und seit der allererersten Generation hatte es immer nur Thomase und Olivias, Nolans und Maries gegeben.

Wenn meine Berechnung stimmte, waren es jeweils drei gewesen. Der aktuelle Thomas und die aktuelle Olivia sowie der aktuelle Nolan und die aktuelle Marie Junior waren die dritten Namensträger in der Familie.

Waren der heutige Thomas und die heutige Olivia die Geister der allerersten ihrer Namensträger, die vor über hundert Jahren geboren wurden? Oder hatten sie ursprünglich nur die Namen als Teil einer normalen Familientradition weitergegeben, und der unheimliche übernatürliche Aspekt war erst später ins Spiel gekommen?

In den 1960er Jahren hatte der zweite Thomas Gauntt eine Frau geheiratet, die zufällig genau denselben Namen trug wie seine theoretische Großmutter. Das war definitiv seltsam.

Es wäre wohl zu viel verlangt gewesen, in den Geschäftsarchiven etwas zu finden, das die paranormalen Aspekte im Leben der Gauntts aufdeckte. Aber zumindest hatte ich jetzt mehr Informationen als zuvor.

Ich machte Fotos von allen wichtigen Artikeln und vergewisserte mich, dass die Quellen deutlich erkennbar waren. Anschließend stellte ich die Kisten wieder an ihren Platz zurück. Den Staub konnte ich zwar nicht ersetzen, aber ich fand einen Lappen in der Ecke und wischte damit über mehrere Deckel, damit nicht sofort ersichtlich war, welche Kisten ich durchforstet hatte – falls jemand kurz nach mir herumschnüffelte. Dann machte ich mich auf den Weg zurück zu meinem Schreibtisch im oberen Stockwerk, während mir bereits Ideen durch den Kopf schwirrten, wie wir noch tiefer in die Privatangelegenheiten der Gauntts vordringen könnten.

Wir mussten herausfinden, wie sie ihre spirituellen Kräfte entwickelt hatten und worin genau diese Fähigkeiten bestanden. Zum einen, um einzugrenzen, was mit Nox los sein könnte, und zum anderen, um auf alles vorbereitet zu sein, was sie uns als Nächstes antun könnten. Hatte die ältere Generation schriftliche Aufzeichnungen hinterlassen, für den Fall, dass bei den Übertragungen Erinnerungen verloren gingen? In ihrem Haus hatten wir nichts dergleichen gefunden, doch bei dem Reichtum, den die Gauntts angehäuft hatten, besaßen sie vermutlich mehrere Immobilien.

Ich trat gerade aus dem Aufzug im fünfzehnten Stock, als eine kleine, rundliche Frau eilig auf mich zukam und mich mit strengem Blick musterte.

„Mr. Oberly", sagte sie. „Marie Gauntt möchte mit Ihnen sprechen. Sie sollen sich in ihr Büro im obersten Stockwerk begeben. Miss Townsend wartet bereits, um Ihnen Zugang zum Aufzug zu gewähren."

Sosehr ich auf alle Eventualitäten vorbereitet war, damit hatte ich nicht gerechnet. Mein Herz setzte einen Schlag aus, doch ich hatte genug Selbstbeherrschung, um eine höfliche, gelassene Miene aufzusetzen. „Natürlich. Ich hole nur schnell die Berichte für die Besprechung von meinem Schreibtisch, dann komme ich sofort nach oben. Vielen Dank."

Wie beabsichtigt schien meine unbekümmerte Reaktion die Botenfrau zu beruhigen. Sie rauschte davon, um sich anderen Angelegenheiten zu widmen, und ich schlängelte mich durch die Arbeitsplätze zu meinem Schreibtisch – nur um sofort wieder umzukehren, sobald ich aus ihrem und Miss Townsends Sichtfeld verschwunden war. Ich schlüpfte ins Treppenhaus und eilte zügig, aber nicht panisch die Stufen hinunter.

Wenn man in Panik geriet, machte man dumme Fehler.

Marie Gauntt wollte mich sprechen – jetzt, nachdem ich wochenlang bei Thrivewell gearbeitet hatte, ohne dass sich die oberste Führungsebene für mich interessiert hatte. Und nur zwölf Stunden, nachdem ich Zeuge ihrer fragwürdigen übernatürlichen Praktiken geworden war. Die Wahrscheinlichkeit, dass die Vorladung Zufall war, ging gegen null. Meine Vermutung war, dass jemand eine beiläufige Bemerkung über mein Interesse an der Firmengeschichte gemacht hatte, die zu ihr durchgesickert war, sie meine Akte überprüft und irgendwie die Teile zusammengesetzt hatte.

Vielleicht war ihr aber auch nur aufgefallen, dass Lily und ich uns zur exakt gleichen Zeit hier beworben hatten. Möglicherweise wusste sie nichts und wollte nur ihre Intuition überprüfen. Ich würde ihr lieber nicht die Gelegenheit dazu geben.

Ich hatte meine Zeit bei Thrivewell ohnehin voll ausgeschöpft. Wenn Marie mich davon abhalten wollte, die hier verborgenen Geheimnisse aufzudecken, kam sie zu spät.

In der Lobby schlenderte ich gemächlich in Richtung Ausgang und warf einen Blick durch die großen Fenster. Es dauerte nur wenige Sekunden, bis ich draußen ein paar Gestalten entdeckte, die ich von unseren jüngsten Begegnungen mit dem Skeleton Corps kannte. Zweifellos waren noch weitere Gangmitglieder auf strategischen Positionen platziert, wo ich sie nicht sehen konnte.

Ja, Marie hatte definitiv mitbekommen, dass bei Thrivewell *etwas* faul war. Und sie zog alle Register, um das Problem einzudämmen.

Pech für sie, dass ich ihr diesmal einen Schritt voraus war. Ich drehte eine Runde durch das Erdgeschoss, schlüpfte unbemerkt durch den hinteren Lieferanteneingang und sprang auf die Ladefläche eines Postwagens, während der Zusteller ein großes Paket ins Gebäude trug. Der Wagen brachte mich einige Minuten von Thrivewell weg, und bei der nächsten Lieferung kletterte ich schnell wieder heraus — weit weg von den neugierigen Blicken des Corps.

Wenn sie mich schon bei der Arbeit ins Visier genommen hatten, würden sie uns bald auch in unserem eigenen Revier angreifen. Ich winkte ein Taxi heran und wies den Fahrer an, mich so schnell wie möglich zu Lilys Wohnung zu bringen.

drei

Lily

„Wird er wieder gesund?", fragte Marisol und blickte mit gerunzelter Stirn auf Nox hinab.

Das war eine berechtigte Frage, die ich mir auch schon gestellt hatte, seit der Schädelbrecher-Boss komatös vor sich hinvegetierte. Außerdem sah er bereits halb tot aus. Da er vollkommen bewegungslos war, hatten wir ihm ein provisorisches Bett aus Decken und einem Kissen auf einem Versandwagen gebaut, den einer der Rekruten besorgt hatte.

Mithilfe des Wagens konnten wir Nox' kräftigen Körper bei Bedarf durch die Wohnung bewegen, ohne ihm durch Ziehen und Schieben noch mehr Schaden zuzufügen.

Wir hatten ihn auf die Seite gedreht, die Beine angewinkelt und den Kopf nach unten gebeugt, damit er auf der fahrbaren Plattform Platz hatte. Seine Turnschuhe ragten trotzdem noch über das Ende des Wagens hinaus. Man sollte Bewusstlose doch auf die Seite legen, oder? Oder galt das nur bei Alkoholvergiftungen?

Nun, wir wussten nicht, wie sich Nolans Zauber auf lange Sicht auf Nox auswirken würde. Meiner Meinung nach war in diesem Fall Vorsicht besser als Nachsicht.

„Das wissen wir nicht", gab ich meiner Schwester gegenüber zu, und bei diesen Worten wurde mir noch mulmiger zumute. „Wir tun alles, was wir können, um den Bann zu brechen, aber wir wissen nicht wirklich, was die Gauntts mit ihm gemacht haben."

Marisol rieb sich die Schläfen. „Ich wünschte, ich könnte mich besser daran erinnern, was passiert ist, als sie mich von dir weggerufen haben. Alles ist verschwommen. Ich weiß noch, dass wir Pfannkuchen gegessen haben und ich dann mit dir zu dem Auto auf der Farm gerannt bin, aber alles dazwischen ist bruchstückhaft … Es ist, als würde ich versuchen, die Details eines Traums zu rekonstruieren, den ich vor einem Monat hatte."

Beruhigend drückte ich ihren Arm. „Ist schon gut. Es klingt so, als wärst du sowieso kaum oder gar nicht bei den Gauntts gewesen, sondern nur bei der Gang, die sie bezahlen. Deine Erinnerungen würden vermutlich ohnehin keinen Unterschied machen."

„Ich wünschte einfach, ich könnte ihm helfen. Ich weiß, dass er dir wichtig ist. Und ihm liegt offensichtlich auch etwas an dir. Er war für *mich* da, als ich Hilfe brauchte." Ihre Hand glitt zu der kleinen Pistole, die sie in der Tasche ihres Kapuzenpullis versteckte und immer bei sich trug. Nox hatte sie ihr gegeben und ihr die Grundlagen des Schießens beigebracht, damit sie sich verteidigen konnte, falls es Ärger gab und der Rest von uns nicht da war.

So verrückt es auch klingen mochte, das war das erste Mal gewesen, dass ich wirklich das Gefühl hatte, wir könnten alle eine Familie sein. Eine bizarre und chaotische Familie, ja. Doch das würde ich jederzeit dem vorziehen, was Marisol und ich mit Mom und Wade gehabt hatten.

Ich war mir nicht sicher, ob wir ohne Nox' Kommando über die Schädelbrecher und seinen entschlossenen Beschützerinstinkt dorthin zurückfinden konnten.

„Das würde er sicherlich zu schätzen wissen", sagte ich. „Aber ich möchte nicht, dass du noch mehr in all das hineingezogen wirst – die Kräfte der Gauntts, die Bandenkriege und all den anderen Mist." Ich biss mir auf die Lippe. „Ich wünschte, es gäbe einen sicheren Ort, wo du dich verstecken könntest, bis wir das hier geregelt haben."

Meine Schwester schüttelte vehement den Kopf, bevor ich fortfahren konnte. „Nein. Ich will mich nicht verstecken. Ich wurde gerade erst tagelang gezwungen, mich vor dir zu verstecken. Es muss doch eine Möglichkeit geben, wie ich helfen kann. Ich möchte dabei sein. Ich will mich an diesen Arschlöchern rächen."

Ein leichter Schauer durchlief ihren Körper, doch in ihren Augen loderte eine unerbittliche Entschlossenheit, mit der sie Nox Konkurrenz gemacht hätte. Wir hatten nie darüber gesprochen, inwiefern sie sich an den Missbrauch durch die Gauntts erinnerte. Doch aus den Erzählungen der anderen Opfer wusste ich, dass es nicht angenehm war. Ich würde sie nicht dazu drängen, diese schrecklichen Erinnerungen hervorzuholen, bevor sie bereit dazu war.

Ich konnte ihren Eifer nachvollziehen. Er spiegelte meine eigene Entschlossenheit wider. Den unbändigen Willen, diese wahnsinnigen Dreckskerle zu Fall zu bringen, die mich sieben Jahre in die Klapse geschickt, meine kleine Schwester belästigt und manipuliert, zwei meiner Jungs fast umgebracht und wer wusste, wie viel weiteres Unheil angerichtet hatten. Doch ich wollte sie auch beschützen.

Ich rang kurz mit den Worten, bevor ich ihr antworten

konnte. „Das verstehe ich. Und wenn du etwas beitragen kannst, werde ich dich lassen. Aber überlasse die Führung den Jungs und mir, okay?"

Marisol schürzte die Lippen, nickte aber schließlich. Ich wollte sie gerade fragen, ob ich ihr aus den begrenzten Vorräten in der Küche ein spätes Mittagessen machen sollte, als Kai mit einer ungewohnten, fast greifbaren Dringlichkeit in die Wohnung stürmte.

Er strich sich sein dunkelbraunes Haar aus dem Gesicht, rückte die Brille zurecht und ließ seinen Blick mit seiner typischen analytischen Präzision durch den Raum schweifen. Ich hielt inne und legte eine Hand auf die Schulter meiner Schwester. „Was ist denn los? Ist etwas auf der Arbeit vorgefallen?" Es musste etwas passiert sein, wenn er so früh zu Hause war, oder?

Kai nickte knapp und deutete auf Jett, der aus dem Schlafzimmer der Jungs gekommen war. „Packt eure Sachen. Ich denke, wir sollten von hier verschwinden. Die Gauntts haben gemerkt, dass ich etwas im Schilde führe. Sie hatten Skeleton-Corps-Leute rund um das Thrivewell-Gebäude postiert. Es würde mich überraschen, wenn sie nicht bald hier auftauchen würden – vor allem, da sie wissen, dass mindestens einer von uns außer Gefecht gesetzt ist."

Sein Blick fiel auf Nox, und seine Lippen verzogen sich zu einer schmalen Linie. Dann drehte er sich abrupt um und ging zum Esstisch, um den Laptop zu holen.

Mein Herz schlug schneller. Ich drängte Marisol in ihr Schlafzimmer, wo sie gerade erst begonnen hatte, den Koffer auszupacken, den sie aus unserem Elternhaus mitgebracht hatte. Dann eilte ich in mein eigenes Zimmer, um alles zusammenzupacken, was ich auf keinen Fall zurücklassen wollte. Ich ließ die Tür offen, damit ich mit den anderen sprechen konnte.

„Wo fahren wir hin?", fragte ich.

Ruins schläfrige Stimme ertönte vom Sofa, wo er vor sich hingedöst hatte. „Fahren? Machen wir einen Ausflug?"

„So ähnlich", antwortete Kai grimmig. „Bleib liegen. Ich packe deine Sachen und einen Haufen Snacks, und dann helfen wir dir runter zum Auto. Ich glaube nicht, dass Motorradfahren schon eine gute Idee ist."

Ruin schnaubte leise. „Nur meine Innereien haben schlappgemacht, der Rest von mir ist in Ordnung."

„Dein Äußeres wirkt sich auf dein Inneres aus, weißt du", murmelte Jett, der mit einer Reisetasche über der Schulter aus seinem Zimmer trat. „Wir können nicht ins Clubhaus. Darüber wissen sie auch Bescheid."

„Ja." Kai stieß einen genervten Seufzer aus. „Und Lilys Auto ist nicht groß genug für uns alle, vor allem nicht mit Nox in seinem derzeitigen Zustand. Ich schätze, wir könnten ihn in den Kofferraum quetschen …"

Ich verzog das Gesicht. „Es kommt niemand in den Kofferraum, egal in welchem Bewusstseinszustand. Habt ihr nicht die Autos von den Vorbesitzern eurer Körper?"

„Ich glaube, die stehen alle noch in Lovell Rise, seit wir auf Zweiräder umgestiegen sind." Kai hielt inne und brummte nachdenklich vor sich hin, während er Ruins Medikamente und mehrere Packungen Dörrfleisch aus der Küche holte. „Lily, Marisol und unsere Invaliden können sich ins Auto quetschen. Jett und ich flankieren euch auf unseren Motorrädern. Das könnte ohnehin eine bessere Verteidigungsposition sein, als wenn wir alle in geschlossenen Fahrzeugen sitzen."

„Wir haben immer noch nicht entschieden, wohin wir fahren", betonte ich.

Und dazu kamen wir auch nicht mehr, denn in diesem Moment ertönte ein Schuss direkt unter dem Fenster. Meine Nerven lagen blank.

Jett eilte zum Fenster. „Scheiße", schnauzte er. Mehr musste ich nicht wissen, um den Ernst der Lage zu erkennen.

Ich stopfte den Pullover, den ich in der Hand gehalten hatte, in meinen Rucksack und schwang ihn mir über die Schulter. Marisol stürmte mit einem Koffer aus ihrem Zimmer, und ich eilte ihr entgegen. Mit der freien Hand zog sie ihre Pistole aus der Tasche, ihr Gesicht war blass, ihr Kiefer angespannt.

Schwere Schritte donnerten durch den Flur, und weitere Schüsse hallten durch die Luft. Kai schritt mit seiner Waffe in der einen Hand zur Haustür, während die Finger seiner anderen Hand unruhig zuckten. „Ich helfe, den Weg freizumachen."

Jett packte den Griff von Nox' Wagen, und ich half Ruin vom Sofa hoch. Er legte seinen Arm um meine Schultern und setzte seine Füße vorsichtig, aber sicher auf den Boden. Sein nervöser Blick huschte zwischen Fenster und Tür hin und her, doch er schaffte es trotzdem, zu lächeln, als er seinen Kopf ein wenig näher zu meinem neigte. „Immerhin bekomme ich so eine Extra-Umarmung."

Trotz meines rasenden Pulses konnte ich mir ein Schnauben angesichts seiner Bemerkung nicht verkneifen. Ich drückte ihn so fest an mich, wie ich es wegen seiner noch heilenden Verletzungen wagte. Während wir alle so schnell wie möglich zur Tür stürmten, ohne dabei Leib und Leben zu gefährden, riss Kai sie bereits auf. Seine übernatürliche Energie war so stark, dass bei seinen Bewegungen ein leises Knistern zu hören war.

Die wenigen neuen Rekruten, die das Feuergefecht im Clubhaus überlebt hatten, hielten hier immer noch Wache. Ich sah ein paar von ihnen im Flur, wo sie mit den Typen mit den Totenkopfmasken rangen, die hinter uns her waren. Die Gauntts hatten keine Zeit verschwendet, um ihre Gangster-Schergen auf uns zu hetzen.

Kai stürzte sich sofort ins Getümmel und schlug mit seiner freien Hand gegen den nächstbesten maskierten Kopf. „Schaltet so viele Skeleton-Corps-Leute aus, wie ihr könnt", befahl er, während ein weiteres Knistern paranormaler Energie zu hören war. Dann feuerte er auf den nächsten Maskierten, der auf ihn zustürzte.

Der Kerl, auf den er seinen Zauber gewirkt hatte, wirbelte herum und stach sein Messer direkt in den Bauch eines seiner Kollegen und verschaffte den Rekruten der Schädelbrecher genug Platz, um weitere Schüsse abzufeuern. Der Rest von uns drängte in den Gang.

Weitere Männer des Skeleton Corps stürmten die Treppe hinauf. Die Anspannung in mir schwoll zu einem panischen Pochen an. Wir mussten hier raus, bevor der Flur sich in eine Todesfalle verwandelte.

Da ich immer nur das Blut einer Person mit meiner Magie manipulieren konnte, richtete ich meine Kräfte nicht auf unsere Angreifer, sondern ließ das übernatürliche Summen in mir zurück in meine Wohnung strömen. Auf meinen geistigen Befehl hin erwachten alle Wasserhähne und Leitungen in der Küche und im Bad zum Leben. Mit einer schwungvollen Armbewegung schleuderte ich das sprudelnde Wasser direkt ins Treppenhaus.

Die Wassermassen rauschten in getrennten Strömen an uns vorbei, wie dicke, fließende Schlangen. Ein feiner Sprühnebel benetzte mein Gesicht, als sie vorbeizischten. Genau im richtigen Moment trafen sich die Ströme und prallten mit voller Wucht auf die heranstürmenden Maskenmänner.

So wie es aussah, hatte ich das gesamte Wasser des Gebäudes heraufbeschworen. Die Flutwelle riss alle Angreifer von den Füßen und spülte sie die Treppe hinunter, wobei sie heftig strampelten und mit den Armen fuchtelten. Jett stieß einen leisen, anerkennenden Pfiff aus.

Kai winkte uns vorwärts. „Kommt schon!"

Wir rannten weiter über den inzwischen durchnässten Teppich zum Treppenhaus, während die Rekruten und Kais verzaubertes Opfer vorausstürmten. Neben mir taumelte Ruin die Stufen hinunter, während Jett den holpernden Wagen hinter sich herzog. Nox' Körper zuckte und schwankte leicht, aber er war schwer genug, um nicht abzurutschen. Selbst das Geruckel reichte nicht aus, um ihn aufzuwecken.

Als wir den Treppenabsatz im zweiten Stock erreichten, erwartete uns eine Gruppe triefnasser, stinksaurer Idioten mit erhobenen Waffen. Jett warf einen kurzen Blick auf seinen Boss und murmelte eine Entschuldigung, bevor er dem Wagen einen kräftigen Schubs versetzte.

Als die Skeleton-Corps-Typen den Wagen mit seiner massiven Fracht auf sich zurasen sahen, hielten sie nur einen Moment fassungslos inne. Einige sprangen hastig zur Seite, andere hoben ihre Waffen – doch da krachte der Wagen, verstärkt durch Nox' Gewicht, bereits mitten in ihre Reihe.

So half der bewusstlose Boss der Schädelbrecher dabei, uns den Weg in die Freiheit freizuräumen, ohne es mitzubekommen.

Die Rekruten und Jett feuerten weitere Schüsse ab. Der Mann, den Kai kontrollierte, stach mit seinem Messer auf die Gegner ein. Und schließlich stürmten wir an herumliegenden Leichen vorbei ins Freie.

Das Gebäude war durch den Bandenkrieg schon mehrmals verwüstet worden. Dieses Mal würden wir nicht bleiben, um aufzuräumen. Ich vermutete, dass wir überhaupt nie wieder zurückkehren würden.

Mir wurde schwer ums Herz, aber für Trauer blieb keine Zeit. Jett schob wieder Nox' Wagen, als wir hastig zum Parkplatz hinter dem Gebäude eilten. Dort entdeckten wir weitere Skeleton-Corps-Mitglieder, die aus verschiedenen Richtungen auf uns zukamen.

Die Rekruten und Kais verzaubertes Opfer stürzten vorwärts. Der maskierte Mann schaffte es, ein paar seiner ehemaligen Kameraden niederzustrecken, bevor einer von ihnen erkannte, dass er kein Verbündeter mehr war, und ihm in die Brust schoss. Er prallte gegen Nox' Motorrad, das daraufhin umkippte.

Ruin stieß einen entsetzten Schrei aus. „Sieh dir an, was sie mit deiner Maschine machen!", rief er seinem reglosen Boss zu. „*Das* kannst du doch nicht einfach verschlafen!"

Wenn etwas Lennox Savage aus seinem Koma reißen konnte, dann sicherlich eine Bedrohung für sein Motorrad. Doch Nox' Miene blieb unverändert ausdruckslos.

Ruin feuerte ein paar Schüsse ab und traf einen Skeleton-Corps-Mann. Dann zog ich ihn und Marisol zu Fred 2.0, der zum Glück keinen Schaden genommen hatte. Während ich meine Schwester mit ihrem Koffer auf den Beifahrersitz und Ruin auf die Rückbank verfrachtete, machten die Jungs mit den restlichen Skeleton-Corps-Mitgliedern kurzen Prozess. Natürlich wussten wir nicht, ob nicht schon weitere auf dem Weg waren.

Wir hatten auch einen unserer Rekruten verloren. Von den knapp zwei Dutzend Leuten, die Nox vor ein paar Wochen zu einer Truppe zusammengestellt hatte, waren nur noch drei übrig. Trotz des Schicksals, das ihre Kameraden ereilt hatte, blieben diese wenigen bis zum bitteren Ende bei uns und halfen Kai, Jett und mir, Nox vom Wagen auf die Rückbank zu wuchten. Als die Jungs den Wagen im Kofferraum verstauten und ich um das Auto herumlief, um auf den Fahrersitz zu springen, tätschelte Ruin den Kopf seines Bosses, der auf seinem Schoß lag.

„Wir werden es reparieren", versprach er mit einem Blick auf das umgestürzte Motorrad. „Oder wir besorgen dir ein noch besseres." Er blickte aus dem Fenster zu seiner eigenen Maschine mit den schillernden Neonverzierungen und sah für einen Moment aus wie ein trauriger Welpe, weil er sie ebenfalls zurücklassen musste. Dann trat ich aufs Gas und riss das Lenkrad herum.

Leb wohl, Traum von einem glücklichen Zuhause, dachte ich, als wir losrasten und das Wohnhaus hinter uns ließen. Wenigstens waren wir noch am Leben – und konnten irgendwann neue Träume verwirklichen.

vier

Lily

Ich ließ Kai die Führung übernehmen. Er donnerte auf seinem Motorrad vor Fred 2.0 her und schlängelte sich durch die Straßen der Stadt. Von uns allen hatte er wohl am ehesten eine Ahnung, wohin wir fahren sollten. Ich hatte jedenfalls keinen blassen Schimmer.

Marisol schaute mit großen Augen und angespannten Schultern aus dem Beifahrerfenster. Ihr Gesichtsausdruck war jedoch weit weniger schockiert, als ich es von einer Sechzehnjährigen erwartet hätte, die gerade eine Schießerei miterlebt hatte. Wobei das wohl nicht ihre *erste* gewesen war. Als wir sie vor ein paar Nächten aus den Fängen der Gauntts befreit hatten, waren auch eine Menge Kugeln geflogen.

Es schmerzte mich, dass sie überhaupt jemals eine Schießerei miterleben musste. Warum konnten wir nicht einfach ein normales Leben führen – ohne Kugeln und spritzendes Blut?

Wegen der Gauntts.

Dennoch hatte das Blutvergießen auch einige Dinge mit sich gebracht, die ich nicht missen wollte. Als ich an einer roten Ampel anhielt, warf ich einen Blick über die Schulter auf die Rückbank. „Alles in Ordnung da hinten?"

„Alles bestens", erwiderte Ruin, völlig unbeeindruckt, dass er gerade das Sofa verloren hatte, das in den letzten zwei Tagen sein Zuhause gewesen war. „Ich glaube nicht, dass eine Naht aufgegangen ist."

„Gott sei Dank für kleine Gnaden", murmelte ich.

Ruin lachte leise. „Ich glaube nicht, dass Gott viel damit zu tun hatte. Falls er existiert, würde er meine Berufswahl vermutlich nicht gutheißen."

Gutes Argument.

Ich sagte nichts mehr und konzentrierte mich darauf, Kai zu folgen. Nachdem er die Innenstadt durchquert hatte, fuhr er in ein Industriegebiet mit Fabriken, Lagerhäusern und deutlich weniger Verkehr. Als würde er einem inneren Kompass folgen, bog er schließlich auf eine schmale Straße ab, die hinter eine der Fabriken führte. Dort hielt er auf einem Parkplatz, der – abgesehen von ein paar vom Wind verwehten Müllresten – völlig leer war.

Als Jett hinter uns auftauchte, parkte ich und öffnete meine Tür. „Ich nehme an, das ist nicht unsere neue Unterkunft", sagte ich zu Kai.

„Ich hätte nichts gegen ein paar mehr Wände, sosehr ich die frische Luft genieße", meldete sich Ruin von hinten zu Wort. Eine kühle Brise wehte durch die offene Tür herein.

Kai warf uns einen finsteren Blick zu. „Natürlich nicht. Ich hatte noch keine Zeit, meine Leute zu kontaktieren und herauszufinden, wo wir am sichersten untertauchen könnten. Das hier schien einfach ein guter Ort zu sein, um ungestört zu reden." Er holte tief Luft. „Und wir müssen reden, bevor wir entscheiden, wie tief wir untertauchen."

Bei seinem Tonfall wurde mir flau im Magen. „Was meinst du?“

Er nickte in die Richtung, aus der wir gekommen waren. „Die Lage hat sich zugespitzt. Die Gauntts sind auf dem Kriegspfad und setzen jetzt alle ihre Ressourcen gegen uns ein. Wenn wir bleiben und kämpfen, müssen wir uns auf einen noch schlimmeren Angriff gefasst machen. Oder wir suchen Zuflucht an einem Ort, wo sie uns nichts anhaben können – zumindest lange genug, um uns in Ruhe neu zu formieren und zu erholen.“

„Wenn wir irgendwo sind, wo *sie* uns nichts anhaben können, werden wir ihnen auch nichts anhaben können“, gab ich zu bedenken. „Wir können nicht einfach … Wir müssen herausfinden, wie wir Nox helfen können. Wer weiß, wie lange er in diesem Zustand überleben kann. Und die Kinder – ihre Enkelin – all die anderen Dinge, die sie getan haben … Wir können nicht zulassen, dass sie damit durchkommen.“

„Das sage ich auch nicht“, erwiderte Kai. „Ich wollte nur die Möglichkeiten aufzeigen. Wenn wir hierbleiben, können wir meiner Meinung nach nicht weiter in der Defensive bleiben. Wir müssen zurückschlagen, und zwar so hart wie möglich, sobald wir die Gelegenheit haben. Sonst werden sie so lange auf uns einschlagen, bis wir nicht mehr aufstehen.“

Ich holte scharf Luft und warf einen Blick auf meine Schwester. Gerade noch hatte ich bedauert, dass sie überhaupt mit Bandenkriegen in Berührung gekommen war, und jetzt redeten wir darüber, diesen Krieg selbst anzuheizen.

Doch was blieb uns anderes übrig? Wenn wir flohen, würden wir uns vielleicht etwas Zeit verschaffen, um unsere Wunden zu lecken, doch in der Zwischenzeit könnte Nox sterben. Und wir würden den Gauntts und dem Skeleton Corps die Gelegenheit geben, sich zu erholen.

Marisol begegnete meinem Blick und verschränkte die

Arme vor der Brust. „Ich sage, wir vernichten die Scheißkerle.“

Nun, wenn sie es so ausdrückte …

Ich wandte mich wieder an Kai. „Sie hat recht. Je eher wir sie vernichten, desto besser. Die Frage ist nur: Wie?“ Der Gedanke an den gewaltigen Turm von Thrivewell Enterprises machte mir mehr Angst, als ich zugeben wollte.

Kai schenkte uns ein schiefes Lächeln. „Ich bin mir noch nicht sicher. Wir wissen nach wie vor nicht genau, womit wir es zu tun haben. Aber während ich uns eine neue Bleibe suche, fällt mir zumindest eine Möglichkeit ein, wie du ihre Schwachstellen aufdecken kannst.“

* * *

Das Durchsehen vergilbter Zeitungsartikel auf einem milchigen Bildschirm entsprach nicht ganz meiner Vorstellung von einer Kriegshandlung. Obwohl es durchaus das Risiko einer körperlichen Verletzung mit sich brachte. Ich hatte so lange auf das Display gestarrt, dass ich das Gefühl hatte, meine Augen würden in meinen Augenhöhlen schmelzen.

Ruin sah ebenfalls wenig beeindruckt aus. Er drehte sich auf seinem Hocker neben mir – nicht zu schnell, denn ich hatte ihm bereits einen Todesblick zugeworfen, als er vorhin beinahe heruntergefallen wäre – und kaute einen scharfen Kaugummi, um wach zu bleiben. Zumindest war das seine offizielle Begründung.

Er hatte die Aufgabe, mir Gesellschaft zu leisten, allerdings nur damit wir ihn nicht schutzlos zurücklassen mussten. Marisol hatte es vorgezogen, mit Kai und Nox herumzufahren, um eine Unterkunft für die Nacht zu suchen, und Jett war auf eine Mission verschwunden, über die er sich vorhin flüsternd mit Kai unterhalten hatte. Also waren nur mein strahlender Invaliden-Begleiter und ich im Stadtarchiv.

„Wo kamen die Mädchen her?", fragte Ruin plötzlich, nachdem er offenbar eine Weile über die Informationen nachgegrübelt hatte, auf die wir vor etwa einer Stunde gestoßen waren. Wir hatten Adoptionsunterlagen – oder, im Fall der ersten drei Generationen – Geburtsurkunden für die Männer der Gauntt-Familie gefunden. Es gab jedoch keinerlei Hinweise darauf, dass die Frauen offiziell existiert hatten. Abgesehen von der allerersten Olivia und Marie – aber auch nur als Erwachsene. Die Heiratsurkunden bestätigten, dass in jeder Generation ein Thomas eine Olivia und ein Nolan eine Frau namens Marie geheiratet hatten.

„Geschwister dürfen rechtlich nicht heiraten, selbst wenn sie nicht blutsverwandt sind", erinnerte ich ihn. „Ich schätze, sie konnten nicht beide Kinder offiziell adoptieren, als sie ihre Ehe wieder aufleben lassen wollten, nachdem sie die Verantwortung weitergegeben hatten. Vielleicht dachten sie, es sei einfacher, die Jungen als rechtmäßige Erben einzusetzen, damit der Familienname erhalten bleibt."

„Aber woher kamen die Mädchen? Sie sind doch nicht vom Himmel gefallen."

„Nein, aber ich bin mir sicher, dass es eine Menge Möglichkeiten gib, Adoptionen unter der Hand zu regeln, wenn man das nötige Kleingeld hat."

Vielleicht waren die Gauntts ins Ausland gereist, in ärmere europäische Länder. Vielleicht hatten sie hier in den Staaten alleinerziehende Eltern in Not ausgenutzt. Kai hatte angedeutet, dass sie möglicherweise ein Pflegekind bei sich aufgenommen und behauptet haben könnten, es sei nur vorübergehend. Was auch immer der Fall gewesen war, ich hatte keinen Zweifel daran, dass die Gauntts das Ganze mit derselben Grausamkeit inszeniert hatten, mit der sie auch ihre anderen Taten ausführten.

Ein Frosch hüpfte leise quakend an meinen Füßen vorbei. „Verhalte dich unauffällig, okay?", murmelte ich ihm zu und warf einen schnellen Blick zu der Frau, die für diesen Bereich des Archivs zuständig war. Hin und wieder hob sie den Kopf von ihrem Metalltisch auf der anderen Seite des Raums und kniff misstrauisch die Augen zusammen, als wüsste sie, dass wir etwas im Schilde führten. Es würde mich wirklich interessieren, was für Ärger man mit diesem alten Archiv-Material anrichten könnte.

Als ich meine Aufmerksamkeit wieder auf den Mikrofiche richtete, entdeckte ich Marie Gauntts Namen in einem Artikel aus den 1920er Jahren. Ah ha. Ich vergrößerte den Text auf dem Bildschirm, wodurch er zwar etwas verschwommen, aber nicht unleserlich wurde. Als mein Blick über den Artikel glitt, machte mein Herz einen Sprung.

„Sieh dir das an", zischte ich Ruin zu und bereute meinen Enthusiasmus sofort, als er sich in seinem Stuhl vorbeugte und dabei vermutlich seine frisch zusammengeflickten Organe strapazierte. Ich zog an seinem Stuhl, um ihn zu mir zu rollen, damit er sich nicht strecken musste, und deutete auf den Bildschirm. „Die erste Marie hatte mit Spiritismus zu tun."

Ruin schluckte seinen Kaugummi hinunter, was seinen inneren Organen vermutlich auch nicht guttat, und begann anschließend, an einem Stück würzigen Dörrfleisch zu knabbern. „Sie hat Geister angebetet?"

„Nicht direkt." Ich überflog den Artikel, der nicht allzu viele Erklärungen lieferte, da er voraussetzte, dass die Leser den Kontext kannten. Doch ich erinnerte mich an ein Buch, das ich in meiner reichlichen Freizeit unter psychiatrischer Beobachtung in der St. Elspeth Klinik gelesen hatte. Darin war es um die Spiritismus-Bewegung gegangen. „Damals waren die Leute regelrecht besessen davon, mit den Toten und umherirrenden Geistern zu kommunizieren. Botschaften von ihnen zu empfangen, sich mit höheren Existenzebenen zu verbinden und all so ein Mist. Es scheint, als wäre Marie ganz wild auf dieses Zeug gewesen. Sie hat bei sich zu Hause eine große Gruppen-Séance veranstaltet."

Ruin hob die Augenbrauen. „Dann ist ihnen dabei die Idee gekommen, Geister auf neue Körper zu übertragen, oder? Sie haben herausgefunden, wie sie verhindern können, dass ihre Seelen verschwinden."

„So in der Art, schätze ich." Stirnrunzelnd betrachtete ich den Bildschirm. „Kai hat vermutet, dass sie schon damals mit den Übertragungen angefangen haben. Das hier bestätigt zumindest, dass sie in diese Richtung gedacht haben. Sie haben wohl Praktiken und Techniken gefunden, mit denen sie tatsächlich das Jenseits manipulieren konnten."

Mir lief ein Schauer über den Rücken. Wenn die Gauntts sich schon so lange mit dem Übernatürlichen beschäftigten und die vier Seelen, mit denen wir es zu tun hatten, mehr als ein Jahrhundert Lebenserfahrung angehäuft hatten, wie gut standen dann unsere Chancen, ihnen die Stirn zu bieten? Sie waren im Vorteil, wenn es um Geld, politische Macht und jetzt auch um paranormalen Einfluss ging.

Ich wusste, dass das Leben nicht fair war, doch die Waage hätte ruhig etwas weniger zugunsten dieser Arschlöcher ausschlagen können.

Als ich weiterscrollte, stand die Frau am Schreibtisch abrupt auf. Ich warf einen schnellen Blick nach unten, bereit, meine amphibischen Begleiter zu verteidigen, falls nötig – doch ihr eiskalter Blick war auf Ruin gerichtet.

„*Essen* Sie etwa, während Sie sich die Archive ansehen?", fragte sie. Ihr Tonfall ließ keinen Zweifel daran, dass dieses Vergehen für sie mit ethnischem Völkermord gleichzusetzen war.

Ruin hob ruckartig den Kopf, und sein Gesicht nahm einen Ausdruck schuldbewusster Reue an. Auch wenn er vermutlich nicht besonders überzeugend wirkte, da er immer noch kaute.

Bevor die Aufseherin vor Empörung noch röter anlaufen konnte, entschied ich, dass Ablenkung die bessere Strategie war, als zu versuchen, Ruins Appetit zu zügeln. Immerhin musste er bei Kräften bleiben, wenn seine inneren Organe heilen sollten. Mit einem leichten Anflug von Schuldgefühlen klopfte ich einen leisen Rhythmus auf die Tischplatte und richtete meine übernatürliche Energie auf den Wasserspender in der Ecke neben dem Schreibtisch der Frau.

Der Behälter begann zu gluckern. Ein kleiner Wasserstrahl sprudelte aus dem Hahn, gefolgt von einem lauten Platschen. Die Frau wirbelte mit einem Aufschrei herum und lief hinüber, um etwas zu suchen, mit dem sie die Pfütze aufwischen konnte.

Ruin warf mir ein breites Grinsen zu und stopfte sich das restliche Trockenfleisch in den Mund. Dann setzte er eine Unschuldsmiene auf – für den Fall, dass die Aufseherin noch einmal zu uns herüberschaute. Ich nahm ihm die leere Packung weg und steckte sie in meine Tasche, wo sie sie nicht sehen konnte.

Der Rest dieses Mikrofiche brachte keine interessanten Informationen über die Gauntts ans Licht, ebenso wenig wie die beiden danach. In einer Lokalzeitung, die im letzten Jahrhundert praktisch von der Bildfläche verschwunden war, fand ich zumindest eine beiläufige Erwähnung von Maries „leidenschaftlichem Interesse am Spiritismus". Damit hatten wir eine unabhängige Bestätigung ihrer übersinnlichen Aktivitäten. Leider stand in dem Artikel nicht, was diese Aktivitäten letztendlich bewirkt hatten – aber vielleicht war das auch zu viel verlangt.

Ich schluckte einen Seufzer hinunter und ging zu einem der moderneren Computer. Ruin rollte mit seinem Hocker hinter mir her und wippte im Takt mit dem Quietschen der Räder. „Wonach suchen wir jetzt?", fragte er.

„Ich weiß es nicht", antwortete ich. „Das ist mein letzter Versuch, etwas Nützliches hier zu finden. Wahrscheinlich haben Kai und Jett mehr Erfolg, aber Kai meinte, ich sollte mir sicherheitshalber *alle* möglichen Aufzeichnungen ansehen, die sie hier aufbewahren."

Neben den Geburts- und Adoptionsakten hatte ich auch die Sterbeurkunden überprüft und die spärlichen Informationen darüber notiert, wann jeder der früheren Gauntts verstorben war. Für den Nolan Senior, den ich kennengelernt hatte, gab es bisher keinen Eintrag. Ich fragte mich, wie die Familie mit seinem Tod umgehen würde. Soweit ich wusste, hatten sie seine Leiche den Fischen im Sumpf überlassen. Waren sie später zurückgekehrt, um ihn herauszuziehen? Oder hatten sie einen Arzt auf ihrer Gehaltsliste, der eine Sterbeurkunde ausstellen würde, ohne Fragen zu stellen?

Ich gab den Namen Gauntt in jede Datenbank des Archivs ein. Entweder fand ich nichts oder nur langweilige, geschäftlich aussehende Dokumente, bis ich auf eine Liste mit Grundstücksurkunden stieß.

Die ersten Einträge waren nicht überraschend. Da war die Villa in der Vorstadt, in die wir vor einiger Zeit eingebrochen waren, der imposante Turm des Thrivewell-Hauptsitzes und ein paar Außenstellen in den Nachbarstädten. Ganz am Ende der Liste war jedoch ein Übertragungsvertrag für ein kleines Stück Land nicht weit von Lovell Rise entfernt.

Beim Durchlesen der Details dämmerte mir die Erkenntnis. Ruin bemerkte meinen konzentrierten Blick und neigte seinen Kopf zum Bildschirm. „Hast du etwas gefunden?"

„Ich glaube schon", antwortete ich. „Den Gauntts gehört

etwa ein Hektar Land am See. Der Beschreibung und der Koordinaten zufolge befindet es sich genau an der Landzunge, wo wir sie neulich beobachtet haben. Sie haben es 1937 gekauft, nur einen Monat bevor der erste Thomas starb."

Ich sah zu Ruin hinüber, und meine Brust zog sich zusammen. „Es ging schon immer um den Sumpf."

fünf

Lily

Ich parkte am Ende der Straße, die zur Landzunge der Gauntts führte, und stieg aus. Eine ganze Brigade an Beschützern umringte mich. Alle meine Jungs, die bei Bewusstsein waren, hatten darauf bestanden, mich zum Sumpf zu begleiten, für den Fall, dass sich unsere Feinde dort aufhielten. Auch Nox war mitgekommen, wenn auch eher unfreiwillig. Er lag auf dem Rücksitz von Mr. Grimes' altem Wagen, den die anderen organisiert hatten, nachdem wir aus meiner Wohnung vertrieben worden waren. Er hatte keine Wahl gehabt.

Ich wies Marisol an, im Auto zu bleiben, während ich die Landschaft vor uns absuchte. Die Landzunge selbst konnte ich nicht sehen, da sie hinter mehreren dürren Bäumen verborgen war, und es schienen weder andere Fahrzeuge noch Menschen in der Nähe zu sein. Einige Sekunden lang wägte ich das Risiko ab: Sollte ich meine Schwester hierlassen oder sie mitnehmen? Schließlich winkte ich sie aus dem Wagen.

„Es könnten seltsame Dinge passieren", warnte ich sie. Meine Schwester wusste zwar von meiner übernatürlichen Wasser-Magie, doch sie hatte sie noch nicht oft aus nächster Nähe miterlebt. Das letzte Mal, als ich in den Sumpf gegangen war, hatte ich mich beinahe selbst ertränkt, um genug Macht zu sammeln, um den Bann der Gauntts zu brechen, mit dem sie die Erinnerungen ihrer Opfer blockierten.

Marisol zuckte mit der typischen Lässigkeit eines Teenagers die Schultern. „Damit komme ich klar. Ich will deine Superkräfte sehen." Sie schenkte mir ein verschmitztes Lächeln. „Und falls du einen Weg findest, mir auch welche zu besorgen, dann ziehe ich gerne einen Umhang und eine Strumpfhose an."

Jett schnaubte amüsiert, was selten bei ihm vorkam. Ich konnte nicht widerstehen, meiner Schwester die Haare zu zerzausen. „Ich bin mir nicht sicher, wie das funktioniert, und da ich fast sterben musste, um meine Kräfte zu bekommen, sollten wir wohl besser nicht herumexperimentieren. Aber falls ich mal über einen Zaubertrank stolpere, bringe ich dir eine Portion mit."

Sie stieß ein gespieltes Seufzen aus. „Na gut, damit kann ich leben."

Ich warf einen Blick auf Nox. „Sollte jemand bei ihm bleiben?"

Die anderen Jungs tauschten Blicke aus und schienen eine stille Debatte zu führen. Schließlich stupste Kai, der in Nox' vorübergehender Abwesenheit das Kommando übernommen hatte, Ruin an. „Du solltest sowieso nicht viel herumlaufen. Bleib bei ihm im Auto und schieß auf jeden, der Ärger macht."

Ruin fuchtelte mit seiner Waffe herum. „Das kann ich machen. Aber ihr müsst mir später erzählen, was passiert ist, wenn ihr zurückkommt."

Jett und Kai hielten ihre Waffen griffbereit, während wir zum Wasser hinuntergingen. Auf der anderen Seite der Bäume begegneten wir jedoch keinen Menschen, sondern nur einer kleinen Gruppe von Fröschen, die aus dem Sumpf gehüpft kamen, um uns zu begrüßen. Sie neigten ihre Köpfe vor mir, als würden sie ihrem Herrscher huldigen.

„Das ist wirklich nicht nötig", sagte ich zu ihnen. „Ihr könnt weitermachen, womit auch immer ihr gerade beschäftigt wart." Ich hatte nicht vorgehabt, ihr Froschleben zu stören.

Meine Beteuerungen überzeugten sie nicht. Die Frösche hüpften mir hinterher, während ich die Landzunge entlangging. Ich blieb an der Stelle stehen, wo die Gauntts ihr Ritual abgehalten hatten, und blickte ins Wasser, wobei ich mich darauf gefasst machte, Nolan Seniors Leiche in der Tiefe zu sehen.

Außer trübem Wasser und wuchernden Algen konnte ich allerdings nichts erkennen. War er noch da, verborgen unter dem wirbelnden Schlamm und den Lichtreflexen auf der Oberfläche? Trotz meines Pullovers verursachte die kühle Brise eine Gänsehaut auf meinen Armen.

Die Gauntts hatten diesen Ort vor fast einem Jahrhundert für sich beansprucht – sowohl rechtlich als auch auf übernatürliche Weise. Hatte der Sumpf schon vorher paranormale Energien in sich getragen? Oder hatten die Gauntts ihn als Kanal für Kräfte genutzt, die sie anderswo entwickelt hatten?

Die Frösche konnten es mir nicht sagen, aber vielleicht konnte es das Wasser.

Ich kniete mich ans Ende der Landzunge. Kai, Jett und

Marisol blieben ein Stück zurück. Die Jungs behielten die Umgebung im Blick, während Marisol sich auf mich konzentrierte. Ich blendete sie alle aus und passte meinen Atem dem Flüstern des Windes in den Schilfrohren an.

Diese Strömungen hatten schon so viel gesehen. Und vielleicht war da draußen mehr als nur Wasser. Die Gauntts hatten ihre Geister von einem Körper auf den nächsten übertragen. Dafür mussten die Kinder gestorben sein, denen diese Körper gehört hatten. Hatte eines von ihnen hier verweilt, so wie die Seelen der Schädelbrecher?

Sicherlich gab es eine Menge unerledigter Dinge, die sie in dieser Welt festhalten könnten.

Ich tauchte meine Hände ins Wasser und ließ mein Bewusstsein durch die Strömung gleiten, während ich nach einer Präsenz suchte, mit der ich in Kontakt treten konnte. Algen kitzelten meine Finger. Ein paar Frösche quakten. Die Strömung umspülte meine Hände – und für einen Moment glaubte ich, ein leichtes Ziehen zu spüren.

„Wer ist da?", flüsterte ich. „Sprich mit mir. Zeig dich. Tritt in Kontakt mit mir, wie auch immer es dir möglich ist."

Meine Arme prickelten bis zu meinem Schädel hinauf. Ich ließ mehr von meiner Magie in das Wasser fließen, das sie mir einst verliehen hatte, und wartete darauf, dass der vage Eindruck in meinem Hinterkopf Gestalt annahm.

Die Wasseroberfläche direkt vor mir wölbte sich nach oben. Sie zitterte und streckte sich dem Himmel entgegen, kleinere Ausbuchtungen quollen daraus hervor, wie ein aquatischer Gremlin. Doch allmählich nahmen sie eine klarere, menschenähnliche Form an, bis ein durchscheinendes Gesicht entstand, mit leichten Vertiefungen und Erhebungen dort, wo Augenhöhlen, Nase, Mund und Ohren sein sollten. Arme hingen an den Seiten hinab. Der Größe nach zu urteilen, war es ein Kind – vorausgesetzt diese wässrige Erscheinung war maßstabsgetreu.

Während ich den Wassergeist anstarrte, spürte ich ein weiteres Ziehen. Ich ließ mehr Energie in diese Empfindung fließen, und eine zweite Gestalt erhob sich aus dem Wasser neben der ersten. Dann eine dritte und eine vierte. Sie waren alle ungefähr gleich groß. Ihre Gesichtszüge waren zu verschwommen, um sie eindeutig zu identifizieren, doch es war nicht schwer zu erraten, wer sie sein könnten. Weitere vage Eindrücke zupften an meinen Fingern, als wollten noch mehr Gestalten auftauchen, doch ich war bereits an meiner Grenze angelangt. Es kostete mich all meine Kraft, diese vier aufrechtzuerhalten. Ein Schmerz breitete sich in meiner Wirbelsäule aus.

Hinter mir keuchte Marisol leise. Jett murmelte etwas Unverständliches vor sich hin. Ich wagte es nicht, mich umzudrehen, aus Angst, dass ein Moment der Unaufmerksamkeit die Wesen zerstören könnte, die ich aus dem Wasser heraufbeschworen hatte.

„Ihr seid wegen der Gauntts hier", sagte ich. „Sie haben euch im Sumpf zurückgelassen." Ganz gleich, ob es sich um die Geister früherer Adoptivkinder handelte, deren Körper sie übernommen hatten, oder um Opfer anderer Art – ich war mir sicher, dass diese Aussagen der Wahrheit entsprachen.

Die Gestalten nickten nachdrücklich, aber nicht synchron. Ihre Wasserköpfe bewegten sich in einem ungleichmäßigen, unsteten Rhythmus. Eine von ihnen hob einen Arm, an dessen Ende sich eine unförmige Hand befand, und machte eine Geste, die ich nicht deuten konnte.

„Was?", fragte ich. „Ich verstehe nicht. Könnt ihr mir etwas sagen, das uns hilft, die Gauntts aufzuhalten?"

Diese Frage schien die Gestalten zu neuem Leben zu erwecken. Mehr Energie strömte aus mir heraus und zerrte an meinen Nerven, als würden die Wassergeister sie mir in ihrer Aufregung entziehen. Sie stürzten sich in eine große, wogende Pantomime. Gliedmaßen peitschten in alle Richtungen und ihre Mundhöhlen öffneten und schlossen sich lautlos.

Leider konnte ich mir keinen Reim auf das Ganze machen. Sie sahen aus, als würden sie einen betrunkenen Ausdruckstanz aufführen, der nur im Programmheft der Produktion erklärt wurde, das mir niemand gegeben hatte. Konnten Wesen aus Wasser betrunken sein?

Okay, das war wohl die falsche Frage.

„Äh …", sagte ich, unsicher, wie sie auf konstruktive Kritik an ihrer Ausdrucksweise reagieren würden.

Schließlich stellten sie eine Szene nach, die nicht schwer zu erraten war: Eine der Gestalten stieß eine andere ins Wasser. Es sah genauso aus wie das, was die Gauntts mit Nolan und seinem jüngeren Gegenstück gemacht hatten.

Mir drehte sich der Magen um. „Ja, das wissen wir. Ist das mit euch allen passiert? Haben sie euch ertränkt und dann eure Körper benutzt?"

Wieder nickten alle, diesmal so eifrig, dass ein feiner Sprühnebel von ihren Köpfen spritzte und mein Gesicht benetzte. Es fühlte sich so an, als hätten sie mich angespuckt, auch wenn ich bezweifelte, dass sie es so gemeint hatten. Ich wollte mir die Feuchtigkeit von der Haut wischen, war mir aber nicht sicher, was passieren würde, wenn ich meine Hände aus dem Sumpf nahm.

„Habt ihr ihre anderen Kräfte gesehen?", fragte ich und bereute es sofort, als mir eine weitere ausufernde, betrunkene Pantomime präsentiert wurde. Versuchten sie mir mitzuteilen, dass die Gauntts magischen Eiskunstlauf betrieben? Oder dass sie regelmäßig mit Tigern rangen? Irgendwie bezweifelte ich, dass ich diesen Tanz richtig interpretierte.

Als ihre Bewegungen langsamer wurden, unterbrach ich

sie mit der wichtigsten Frage, die ich bisher noch nicht gestellt hatte, auch wenn meine Hoffnungen mit meiner schwindenden Energie sanken. Ich war mir nicht sicher, wie lange ich sie noch in dieser Form aufrechterhalten konnte.

„Mein Freund", sagte ich. „Also, einer von ihnen. Ich weiß nicht, ob ihr es gesehen habt … Als wir vor ein paar Nächten hier waren, hat Nolan ihm einen Schlag auf die Stirn verpasst und ein Mal darauf hinterlassen. Seitdem ist er bewusstlos und wacht nicht mehr auf. Habt ihr eine Ahnung, wie dieser Bann gebrochen werden kann?"

Ich machte mich auf eine weitere bizarre Tanzvorführung gefasst, doch was ich bekam, war noch schlimmer. Die Wassergestalten schüttelten die Köpfe oder breiteten hilflos die Arme aus. Ein Kloß bildete sich in meinem Hals.

Was könnte ich sie noch fragen? Ich war hierhergekommen, hatte es geschafft, sie aus dem Sumpf zu rufen, und hatte trotzdem nichts Nützliches von ihnen erfahren. Wie konnte ich jetzt einfach aufgeben? Ein paar der Frösche waren neben meinen untergetauchten Fingern ins Wasser gehüpft, aber auch sie verschafften mir keine neuen Erkenntnisse.

Dann ertönte Marisols entschlossene, trotzige Stimme hinter mir. „Ihr müsst meiner Schwester wenigstens *etwas* sagen! Kommt schon. *Wollt* ihr nicht, dass sie euch hilft, diese Arschlöcher fertigzumachen?"

Mein Mund verzog sich zu einer Mischung aus einem Lächeln und einer Grimasse, und meine Brust schwoll an vor Stolz. Vielleicht war Marisol nicht die Höflichkeit in Person, doch ich fand es gut, dass sie nach allem, was sie durchgemacht hatte, genug Selbstbewusstsein hatte, um ihre Meinung zu sagen.

Die durchscheinenden Gestalten schwankten einige Sekunden hin und her. Ich konnte nicht sagen, ob sie unschlüssig waren oder ob sie auf meine nachlassende Kontrolle reagierten. Der Schmerz in meiner Wirbelsäule zog sich inzwischen durch meinen Rücken und entlang meiner Rippen.

Sie sahen so traurig aus, dass ich den Mund öffnete, um ihnen zu sagen, dass es nicht ihre Schuld war, dass wir nicht miteinander kommunizieren konnten. Vielleicht könnten wir ihnen Gebärdensprache beibringen, so wie Forscher es mit Gorillas im Dschungel taten?

Bevor ich etwas sagen konnte, raste die nächste Gestalt durch das Schilf auf mich zu. Ich schloss gerade noch rechtzeitig den Mund, denn einen Moment später sprang die Wassergestalt aus dem Sumpf und ergoss sich in einem Schwall über mir.

Im ersten Moment dachte ich, es wäre ein Angriff, weil die Geister sauer waren, dass ich ihnen nicht nützlicher gewesen war. Doch als das kühle Wasser sich über mich ergoss, mein Haar durchnässte und über meine Kopfhaut floss, schossen mir Bilder durch den Kopf.

Ich sah Nolan und Marie Senior, wie sie dem Kind Befehle zubrüllten, dessen Erinnerungen ich empfing. Ich spürte den Griff von Maries Fingern um „meinen" Arm, und ein Gefühl von panischem Gehorsam durchströmte mich. Dann sah ich, wie ich hastig mein Essen hinunterschlang, während sich die vier erwachsenen Gauntts um mich herum unterhielten, als wäre ich nicht da. Ihre Stimmen waren verzerrt, als würde ich sie durch Wasser hindurch hören. Ich starrte von „meinem" Bett aus an die Decke und konnte nicht einschlafen. Dann sank ich mitten in der Nacht in die kalte Dunkelheit des Sumpfes hinab, während Stimmen über mir sangen.

Kaum waren die Bilder verblasst, warf sich die zweite Gestalt über mich. Noch mehr Wasser ergoss sich über mich, und weitere geisterhafte Erinnerungen strömten durch meinen Geist. Nolan und Marie sahen Jahrzehnte jünger aus, doch sie waren noch immer eindeutig zu erkennen. Ein älterer Mann, den ich nicht kannte – der frühere Thomas? – kicherte leise, während er mit seinem Finger in meine Seite stupste. Ich wurde stundenlang allein in einer Küche gelassen, unfähig, mich zu bewegen. Mich überkam der intensive Drang, mir eines der Messer in die Brust zu stechen. Dann wieder das Eintauchen in das eiskalte, schlammige Sumpfwasser.

Die dritte und vierte Gestalt ergossen sich über mich, und erneut durchzuckten mich Bilder voller Verzweiflung und Qual. Ein Schluchzen staute sich in meiner Brust. Ich wollte durch diese schleierhaften Eindrücke greifen und die Kinder, die dies einst erlebt hatten, umarmen und trösten.

Doch sie waren tot. Zumindest ihre physische Existenz. Was noch übrig war, zerrann mir zwischen den Fingern wie Wasser, das in den schlammigen Boden unter meinen Füßen tropfte.

Gerade als ich dachte, es sei vorbei, schwappte eine tiefere, gewaltigere Empfindung durch mich hindurch. Sie ging von meinen Fingern aus, die immer noch im Wasser waren. Eine kalte, schwere Welle aus Entsetzen und Abscheu raste durch meine Nerven.

Ich keuchte, und meine Hände verkrampften sich. Dann verflog das Gefühl und hinterließ nur meinen durchnässten, ausgekühlten Körper und einen Schmerz, der mir durch alle Glieder fuhr.

Meine Beine zitterten, als ich aufstand, und ich fühlte mich, als hätte ich selbst schon über ein Jahrhundert gelebt. Ich strich mir das nasse Haar aus dem Gesicht und sah zu meiner Schwester und meinen Jungs.

„Die Geister sind nicht glücklich", sagte ich, „und ich glaube, der Sumpf auch nicht. Ihm gefällt ganz und gar nicht, was die Gauntts ihm angetan haben."

„Wem würde das schon gefallen?", murmelte Jett.

Kai musterte mich durch seine Brille. „Was bedeutet das für uns?"

„Ich bin mir nicht sicher", gab ich zu. „Aber ich denke, es bedeutet, dass wir das Wasser auf unserer Seite haben. Wir müssen nur noch herausfinden, was es für uns tun soll."

sechs

Ruin

Die Fenster des mittelalterlichen Restaurants, das wir zu unserem neuen Clubhaus umfunktioniert hatten, bestanden nur noch aus Glasscherben. Ich neigte den Kopf und überlegte, wie ich dieser Situation etwas Positives abgewinnen könnte. Die Schmerzmittel, die ich genommen hatte, halfen dabei, indem sie meine Empfindungen weich und unscharf machten.

„Die Polizei hat nichts angerührt", stellte ich fest. „Kein Absperrband oder Kreideumrisse. Sie haben wohl Angst, sich mit uns anzulegen."

„Oder mit den Gauntts", fügte Kai trocken hinzu und öffnete die Tür, die nur noch halb in den Angeln hing. „Der Typ vom Corps hat uns doch gesagt, dass die Gauntts die Bullen bezahlen, damit sie die Gang nicht belästigen."

Kai war nicht so gut darin, die positiven Seiten zu sehen. Aber das spielte keine Rolle, schließlich war ich darin umso besser, und er war in vielen anderen Dingen brillant. Ich vermutete, dass Nox uns beide deshalb ins Team geholt hatte.

Der Gedanke an Nox weckte Frustrationen in mir, die ich beim besten Willen nicht schönreden konnte. Innerlich verzog ich das Gesicht und trat über die Schwelle in das chaotische Innere des Restaurants. Ich bewegte mich vorsichtig, um meine frisch genähten Wunden nicht zu strapazieren.

Im Inneren des Restaurants herrschte die gleiche herbstliche Kühle wie draußen, da die Wärme durch die zerbrochenen Fenster entwich. In gewisser Weise war es jedoch ordentlicher als bei unserem letzten Besuch.

In einer Hinsicht war der Raum weniger unordentlich als bei unserem letzten Besuch. Blutflecken bedeckten den Boden zwischen den umgestürzten Stühlen und Glasscherben, doch die Leichen waren verschwunden. Und es waren *eine Menge* gewesen.

„Das Skeleton Corps oder vielleicht sogar die Gauntts selbst haben wohl entschieden, dass es besser für sie ist, hier keine Leichen herumliegen zu lassen, wo sie jeder sehen kann“, meinte Kai und beantwortete die Frage, die sich in meinem Kopf gerade erst zu formen begann. Seine unheimliche Fähigkeit, die Gedanken anderer vorherzusehen, hatte selbst vor unserer Wiederauferstehung beinahe an Magie gegrenzt.

„Wer auch immer hier war, scheint ziemlich enthusiastisch gewesen zu sein“, sagte ich und betrachtete die neuen Schäden. Mehrere dekorative Waffen waren von den Wänden gerissen und durch die Gegend geworfen worden. Der Banketttisch neben dem Thron war in der Mitte gespalten, und der Thron selbst hatte eine eingedrückte Sitzfläche und eine halb abgebrochene Rückenlehne. Auf dem Boden und den Wänden prangten das Symbol der gekreuzten Knochen des Skeleton Corps und eine ganze Reihe von Obszönitäten, die gegen uns gerichtet waren.

Ich war froh, dass Lily das nicht sehen musste. Hoffentlich waren sie und die anderen in dem zwangsversteigerten Haus in Sicherheit, in das wir eingebrochen waren, um dort die Nacht zu verbringen.

Ich ging zu den umgestürzten Tischen an der Wand, auf denen einst Platten voller Partyessen angerichtet gewesen waren. Jetzt lagen Häppchen und Dips auf dem Boden verstreut und verströmten einen Geruch, der gerade die Grenze zwischen fettiger Köstlichkeit und saurer Fäulnis überschritt. Ich rümpfte die Nase und senkte den Kopf. Was für eine Verschwendung von leckeren Snacks.

Kai trat hier eine Axt und dort ein Tablett beiseite und das leise Klirren hallte durch den großen Raum. Eigentlich sollten wir überprüfen, ob das Skeleton Corps hier etwas hinterlassen hatte, das uns bei einem Angriff gegen sie nützlich sein könnte, – und sicherstellen, dass *wir* nichts zurückließen, das sie gegen uns verwenden konnten. Doch in dem Chaos fiel mir nichts ins Auge. Ich nahm an, dass wir ein paar Schwerter mitnehmen und sie den Arschlöchern in den Bauch rammen könnten, doch Schusswaffen waren effizienter.

So oder so brauchten wir wohl eine dauerhaftere Lösung als den gewöhnlichen Tod, wenn es um die Gauntts ging. Sie kamen immer wieder, wie in einem Horrorfilm.

„Siehst du etwas?", fragte ich Kai und ging langsam um den Thron herum. Ich erinnerte mich an den Spaß, den ich mit Lily auf diesem Sitz gehabt hatte - mein erstes Mal mit ihr. Ich wollte ihn reparieren, aber ich hatte Angst, dass eine meine inneren Verletzungen aufreißen könnte, wenn ich versuchte, mit den schweren Teilen zu hantieren. Darüber wäre sie nicht glücklich. Das konnte warten, bis meine Organe wieder ein wenig besser zusammengewachsen waren.

Kai atmete aus und schüttelte den Kopf. „Bis jetzt nicht.“ Er verschwand kurz in dem hinteren Raum, der früher als Küche gedient hatte, und kam mit einem finsteren Blick zurück. „Die Waffen und die Munition, die wir hier versteckt hatten, sind weg. Das ist keine Überraschung. Ich kann jederzeit mehr besorgen.“

Ich blickte auf die mit Einschusslöchern übersäten Wände und konnte mir ein Kichern nicht verkneifen. „Mit den ganzen Kugeln, die im Putz stecken, könnten wir eine Menge Pistolen laden.“

Kai verdrehte die Augen und ging zur Vordertür. „Komm schon. Wir sollten uns nicht länger als nötig an einem unserer bekannten Treffpunkte aufhalten.“

Leise vor mich hin summend folgte ich ihm. „Offen gestanden hätte ich nichts dagegen, ein oder zwei Idioten über den Weg zu laufen. Ihnen ein bisschen Angst einzujagen.“ Ich schlug mit der Faust in meine Handfläche, und genau in diesem Moment erschien ein Kerl vor den zerbrochenen Fenstern.

Er verharrte, als er uns sah, und wir hielten ebenfalls inne. Kais Hand schnellte zu seiner Waffe, doch bevor er sie zücken konnte, hob der Typ kapitulierend die Hände.

„Ich will nur mit euch reden“, sagte er. „Ich schwöre, ich bin nicht hier, um zu kämpfen.“

Kai musterte ihn mit zusammengekniffenen Augen. „Ich habe dich schon einmal gesehen. Du gehörst zum Skeleton Corps.“

Der Typ kam mir nicht bekannt vor, allerdings war ich selbst in den besten Zeiten nicht so aufmerksam wie Kai, und die Schmerzmittel machten mein Gedächtnis definitiv träge. Mein Freund hatte offensichtlich recht, denn der Typ nickte.

„Ja, aber ich bin nicht ihretwegen hier, sondern … meinetwegen.“ Als befürchtete er, dass wir ihn bei der kleinsten ruckartigen Bewegung abknallen würden, hob er langsam den Arm und berührte seinen anderen Bizeps. „Ihr habt nach den Gauntts und Malen an unserem Körper gefragt, und dieses Mädchen hat etwas mit einem unserer Bosse gemacht. Sie hat ihn an etwas erinnert, das seine Wut auf sie geweckt hat … Bei mir ist das auch so."

„Du hast auch einen Grund, wütend zu sein?", fragte Kai.

„Ich habe auch ein solches *Mal*", erwiderte der Typ. „Ich kann es euch zeigen. Ich will, dass sie dasselbe bei mir macht, was sie bei ihm getan hat. Ich will wissen, was passiert ist."

Kai und ich tauschten einen Blick aus. Der Typ sah für unsere Verhältnisse ziemlich harmlos aus. Er schien unbewaffnet zu sein und war kleiner und dünner als jeder von uns, geschweige denn wir beide zusammen. Wahrscheinlich hätte ich ihn trotz meiner inneren Verletzungen und ohne meine übernatürlichen Kräfte besiegen können, solange mir ein weiterer Arztbesuch nichts ausmachte.

Und wenn ein Feind freiwillig zu uns kam und um Hilfe bat, musste das doch nützlicher sein als alles andere, was wir hier bisher gefunden hatten, oder?

„Komm rein", sagte Kai vorsichtig. Als der Skeleton-Corps-Typ durch den leeren Fensterrahmen stieg, trat Kai näher an das gegenüberliegende Fenster, um auf die Straße hinabzublicken.

„Ich bin allein gekommen", sagte der Corps-Typ. „Glaubt mir, ich *will* nicht, dass sie wissen, dass ich hier bin. Was sie mit dem Boss gemacht haben …"

Die Neugierde packte mich. „Was haben sie denn mit ihm gemacht? Er ist nicht zur Party gekommen!" Nicht, dass er viel verpasst hätte – außer einem Massaker. Doch es war ein beeindruckendes Massaker gewesen.

Der Kerl verzog das Gesicht. „Ehrlich gesagt weiß ich das

nicht. Aber nach diesem Treffen mit euch ist er völlig ausgerastet wegen der Gauntts. Dann sind alle Bosse zusammen verschwunden … Seitdem habe ich ihn nicht mehr gesehen. Die Bosse werden von diesen reichen Arschlöchern geschmiert. Sie wollen es sich nicht mit ihnen verscherzen. Also denke ich, sie sind abgehauen."

Kai verschränkte die Arme vor der Brust. „Dann kannst du vielleicht nicht mehr zurück, nachdem du mit uns gesprochen hast. Was ist so wichtig, dass du dafür dein Leben riskierst?"

„Was denkst du denn?", fragte der Typ. „Offensichtlich ist an diesen Gauntts etwas faul. Ich fand es von Anfang an nicht gut, dass wir uns von ihnen an die Leine legen lassen. Und da war …" Er runzelte die Stirn. „Mir fehlt etwas. Wie zur Hölle soll ich wissen, was ich gegen sie unternehmen kann, wenn ich nicht mal weiß, was *sie* getan haben?"

Bei seinen Worten regte sich etwas in mir – zum Glück nichts, was derzeit mit Klammern und Nähten zusammengehalten wurde. Unwillkürlich dachte ich an die ziellosen Tage in meinem Elternhaus zurück, als es sich anfühlte, als würde ich einfach nur weitertreiben und für niemanden außer mir selbst existieren. Als wäre nichts, was ich sagte oder tat, von Bedeutung. Bis ich beschlossen hatte, selbst dafür zu sorgen, dass es eine Bedeutung hatte. Dass ich mir meine eigenen Freuden suchen würde, egal ob es die Menschen um mich herum bemerkten oder nicht.

Auf einmal war ich auf eine seltsame Weise frei gewesen.

Dieser Typ war überhaupt nicht frei, ganz im Gegenteil. Sein Leben gehörte den Arschlöchern, die ihm vorschrieben, was er zu tun und zu lassen hatte. Und er wusste nicht einmal, was sie ihm alles angetan hatten. Doch er versuchte, etwas dagegen zu unternehmen, soweit es ihm möglich war. Er versuchte, sich sein Leben zurückzuholen – so wie ich es getan hatte. Das respektierte ich.

Kai sah nicht besonders beeindruckt aus. Ich war vielleicht kein Meister darin, Menschen zu lesen, doch seine Miene war unverkennbar skeptisch. „Und damit kommst du ausgerechnet *jetzt* zu uns? Warum?"

Der Typ breitete die Hände aus. „Ich habe darüber nachgedacht. Wie du gesagt hast, es ist ein verdammt großes Risiko. Und dann gab es diesen epischen Kampf und … Die Leute erzählen die wildesten Sachen … Aber das ist mir egal. Ich habe beschlossen, dass ich die Wahrheit wissen will, und ihr seid die Einzigen, die das möglich machen können. So einfach ist das. Also macht ihr es oder nicht?"

„Aus reiner Herzensgüte?"

„Nein." Der Typ sah Kai finster an. „Wenn die Gauntts mit mir auch nur halb so viel Scheiße abgezogen haben wie mit dem Boss, dann stehe ich auf eurer Seite. Ich werde euch helfen, sie fertigzumachen – und diese Skeleton-Corps-Wichser gleich mit. Sie haben sie mit dieser Scheiße durchkommen lassen. Vielleicht gibt es sogar noch mehr Leute mit solchen Malen, die ich ins Boot holen kann. Allerdings kann ich nichts versprechen, solange ich nicht weiß, was los ist."

Kai erwiderte seinen Blick mit eisiger Miene. „Du willst Zugang zu unserer Frau, nach allem, was ihr uns angetan habt? Das reicht nicht mal annähernd als Gegenleistung."

„Hey!", sagte ich und hob meine Hand. „Wir können sicherstellen, dass er die Wahrheit sagt. Ich bringe ihn einfach dazu, es zu wollen."

Kais Gesicht hellte sich ein wenig auf. Der Typ vom Skeleton Corps sah hingegen deutlich weniger begeistert aus. Er wich einen Schritt zurück. „Ich bleibe nicht hier, um mich von euch zusammenschlagen zu lassen."

Ich schnaubte. „Das habe ich nicht gemeint. Ich muss dich nur kurz antippen. Dann wirst du für eine Weile Teil dieser verrückten Geschichten, und wir bekommen unsere Bestätigung. Wir profitieren beide davon!"

Seine Augen huschten zwischen uns beiden hin und her. Kai nickte. „Ich denke, das ist fair. Wenn du Ruin nicht vertraust, haben wir auch keinen Grund, dir zu vertrauen."

Der Kiefer des Mannes verkrampfte sich. Eine Sekunde lang dachte ich, er würde abhauen. Dann drehte er sich zu mir um. „Gut. Tu es. Bringen wir es hinter uns."

Das war an sich ein gutes Zeichen, aber wenn es um Lilys Sicherheit ging, würde ich mich nicht nur auf meine zugegebenermaßen verqueren Instinkte verlassen. Ich hielt einen Moment inne, um darüber nachzudenken, welche Emotionen ich auf ihn übertragen sollte, und gab ihm schließlich einen leichten Klaps auf die Schulter.

Meine Haut kribbelte, als ich ein Gefühl der ehrfürchtigen Anerkennung auf ihn übertrug, das aus meiner eigenen Wertschätzung für meine Freunde und meiner Liebe entsprang. Der Typ blinzelte uns an, und seine Miene entspannte sich. Er sank auf die Knie und starrte zu uns hoch, als wären wir eine Quelle, die er nach einem langen Marsch durch eine karge Wüste erreicht hatte.

„Ich kann nicht glauben, dass ihr mir helfen wollt", hauchte er atemlos. „Ihr seid wirklich großartig. Unglaublich. Fantastisch."

„Und all die anderen Adjektive", fügte Kai trocken hinzu und warf mir einen amüsierten Blick zu. „Warum willst du unsere Hilfe? Wenn wir dir glauben sollen, erwarten wir absolute Ehrlichkeit."

„Natürlich! Ich lege mein Schicksal in eure Hände. Ich habe es satt, unter der Kontrolle der Gauntts zu leben, und wenn sie mir noch etwas Schlimmeres angetan haben, an das ich mich nicht erinnern kann …" Er erschauderte. „Ihr seid die Einzigen, die sie aufhalten und ihr Mal entfernen können. Sofern es von ihnen stammt. Es gibt niemanden sonst, an den ich mich wenden kann. Bitte."

„Und du wirst nicht zu deinen Kumpels zurücklaufen und ihnen erzählen, was wir vorhaben?", fragte ich.

Er schüttelte den Kopf so heftig, dass er ihm fast vom Hals fiel. „Nein, niemals! Das würde ich euch nie antun. Ihr verdient Loyalität. Wenn ihr mich aufnehmt, werde ich bis zum Ende bei euch bleiben. Diese Mistkerle, die glauben, sie könnten vertuschen, was diese reichen Arschlöcher mit uns machen, können mich mal."

Das hörte sich so ähnlich an wie das, was er bereits gesagt hatte. Ich war bereit, ihm zu glauben, doch Kai wollte ganz sichergehen.

„Hattest du andere Pläne, bevor mein Kollege dir einen Klaps gegeben hat?", fragte Kai in einem sanft beruhigenden Ton. „Hattest du vor, uns zu verraten, bevor dir klar wurde, wie fantastisch wir sind? Keine Sorge, wir würden dich nicht dafür bestrafen. Wir müssen nur genau verstehen, wo du stehst. Vollkommene Ehrlichkeit ist entscheidend."

„Ich verstehe", sagte der Kerl und schlug die Hände zusammen. „Aber ich hatte mich schon entschieden, bevor ich hierherkam. Natürlich war ich etwas besorgt, wie ihr reagieren würdet, aber ich bin fertig mit dem Skeleton Corps. Die Arschlöcher an der Spitze haben gezeigt, dass *ihnen* Loyalität scheißegal ist."

Ein Lächeln breitete sich auf Kais Gesicht aus, und ich wusste, dass wir ihn hatten. Er bedeutete dem Typen, aufzustehen. „Dann komm mit. Sieht so aus, als hätten wir eine Menge zu besprechen."

sieben

Lily

Die Jungs hatten Nox an die Wand des leeren Speisesaals gelehnt, an der wir seinen Rollwagen abgestellt hatten. Wir hofften, dass er eher ins Leben zurückfinden würde, wenn er zumindest ein bisschen lebendig aussah. Ich war mir nicht sicher, inwieweit diese Theorie stichhaltig war, doch ich musste zugeben, dass es eine gewisse Erleichterung war, ihn nicht ständig auf der Seite liegend zu sehen, als wäre er bereits tot.

Ich setzte mich neben Nox' reglose Gestalt und beobachtete die anderen Schädelbrecher, die sich um den Skeleton-Corps-Typen versammelt hatten. Auf seinen Wunsch hin hatte ich das Mal der Gauntts auf seinem Arm zerstört. Danach war er für eine Weile in einem der anderen Zimmer des Hauses verschwunden, um die Erinnerungen zu verarbeiten, die dadurch freigesetzt worden waren. Jetzt war er zurück und sprach leise mit den anderen Männern.

In seinem Gesicht lag eine Mischung aus Schmerz und Wut.

Die Gauntts hatten so viele Menschen verletzt in ihrem grausigen Streben nach … Wonach eigentlich? Ich wusste nicht einmal, was ihr Endziel war. Wollten sie einfach nur ewig leben? Wollten sie ihre angesammelte Weisheit und Erfahrung nutzen, um ihr Unternehmen noch mächtiger zu machen? Oder hatten sie noch größere, unheilvollere Pläne?

Ich war mir nicht sicher, ob ich mir etwas noch Grauenhafteres vorstellen konnte.

„Dieser Skeleton-Corps-Typ soll wohl eine Art Ehrenmitglied der Schädelbrecher werden", raunte ich Nox leise zu. „Was hältst du davon?"

Natürlich antwortete er nicht.

Ich legte den Kopf schief. „Wahrscheinlich hättest du dich sowieso Kais Urteil angeschlossen. Er war überzeugt genug von den Absichten des Typen, um ihn hierherzubringen. Ruin freut sich immer über neue Freunde, es war also nicht sonderlich schwer, ihn zu überzeugen. Jett hingegen scheint noch nicht ganz an Bord zu sein." Der Künstler stand ein wenig abseits, die Schultern leicht gebeugt in seiner typischen, misstrauischen Pose.

Nox saß weiterhin schweigend da. Konnte sein Geist mich hören? War er in seinem Körper gefangen? Ich griff nach seiner Hand und drückte sie sanft. Wenigstens war sie noch warm. Jedes Mal, wenn ich ihn berührte, setzte mein Herz einen Schlag aus vor Angst, dass seine Haut kalt sein könnte.

Unser Neuankömmling warf einen schnellen Blick zu uns hinüber und wandte ihn ebenso hastig wieder ab. Ich musste lächeln. „Er hat sogar Angst vor dir, während du deine Schaufensterpuppen-Imitation zum Besten gibst. Du hinterlässt bei Leuten definitiv noch immer einen Eindruck."

Es gab noch so viele Dinge, die ich sagen wollte. *Es tut*

mir leid, dass ich aus diesen Wassergeistern keine brauchbare Heilungsidee herausbekommen habe. Ich wünschte, ich hätte erkannt, was Nolan vorhatte, und wäre dazwischengegangen, bevor er dich berührt hat.

Ich vermisse dich.

Vor ein paar Monaten war keiner von ihnen in meinem Leben gewesen. Damals war ich einfach nur überglücklich, die St. Elspeth Klinik hinter mir zu lassen und endlich mein echtes Leben zu beginnen. Mittlerweile hatten sie sich jedoch in jeden Teil meines Lebens eingemischt – sowohl zusammen als auch jeder auf seine eigene Art und Weise.

Niemand hatte mich je so fühlen lassen wie Nox mit seinen Worten, die gleichzeitig süß und fordernd über seine Lippen kamen. Mit seiner unerschütterlichen Zuversicht, mit der er sich jedem Problem stellte, das uns die Welt entgegenschleuderte.

Wir brauchten ihn. Je länger er unter dem Bann der Gauntts stand, desto weiter schien er sich von uns zu entfernen.

Kai schlenderte zu mir herüber, und ich stand auf, um ihm entgegenzugehen. Er warf einen kurzen, unbehaglichen Blick auf Nox, verzog den Mund und richtete dann seine Aufmerksamkeit auf mich. Seine Augen leuchteten hellwach hinter seinen Brillengläsern.

„Ich glaube, dass diese Entwicklung ein Segen für uns sein wird", sagte er. „Sie wird dich auf Trab halten. Unser neuer Freund Parker will herausfinden, welche Mitglieder des Skeleton Corps ebenfalls Male haben und sie hierher bringen, damit du ihre Erinnerungen zurückholen kannst. Am Ende werden wir unser eigenes kleines Kontingent an Doppelagenten haben."

Ich musterte den schlanken, schmuddeligen Neuankömmling, der mit einem schüchternen Lächeln den Kopf einzog, als Ruin ihm spielerisch auf die Schulter klopfte. „Bist du sicher, dass wir nicht wieder hintergangen werden?"

„Er schien schon ziemlich sauer darüber zu sein, wie die Gauntts seine Gang herumkommandieren, bevor wir seine Erinnerungen zurückgebracht haben", antwortete Kai. „Jetzt hegt er ihnen gegenüber ganz sicher keine freundlichen Gefühle mehr. Und wie wir wissen, ist Rache eine hervorragende Motivation."

„Stimmt." Ich holte tief Luft. „Dadurch können wir uns besser gegen zukünftige Angriffe des Corps verteidigen. Aber wie kommen wir an die Gauntts ran? Es klingt nicht so, als hätte die Gang einen direkten Zugang zu ihnen – außer, wenn sie Befehle entgegennehmen. Und von ihren übernatürlichen Fähigkeiten wissen sie offenbar auch nichts. Sie springen, wenn sie gerufen werden, das war's."

Kai verzog das Gesicht. „Da stimme ich dir zu. Das ist ein Teil des Puzzles. Je mehr wir diesen Bastarden wegnehmen können, desto schwerer wird es für sie, uns aufzuhalten."

Seine Worte erinnerten mich an unseren früheren Versuch, herauszufinden, wer sonst noch in der Gegend von den Gauntts missbraucht und markiert worden war. Das virale Video war wegen ihrer Einmischung gescheitert, aber bestimmt gab es noch andere da draußen, die vielleicht die gleiche Rache wollten und in einer völlig anderen Position waren als Mayfields Gangster.

Ein paar von ihnen kannte ich sogar bereits.

Meine Brust zog sich bei diesem Gedanken kurz zusammen, bevor ich mich dazu durchrang, ihn auszusprechen. „Vielleicht müssen wir uns an andere unerwartete Verbündete wenden. Andere Opfer, die die Gauntts zu Fall bringen würden, wenn sie die Chance dazu hätten."

Kai zog die Augenbrauen hoch. „Ich nehme an, du hast

jemanden Bestimmten im Sinn. Ah! Natürlich." Er hielt inne. „Bist du sicher, dass du das durchziehen willst? Diese Leute würden eine Menge unangenehme Erinnerungen in *dir* wachrufen."

Es sollte mich nicht überraschen, dass er meinem Gedankengang gefolgt war, noch bevor ich die Hälfte davon laut ausgesprochen hatte. Ich zuckte mit den Schultern und nahm meine ganze Entschlossenheit zusammen. „Wenn ihr es schafft, eine Allianz mit Leuten der Bande einzugehen, die euch umgebracht haben, dann werde ich wohl mit ein paar College-Tyrannen klarkommen. Wir wissen nicht mal, inwieweit sie mich wirklich schikanieren wollten und inwiefern sie durch den Bann der Gauntts dazu angestachelt wurden."

„Stimmt. Wen willst du dir zuerst vornehmen?"

Ich wusste die Antwort auf diese Frage, wollte sie aber nicht laut aussprechen.

Von meinen ehemaligen Peinigern in Lovell Rise wussten wir nur von dreien, die das Mal der Gauntts trugen. Es war am sinnvollsten, mit einem von ihnen anzufangen und anschließend herauszufinden, wer noch betroffen war. Einer von ihnen war Ansel Hunter gewesen. Nachdem Ruin seinen Körper übernommen hatte, konnte der sich allerdings wohl kaum noch selbst äußern. Ein anderer war ein Typ namens Fergus, der nahezu katatonisch geworden war, nachdem ich seine Erinnerungen zurückgebracht hatte. Ich bezweifelte, dass er uns in seinem Zustand viel nützen würde.

Und dann war da noch Peyton, das schlimmste der Mädchen. Ich hatte sie vor ein paar Wochen bereits einmal um Hilfe gebeten, und sie hatte mich abblitzen lassen. Damals war unser Konflikt allerdings noch frisch gewesen, und sie hatte kaum Zeit gehabt, über meine Worte oder die verrückten Dinge nachzudenken, die sie gesehen hatte.

Ich konnte sie zwar nicht leiden, aber sie war um einiges

willensstärker als Fergus. Und ich wusste, wie unerbittlich sie sein konnte, wenn jemand etwas bedrohte, das ihr wichtig war. Wenn wir sie auf unsere Seite ziehen *könnten* – selbst wenn es nur als Feind unserer Feinde war und nicht als Freundin – sollte uns das auf jeden Fall zugutekommen.

Vor allem, weil sie erwähnt hatte, dass ihre Mutter bei Thrivewell arbeitete.

„Ich glaube, ich muss Ansels Groupie noch mal einen Besuch abstatten", sagte ich. „Also sollte Ruin besser mitkommen."

* * *

Eigentlich war heute der perfekte Tag, um Peyton anzusprechen, denn bevor ich die Schule verlassen hatte, belegten wir dienstags denselben Kurs. Daher wusste ich genau, aus welchem Gebäude sie heute Nachmittag um zwei Uhr kommen würde.

Wie zwei Stalker lauerten Ruin und ich im Schatten des Nachbargebäudes, bis ich Peytons dichtes, kastanienbraunes Haar beim Verlassen des Hörsaals hin und her schwingen sah. Wir eilten auf sie zu, wenn auch etwas langsamer, als mir lieb gewesen wäre, da ich mir immer noch Sorgen wegen Ruins innerer Verletzungen machte.

Wir schafften es, Peyton einzuholen, bevor sie ihr Ziel erreichte, das offenbar die Campus-Bar war. Ich war mir nicht sicher, ob sie sich nur einen Snack holen oder schon mit dem Trinken anfangen wollte, in jedem Fall hatte sie vorerst kein Glück.

„Peyton!", rief Ruin fröhlich, als ich ihm ein Zeichen gab.

Peyton drehte sich um, und ihre Augen weiteten sich über ihrer gebogenen Nase. Als sie uns beide sah, blieb sie stehen und verschränkte die Arme vor ihrer gertenschlanken

Gestalt. „Was wollt ihr denn schon wieder?", fragte sie, ohne sich auch nur die Mühe zu machen, freundlich zu wirken.

Ich schluckte meinen Ärger hinunter, obwohl allein ihre Anwesenheit das Summen in meiner Brust wieder erwachen ließ. Mit eisernem Willen bemühte ich mich um einen ruhigen Ton. „Wir wollen nur reden. Es ist wichtig. Und es betrifft auch Ansel."

Peyton richtete ihren Blick auf Ruin. Es wurde immer schwieriger, den Vorbesitzer seines Körpers in seiner veränderten Erscheinung zu sehen, doch ich kannte den Kerl, der er jetzt war, mittlerweile ziemlich gut. Und Peyton schien noch genug von ihrem früheren Schwarm in ihm zu sehen. Sie biss sich auf die Lippe und nickte dann. „Okay. Na gut. Ich gebe euch ein paar Minuten."

Wir gingen um die Seite des Gebäudes herum, um den anderen frühen Barbesuchern aus dem Weg zu gehen. Eine kühle Brise wehte über uns hinweg, und ich steckte meine Hände in meine Jackentaschen. Das Rauschen des Windes über dem Gras und das rhythmische Dröhnen des Basses, das aus einem Wohnheimfenster drang, beruhigten mich.

„Ich weiß, dass vieles, was wir letztes Mal gesagt haben, seltsam geklungen haben muss", begann ich.

Peyton schnaubte. „Das ist noch milde ausgedrückt. Es klang vollkommen wahnsinnig."

Ich widerstand dem Drang, sie finster anzustarren. „Ich denke, dir sollte inzwischen klar sein, dass hier eine Menge seltsamer Dinge vor sich gehen. Ich gehe mal davon aus, dass du noch nie zuvor von Fröschen überrannt wurdest. Und dann ist da noch er." Ich deutete mit dem Daumen auf Ruin.

Er nickte und schenkte Peyton ein sanftes Lächeln, zu dem nur Ruin fähig war. Ich bezweifelte, dass Ansel jemals jemanden auch nur halb so freundlich angesehen hatte.

„Du weißt, dass ich nicht mehr Ansel bin, oder?", fragte er ebenso freundlich.

Peytons Gesicht verhärtete sich. „Ich habe keine Ahnung, wie das möglich sein soll."

„Es ist … kompliziert", antwortete er. „Und es tut mir leid, dass du jemanden verloren hast, der dir wichtig war. Aber ich habe gesehen, wie du dich an ihn gewandt und versucht hast, ihn zu beschützen, als du dachtest, er sei in Gefahr. Das bedeutet, dass *du* Mitgefühl mit anderen hast und ihnen helfen willst. Oder?"

Das war wahrscheinlich die wohlwollendste Interpretation von Peytons Verhalten, die überhaupt möglich war, doch die Formulierung schien sie tatsächlich weicher zu machen. Sie schluckte hörbar, und ihre Arme lockerten sich über ihrer Brust. „Ich denke schon. Wenn die Leute es verdient haben."

„Denkst du, *du* hast es verdient?", fragte er.

Peyton blinzelte. „Ich … Ich weiß nicht, was du meinst."

Ich hielt Ruin meine Hand hin, und er reichte mir Ansels Handy. Auf dem Bildschirm war das Foto von Ansel in seiner Badehose zu sehen, auf dem das Mal deutlich erkennbar war. Ich hielt es Peyton hin und deutete auf das Mal. „Ich habe schon einmal versucht, mit dir über dein Mal zu sprechen. Ansel hatte auch eins. Viele Leute haben es. Weil jemand mit noch seltsameren Kräften euch manipuliert hat. Wir wollen verhindern, dass sie noch mehr Schaden anrichten."

Peyton kniff die Augen zusammen. „Geht es hier schon wieder um dieses verrückte Gerede über die Gauntts?"

Ich gab Ruin das Handy zurück. „Im Moment geht es nicht darum, wer dahintersteckt, sondern darum, ob du wirklich zulassen willst, dass jemand dich kontrolliert und beeinflusst. Willst du nicht sicher sein, dass dein Leben ganz und gar dir gehört? Und willst du dich nicht an den Leuten rächen, die dich früher verletzt haben? Die Ansel verletzt haben?"

Sie verlagerte ihr Gewicht von einem Fuß auf den

anderen, und es überraschte mich nicht, dass ihre Hand zu der Stelle an ihrem Oberarm wanderte, wo ich wusste, dass sich ihr eigenes Mal befand. Sie erschauderte. „Ich weiß nichts von alledem."

„Genau", sagte Ruin in seiner fröhlichen Art. „Aber Lily kann dir dabei helfen. Sie kann dafür sorgen, dass du dich daran erinnerst, was sie dir angetan haben."

Peyton wich einen Schritt zurück. „Nein. Ich traue ihr nicht. Sie könnte mir etwas noch Schlimmeres antun."

Und sie würde es verdienen, wenn ich wirklich zurückschlagen würde. Diesen Gedanken behielt ich jedoch für mich. „Wenn es mir darum ginge, dir zu schaden, hätte ich schon Dutzende Gelegenheiten dazu gehabt. Ich habe dir nie etwas angetan – bis du mich so sehr bedrängt hast, dass ich dich in die Schranken weisen musste. Stell mich hier nicht als den Bösewicht hin."

„Du bist schuld, dass er so ist." Sie machte eine vage Handbewegung in Ruins Richtung. Tatsächlich hatte sie nicht unrecht. Ruin hatte Ansels Körper übernommen, um bei mir zu sein.

Ich öffnete den Mund und rang nach den richtigen Worten, doch bevor ich etwas sagen konnte, drehte Peyton sich um und machte Anstalten, von uns wegzugehen. „Lasst mich in Ruhe. Ich bin fertig mit diesem ganzen Wahnsinn und ..."

Ruin sprang vor, bevor ich überhaupt reagieren konnte. Er legte eine Hand auf ihren Arm und sah sie mit beinahe entschuldigender Miene an.

Peyton blieb stehen und drehte sich um. „Es tut mir leid", sagte sie mit leiser Stimme. „Ich hätte nicht so mit dir reden sollen. Was auch immer ihr tun müsst – macht es einfach."

Ich warf Ruin einen scharfen Blick zu. „Wir wollten sie doch selbst entscheiden lassen."

„Sie muss es wissen, oder?", erwiderte er. „Wir *wären* die Bösen, wenn wir sie einfach herumlaufen ließen, ohne dass sie eine Ahnung hat, was die Gauntts ihr angetan haben. Und wir sind keine Bösewichte. Also tun wir das für ihr eigenes Wohl. Weil es das *Richtige* ist."

Ich wusste nicht, was ich gegen seine optimistische Logik einwenden sollte. Vielleicht hatte er recht. Es waren Peytons Erinnerungen. Sie konnte nicht wissen, dass sie sie nicht wollte, wenn sie nicht einmal wusste, woran sie sich nicht erinnerte. Sie glaubte mir nicht einmal, dass ihr etwas fehlte.

„Nein, *mir* tut es leid", sagte ich und trat vor, um ihren Arm zu ergreifen. Sie versteifte sich kurz, bevor sie sich entspannte. Das Summen meiner Kraft stieg in mir auf, und ich spürte die magische Barriere unter ihrer Haut.

„Es dauert nur ein oder zwei Minuten", teilte ich ihr mit. „Was danach passiert, hängt ganz von dir ab."

Ich konzentrierte mich voll und ganz auf die Magie des Mals. Mein Herz pochte heftig und trieb die übernatürlichen Energien in mir vorwärts. Ich sammelte sie und schleuderte sie immer wieder gegen die magische Barriere, bis …

Ein Knacken vibrierte durch meine Nerven. Ich ließ Peytons Arm sofort los und wich zurück, um ihr Raum zu geben.

Wie schon zuvor bei Fergus verblasste Ruins Einfluss, als die unterdrückten Erinnerungen durch Peytons Geist rauschten. Sie starrte uns an und schlug die Hände vor ihr Gesicht. Ihre Arme zitterten. „Ich … Oh mein Gott."

„Ja", sagte ich leise. „Diese Scheiße haben sie auch mit Ansel gemacht. Und mit meiner kleinen Schwester. Und mit einer Menge anderer Leute. Aber wir werden sie dafür bezahlen lassen. Du musst mich nicht mögen oder gutheißen, was mit Ansel passiert ist, um uns zu helfen. Bist du dabei?"

Sie holte tief Luft, um sich zu sammeln. Dann ballten

sich ihre Hände zu Fäusten. „Ich kann nicht glauben … Meine *Mom* wusste es. Sie ließ sie …“ Sie begegnete meinem Blick und ein Funkeln trat in ihre Augen. „Was habt ihr vor?“

Darüber hatte ich mir noch keine Gedanken gemacht. Ich war mir nicht einmal sicher gewesen, ob wir überhaupt jemanden auf unserer Seite hätten, um einen Plan auszuführen. Ich holte tief Luft und musste an Nox denken, der in seinem Körper eingeschlossen stumm über uns wachte.

Ich wusste, was er gesagt hätte, und wir taten das auch für ihn.

„Ich arbeite noch an den Details“, erklärte ich. „Aber eines steht fest: Wir ziehen die Sache richtig groß auf. Diesmal kommen sie nicht aus dem Chaos heraus, das sie angerichtet haben.“

acht

Lily

„Bist du sicher, dass das für dich in Ordnung ist?", fragte ich Ruin, als wir einen Block von Ansels Elternhaus entfernt parkten. „Ich könnte allein hineingehen. Oder Jett oder Kai können später mit mir kommen. Wir brauchen nur die Schlüssel."

„Und die habe ich", erklärte er fröhlich und hielt Ansels Schlüsselbund hoch, wobei das metallische Klirren seine Worte unterstrich. „Ich denke nicht, dass es anstrengend sein wird. Ich muss nur sitzen und tippen. Meine Finger wurden nicht genäht."

„Nun, nein." Ich hatte aus anderen Gründen Bedenken. Als wir das letzte Mal hierhergekommen waren, war er ins Haus gestürmt und hatte sich mit Ansels Mutter angelegt. Es war das einzige Mal, dass ich ihn wirklich wütend erlebt hatte, abgesehen von Situationen, in denen jemand mir oder seinen Freunden wehtun wollte. „Es ist nur … Der Gedanke

71

an seine Eltern scheint bei dir eine Menge unangenehmer Gefühle wachzurufen.“

Ruin legte den Kopf schief, als hätte *er* Mühe, sich an seinen letzten Besuch zu erinnern. Dann zuckte er mit den Schultern und strahlte mich an. „Der heutige Tag wird das wiedergutmachen. Also ist es eine gute Sache. Und wir sind uns sicher, dass niemand zu Hause ist, oder? Dann müssen wir nicht mal mit ihnen reden.“

„Ja, Kai hat ein paar Anrufe getätigt und bestätigt, dass sie bei der Arbeit sind.“ Ich holte tief Luft und lächelte ihn an. „Okay, los geht's.“

Ich nahm seine Hand, als wir die Straße entlanggingen und die Veranda hinaufstiegen. Nach ein paar Versuchen fand er den richtigen Schlüssel, um die Tür zu öffnen, aber ich sah niemanden, der es bemerkt hätte. Kaum waren wir eingetreten, schloss er die Tür und drückte mich dagegen. Als ich die Wärme seines Körpers spürte und seinen vertrauten Duft einatmete, war jeder Gedanke an das Aufschieben dieser Mission wie weggeblasen.

„Ich mag es, dass du dich um mich kümmerst, Waterlily“, murmelte er. „Niemand könnte so süß sein wie du. Wenn wir nicht etwas sehr Wichtiges zu tun hätten, würde ich dir zeigen, wie glücklich du mich gerade machst.“

Meine Stimme klang ein wenig atemlos. „Ich bin mir sicher, dass wir später noch genug Zeit dafür haben werden. Ich freue mich jetzt schon darauf.“

Er grinste. „Gut.“ Dann drückte er mir einen Kuss auf den Mund, der meinen Körper von Kopf bis Fuß kribbeln ließ, als hätte er etwas von seiner übernatürlichen Elektrizität in meine Nervenbahnen geleitet.

Wir schlichen durch das Haus und erkannten schnell, dass ein kleiner Raum im ersten Stock als Arbeitszimmer diente. Ruin setzte sich auf den Stuhl vor dem Computer und ich hockte mich auf die Schreibtischkante und beobachtete, wie der Monitor aufflackerte. Ansels Eltern hatten so viel Vertrauen in die Sicherheit ihres Hauses, dass sie sich nicht die Mühe gemacht hatten, ihn mit einem Passwort zu schützen.

„Überprüfe das E-Mail-Postfach", wies ich ihn an und schwang meine Beine über die Kante. „Hoffentlich überprüfen sie ihre Geschäftskonten auf diesem Computer. Aber selbst wenn sie es nicht tun, können wir ihre persönlichen Kontakte nutzen."

Es sah so aus, als gehörte der Computer Ansels Vater. Es gab zwei Konten, ein normales öffentliches und ein weiteres mit der Domain der Firma, für die er arbeitete. Beide liefen auf den Namen Ronald Hunter. Ein breites Lächeln umspielte meine Lippen. „Jackpot."

Ruin scrollte sich durch die Kontaktliste des Firmenkontos, und seine Augen leuchteten eifrig auf. „Sieh dir an, mit was für Leuten er beruflich zu tun hat! Werden wir sie alle informieren?"

„Jeden einzelnen", bestätigte ich, während ein nervöser Adrenalinstoß durch meinen Körper schoss.

Wir waren nicht die Einzigen, die eine derartige Aktion wagten. Peyton und einige andere College-Studenten, deren Male wir gebrochen hatten, unternahmen ähnliche Schritte bei sich zu Hause. Es war der erste Versuch, ein breiteres Bewusstsein für die fragwürdigen Machenschaften der Gauntts zu schaffen, anstatt sie einfach direkt anzugreifen.

Dieser Krieg würde schon bald viel größer werden. Ich konnte nicht mit Sicherheit sagen, dass uns diese Aktion nicht um die Ohren fliegen würde.

Doch wir mussten es versuchen. Sie hatten uns nicht viele Möglichkeiten gelassen. Wir würden ihnen auf jede erdenkliche Weise schaden, bis wir etwas fanden, was sie wirklich zerstören konnte.

Ruin öffnete eine neue E-Mail und klickte voller Freude

auf jeden Kontakt, um ihn der CC-Liste hinzuzufügen. „Wichtige Informationen über Thrivewell Enterprises und die Familie Gauntt", murmelte er, während er die Worte in die Betreffzeile eintippte. Dann begann er, den E-Mail-Text zu verfassen, wobei er so tat, als wäre sie von Ansels Vater geschrieben worden. Immer, wenn er mit einer Zeile besonders zufrieden war, las er sie mit einer unnatürlich tiefen Stimme laut vor.

„Ich schäme mich sehr, dass ich das so lange zugelassen habe … Mein Sohn hat so viel mehr verdient als das, was ich ihm gegeben habe."

„Das gilt auch für alle anderen Kinder in Mayfield, Lovell Rise und überall sonst, wo die Gauntts sich an ihnen vergriffen haben", schlug ich vor.

„Perfekt!" Ruin tippte meinen Vorschlag ein und vibrierte regelrecht vor Aufregung. Dann fuhr er mit seinem Teil der Nachricht fort. „Ich habe weggesehen, während sie ihre psychotischen Perversionen ausgelebt haben, weil ich ein egoistischer Bastard bin, der …"

Ich berührte seine Schulter. „So wahr das auch sein mag, es ist wahrscheinlich etwas zu dick aufgetragen, um glaubwürdig zu sein."

Ruin schnalzte missbilligend mit der Zunge und löschte die letzten Worte. „Weil ich eine Gelegenheit sah, meine eigene Karriere voranzutreiben." Er warf mir einen kurzen Blick zu, und ich nickte.

Nach nur zehn Minuten waren wir mit der E-Mail fertig. Am Ende hatte „Ronald Hunter" den Missbrauch an seinem Sohn dargelegt, eingeräumt, dass die Gauntts auch andere Kinder belästigt hatten, und an alle Unternehmen appelliert, die mit Thrivewell in Verbindung standen, eine gerechte Strafe zu fordern. Ich war mir nicht sicher, wie viele Konzernbosse das glauben würden oder inwieweit sie bereit wären, etwas zu unternehmen, selbst wenn sie es glaubten, aber es war ein Anfang.

Und wenn immer mehr Berichte über dasselbe Verbrechen veröffentlicht wurden, würde es schwerer werden, es zu ignorieren, als darauf zu reagieren.

„Kann ich sie abschicken?", fragte mich Ruin und bewegte die Maus über die „Senden"-Schaltfläche.

„Lass uns den Skandal lostreten", antwortete ich.

Schmunzelnd klickte er auf „Senden". Und mit einem zischenden Geräusch flog der erste Schritt zur öffentlichen Bloßstellung der Gauntts hinaus in den Cyberspace.

Ruin schickte eine leicht abgeänderte Version der E-Mail an alle persönlichen Kontakte von Ronald, denn wer wusste schon, ob nicht einer von ihnen in einer einflussreichen Position war, die uns gegen die Gauntts helfen konnte? Ich schrieb währenddessen Peyton eine Nachricht, um ihr mitzuteilen, dass wir unseren Teil erledigt hatten. Ich hätte es ihr oder den anderen Opfern, die wir ausfindig gemacht hatten, nicht übel genommen, wenn sie abwarten wollten, um sicherzugehen, dass wir wirklich unser Risiko eingingen, bevor sie selbst etwas riskierten.

Doch Peyton schrieb in einem ähnlichen Tonfall zurück, wie sie ihn jetzt bei mir persönlich an den Tag legte. *Ich habe meine auch schon geschickt. Diese Arschlöcher werden dafür bezahlen. Und ich meine nicht nur die Gauntts.*

Sie war auch ziemlich wütend auf *ihre* Eltern gewesen, als ihr klar wurde, wie viel sie geopfert hatte, nur damit ihre Mutter ihre Beförderung bekam.

Nach einem weiteren Zischen sprang Ruin vom Computer auf – so schnell, dass ich ihn am Arm packte und ihn besorgt ansah. „Vorsicht."

„Mir geht's super!", verkündete er. „Ich fühle mich fantastisch. Ein paar Stiche werden mich nicht aufhalten.

Können wir uns jetzt den Motivwagen ansehen? Ich will das auf keinen Fall verpassen.“

Seine Begeisterung entlockte mir ein Grinsen. Und ich musste zugeben, dass auch ich das Spektakel nicht verpassen wollte, das wir auf die Beine gestellt hatten, anstatt im Anschluss nur den Fluchtwagen zu fahren.

Ich warf einen Blick auf die Uhr auf meinem Handy und nickte. „Kai wollte ihn genau zum Feierabend losschicken, wenn viele Leute aus ihren Büros in der Innenstadt kommen. Wir haben noch eine halbe Stunde, bevor es losgeht.“

In der zweiten Phase unseres aktuellen Plans ging es nicht darum, die Kontakte unserer neuen Verbündeten zu nutzen, sondern ihr Geld. Oder genauer gesagt, das Geld ihrer Eltern. Peyton war nicht die Einzige, die es denjenigen heimzahlen wollte, die einfach weggesehen und davon profitiert hatten, was die Gauntts ihnen angetan hatten.

Es war erschreckend, aber irgendwie nicht überraschend, wie viele Menschen bereit waren, wegzuschauen, wenn eine mächtige Person etwas wollte. Vermutlich konnten sie sich auf diese Weise einreden, dass sie nicht *wirklich* wussten, was die Gauntts mit ihren Kindern gemacht hatten. Vielleicht waren einige dieser Eltern selbst vor Jahrzehnten manipuliert worden, und Nolan und Marie hatten sich diesen Einfluss zunutze gemacht.

Das Ergebnis unserer Spendenaktion fuhr gerade die Straße hinunter in Richtung des Thrivewell-Hauptquartiers. Ich erhaschte einen Blick darauf, als ich Fred 2.0 durch den Stadtverkehr manövrierte. Wir parkten auf der gegenüberliegenden Straßenseite, ein paar Gebäude von Thrivewell entfernt, und beobachteten, wie es sich näherte.

Einer unserer wenigen verbliebenen Schädelbrecher-Rekruten fuhr das ehemalige Auto von Professor Grimes die Straße entlang, an dem ein riesiger Motivwagen befestigt war, der bis zu den Fenstern im zweiten Stock reichte. Darauf befand sich ein aufblasbares überdimensionales Kind. Es war ein kleiner Junger in einer Schuluniform mit einer kecken Matrosenmütze auf dem Kopf.

Vielleicht war es keine besonders realistische Darstellung der jüngsten Opfer der Gauntts, aber wir mussten mit dem arbeiten, was wir kurzfristig auftreiben konnten.

Das Hupkonzert der genervten Autofahrer, die sich über den stockenden Verkehr ärgerten, untermalte das langsame Vorwärtskommen des Festwagens. Ihre Laune würde sich noch mehr verschlechtern, wenn er komplett zum Stillstand kam … so wie jetzt, direkt gegenüber vom Thrivewell-Gebäude.

Ruin wippte auf seinem Sitz und seine Augen leuchteten wie die eines kleinen Kindes im größten Spielzeugladen der Welt. Ich drückte seine Knie, um ihn daran zu erinnern, dass wir im Auto bleiben mussten. Wir wollten nicht von Thrivewell-Leuten entdeckt werden und mussten bereit sein, jeden Moment loszufahren.

Im hinteren Teil des Festwagens befand sich eine dünne Wand, hinter der sich zwei Gestalten verbargen, die deutlich kleiner waren als der aufblasbare Junge, und bereit waren, ihm eine Stimme zu geben.

Kurz nachdem der Wagen zum Stehen gekommen war, kam Kais ruhige, aber klare Stimme aus den Lautsprechern. Sie hallte über die Straße und drang sicherlich durch die Fensterscheiben der umliegenden Büros.

„Führungskräfte von Thrivewell Enterprises hüten schon seit viel zu langer Zeit ein dunkles Geheimnis. Diese kranken Perverslinge befummeln Kinder und lassen sie nackt herumlaufen, damit sie sie begaffen können. Wir werden sie damit nicht länger durchkommen lassen."

Aus den Bürogebäuden entlang der Straße kamen immer mehr Leute, darunter auch ein Wachmann aus dem

Thrivewell-Gebäude. Unser Festwagenfahrer schnitt ihnen den Weg ab. Wir waren hier noch nicht fertig.

Mehrere Schaulustige hatten ihre Handys gezückt und filmten das Spektakel. Hervorragend. Ich war gespannt, wie die Gauntts versuchen würden, all *diese* Videos unter Verschluss zu halten.

Kai musste das Megafon weitergereicht haben, denn als Nächstes war Marisols Stimme zu hören. „Nolan Gauntt fing an, mich in meinem Zimmer zu besuchen, als ich neun Jahre alt war. Er starrte mich an und berührte mich am ganzen Körper …" Sie hielt inne, und mein Herz setzte einen Schlag aus. Doch bevor der Drang, zu ihr zu rennen, zu stark wurde, sammelte sie sich wieder. „Manchmal hat er mich geküsst, meinen Hals, meine Schultern und meine Arme. Manchmal war auch Marie Gauntt dabei, um zuzusehen."

Meine Hände ballten sich zu Fäusten. Sie hatte uns im Voraus erzählt, was sie heute sagen würde, doch es war etwas völlig anderes, zu hören, wie sie es in die Welt hinausrief. Ich hatte ihr gesagt, dass sie ihre Geschichte nicht erzählen musste, dass wir es nicht von ihr erwarteten und es in Ordnung war, wenn sie heute nicht dabei war. Doch sie war fest entschlossen gewesen, ihre Erlebnisse aus erster Hand zu schildern, in der Hoffnung, dass es vielleicht den entscheidenden Unterschied machen würde, um die Gauntts endgültig zu Fall zu bringen.

Sie erzählte nicht die ganze Geschichte. Mir hatte sie noch weitere Details anvertraut: dass Nolan Worte gemurmelt hatte, die sie nicht verstanden hatte, während er sie anfasste, und dass sie dabei ein kribbelndes, elektrisierendes Gefühl verspürt hatte. Manchmal hatte sie den Eindruck gehabt, dass er ihr nicht nur aus krankhafter Lust nahegekommen war, sondern dass er ihr Energie oder eine Art von Kraft entzogen hatte. Es wäre allerdings schwierig, diese Facette des Missbrauchs jemandem zu erklären, der es nicht selbst erlebt hatte. Also hielten wir uns an den Teil des Kindesmissbrauchs, den jeder verstehen konnte.

Kai nahm das Megafon zurück. „Wenn Sie weitere Beweise brauchen, sind sie alle hier. Wir haben Jahrzehnte der Lügen und Korruption aufgedeckt. Lassen Sie nicht zu, dass unschuldige Kinder leiden, nur weil Sie Angst vor der Macht der Familie Gauntt haben. Wir müssen ihnen die Stirn bieten und zeigen, dass diese Abartigkeiten nicht ungestraft bleiben."

Als seine Stimme verklang, rauschte ein Nachrichtenwagen um die Ecke. Ruin stieß einen kleinen Jubelruf aus, und ich lächelte. Genau darauf hatten wir gewartet.

Eine Frau stieg aus, begleitet von einem Kameramann, der schon zu filmen schien. Am anderen Ende der Straße entdeckte ich ein weiteres Team, das eilig auf den Wagen zuschritt.

Kai hatte sie wohl ebenfalls bemerkt. Er ließ einen weiteren Schwall von Anschuldigungen los. „Die Gauntts denken, dass sie aufgrund ihres Ansehens Kinder im ganzen Land belästigen und damit durchkommen können. Ich habe mehr als ein Dutzend Geschichten von ihren Opfern gehört. Die Familie wird versuchen, sich herauszureden, aber wir dürfen nicht zulassen, dass sie die Betroffenen zum Schweigen bringen. Es ist Zeit für Gerechtigkeit!"

Die Reporter drängten näher an den Wagen heran. Aus dem Augenwinkel sah ich, wie Kai und Marisol sich hinter die aufblasbare Jungenfigur duckten. Wir hatten die Plattform so gestaltet, dass sie außer Sicht bleiben konnten, bis sie zwischen zwei Autos auf den Bürgersteig traten, als wären sie nur gewöhnliche Passanten, die gerade angekommen waren, um sich das Spektakel anzusehen.

Als sie rasch auf uns zugingen, kletterte eine Reporterin

auf die Plattform. Sie suchte den Wagen ab und hob den Gegenstand auf, den Kai zurückgelassen hatte: ein entsperrtes Handy mit Sprachaufnahmen von mehreren anderen Opfern der Gauntts.

Genau das hatten wir gewollt. Kai riss die hintere Autotür auf, damit Marisol und er einsteigen konnten, während ich Fred 2.0 mit einem hastigen U-Turn herumriss und vom Schauplatz unseres Nicht-Verbrechens wegraste.

Marisol kicherte. Sie sah blass aus, und ihre Augen leuchteten übermäßig, als wäre sie leicht panisch, doch das Grinsen, das sie mir im Rückspiegel zuwarf, war triumphierend. „Wir haben es wirklich geschafft. Die Leute haben uns zugehört. Denkt ihr, sie werden es glauben?"

„Das Wichtigste ist, dass die Leute darüber reden", meinte Kai. „Das werden sie jetzt auf jeden Fall tun. Selbst wenn wir nach heute nichts mehr ausrichten können, werden sich diese Anschuldigungen in den Köpfen der Leute festsetzen, egal wie sehr die Gauntts versuchen, sie abzutun. Ich bezweifle, dass ihre Magie eine Geschichte dieses Ausmaßes auslöschen kann."

„Außerdem werden wir noch mehr tun", erklärte Marisol. „Das ist erst der Anfang."

„Ganz genau!", pflichtete Ruin ihr bei. „Erst die Demütigung und dann der Tod für die Gauntts!"

„Das ist längst überfällig", fügte ich düster hinzu.

Marisol wiegte sich auf ihrem Sitz hin und her und summte eine Siegesmelodie. Die Melodie bahnte sich ihren Weg in meine Knochen und meine Kehle hinauf. Ich zögerte einen Moment, weil ich so aus der Übung war, dass ich mich automatisch dagegen sträubte, dem Lied eine Stimme zu geben.

Doch wenn es jemals einen Zeitpunkt gab, zu singen, dann jetzt, oder? Ich war immer in der Lage gewesen, für Marisol zu singen – *mit* Marisol. Ich konnte diesen Traum zusammen mit ihr verwirklichen. Sie hatte gerade viel mehr Mut bewiesen, als ich aufbringen musste.

Ich öffnete den Mund, und die Worte, die mir in den Sinn kamen, sprudelten heraus, während Marisol weiter ihr kleines Tänzchen vollführte. „Wir schalten sie aus, einen nach dem anderen. Tiefer können sie nicht mehr fallen. Wir reißen sie in Stücke, und wenn wir fertig sind, wird nichts mehr knallen."

Meine Schwester lachte ausgelassen, und auch in mir schwollen Freude und Zuversicht an. Wir würden das wirklich durchziehen, unsere seltsame kleine Familie. Gemeinsam. In diesem Moment glaubte ich, dass wir wirklich alles schaffen konnten.

nEun

Jett

Ich erstarrte unter der Plakatwand, als ein einzelnes Auto unten auf der Straße vorbeidonnerte. Obwohl ich im Schutz der nächtlichen Dunkelheit im Schatten hockte, wartete ich, bis die Scheinwerfer an mir vorbeigezogen waren, bevor ich mich wieder bewegte. Ich schüttelte meine Sprühdose und vollendete die Botschaft, die ich der Thrivewell-Werbung hinzufügte: *KINDERSCHÄNDER*. Normalerweise malte ich lieber mit meinen Fingern, aber mit der Sprühdose ging es viel schneller.

Einen Teil erledigte ich dann doch mit meinen Händen. Nachdem ich den letzten Buchstaben auf das Plakat gesprüht hatte, drückte ich meine Handfläche auf den Teil des Bildes, der das lächelnde Gesicht von Nolan Gauntt zeigte. Mit einem übernatürlichen Energieschub fügte ich seiner Stirn dämonische Hörner hinzu und formte seinen Mund zu einem anzüglichen Grinsen.

Anschließend lehnte ich mich zurück, betrachtete mein Werk im schwachen Schein der Straßenlaternen und nickte zufrieden. Das würde auffallen. Und ich hatte bereits überall in der Stadt Plakatwände und andere öffentliche Werbungen von Thrivewell und den zahlreichen Tochtergesellschaften umgestaltet.

Ich lehnte mich zurück, betrachtete mein Werk im schummrigen Licht der nahe gelegenen Straßenlaternen und nickte zufrieden. Die Leute würden es definitiv sehen.

Überall in den Nachrichten wurde über unsere Aktion mit dem Motivwagen berichtet, und morgen früh würden die Bewohner von Mayfield durch die Stadt fahren und überall mit visuellen Erinnerungen daran konfrontiert werden, welcher Sorte Menschen sie so viel Macht über ihre Stadt gegeben hatten.

Ich ließ meine Schultern kreisen, um die Verspannung zu lösen, die sich dort festgesetzt hatte, nachdem ich stundenlang durch die Nacht geschlichen war, um meine Guerilla-Kunstwerke zu schaffen. Dann kletterte ich die schmale Leiter hinunter und ging zu meinem Motorrad.

Langsam holte mich die Erschöpfung ein. Ich griff nach der Cola-Flasche, an der ich die ganze Zeit genippt hatte, und trank den letzten Schluck, doch das Koffein der säuerlichen Limonade gab mir nur einen schwachen Energieschub. Es war definitiv Zeit, Schluss für heute zu machen.

Ich ließ den Motor aufheulen und machte mich auf den Weg zu dem Haus, in dem wir uns für die Nacht verschanzt hatten. In den zwielichtigen Gegenden von Mayfield gab es genug Gebäude, die zwangsversteigert wurden, sodass wir in den vergangenen Tagen von einem Haus zum nächsten gezogen waren. Wir hatten immer in einiger Entfernung geparkt und ein paar Rekruten durch die Straßen patrouillieren lassen, um sicherzustellen, dass die Gauntts oder ihre Handlanger vom Skeleton Corps uns nicht aufspürten.

Seit dem Kampf in Lilys Wohnung waren wir nicht mehr angegriffen worden. Vielleicht brauchten die verbliebenen Mitglieder des Skeleton Corps länger, um sich neu zu formieren, nachdem sie gesehen hatten, dass wir uns auch ohne Nox' mächtige Fäuste zur Wehr setzen konnten. Allerdings bezweifelte ich, dass unsere Verschnaufpause lange anhalten würde – nicht, nachdem wir selbst so viel rücksichtsloser in die Offensive gegangen waren.

Irgendwann mussten unsere Bemühungen ausreichen. Wir würden die Gauntts so lange bekämpfen, bis sie nicht mehr aufstehen konnten. Vielleicht würde Nox' Bann dann gebrochen werden. Vielleicht würden sie sich auf einen Deal einlassen: Das Heilmittel gegen einen Funken Gnade, selbst wenn das mehr war, als diese Mistkerle verdienten.

Ich weigerte mich, über ein Szenario nachzudenken, in dem wir Nox nicht zurückbekamen. Er war der *Dreh- und Angelpunkt* der Schädelbrecher. Ohne ihn existierten wir nicht. Deswegen würden wir ihn aus dem schwarzen Loch herausholen, in das er offenbar gefallen war.

Ich parkte mein Motorrad außer Sichtweite in einer abgelegenen Gasse und lief den Rest des Weges zum Haus zu Fuß. Der Rekrut, der an der Wand des Nachbarhauses lehnte, verschmolz so mit den Schatten, dass ich ihn nur bemerkte, weil ich gezielt nach ihm suchte. Er nickte mir knapp zu.

Das Haus war von einer geschlossenen Veranda umgeben, auf der es nicht kälter war als im Rest des Hauses. Da die Heizung ausgeschaltet war, war es überall ziemlich kalt. Die Veranda diente als unsere zweite Verteidigungslinie, und sowohl Kai als auch Ruin hatten sich dort in ihren Schlafsäcken verkrochen.

Kai röchelte bei jedem Atemzug leise, Ruin umklammerte ein Ende der gefalteten Decke, die er als Kissen benutzte, und hatte ein verträumtes Grinsen auf den Lippen. Natürlich war er selbst im Tiefschlaf noch fröhlich.

Keiner meiner Freunde rührte sich, als ich an ihnen vorbei ins Haus schlich. Im Wohnzimmer, direkt hinter der Haustür, lag ein weiteres Bündel Decken auf einem ausgebreiteten Schlafsack, der als Matratze diente. Lily bildete die letzte Verteidigungslinie für ihre Schwester und Nox, die wir in den beiden Schlafzimmern im hinteren Teil des Bungalows untergebracht hatten.

Meine Frau schlief nicht so tief wie die Jungs. Vielleicht hatte sie überhaupt nicht geschlafen. Als die Dielen leise knarrten, setzte sie sich auf und blinzelte in die Dunkelheit.

„Ich bin's nur", flüsterte ich und ging zu ihr. Ihr Haar und ihre Haut, die im fahlen Licht schimmerten, das von der Straße durch die Fenster sickerte, weckten mich auf eine Weise, wie es das Koffein nicht geschafft hatte.

Sie war meine Muse, meine Geliebte und alles andere, was ich mir je hätte wünschen können. Mein erster Tod hatte sich gelohnt, um das zu erleben.

„Es gab keine Schwierigkeiten?", flüsterte sie, als ich sie erreichte.

Ich schüttelte den Kopf. „Ich habe ein paar Dutzend Plakatwände und Poster bearbeitet, ohne dass mich jemand bemerkt hat. Der eigentliche Aufruhr wird morgen früh beginnen, wenn die Leute sie sehen."

„Danke."

„Sie sind auch unsere Feinde. Ich will sie genauso loswerden wie du." Ich zögerte kurz, immer noch etwas unsicher, ob ich willkommen war, nachdem ich mich so lange vor der amourösen Seite unserer Beziehung verschlossen hatte. „Darf ich mich zu dir legen?"

„Natürlich", sagte Lily, ohne zu zögern, und rückte unter den Decken zur Seite. Ich zog meine Schuhe aus, streifte meine Jacke ab und legte mich zu ihr.

Der ausgebreitete Schlafsack war ein schlechtes Polster auf den abgenutzten Dielen. Entschlossen legte ich die Hände darauf, um Lilys Nacht ein wenig bequemer zu machen. Elektrizität knisterte durch meine Nerven, und das Füllmaterial des Schlafsacks blähte sich auf das Doppelte seiner vorherigen Dicke auf.

Lily lachte leise. „Es gibt so viele Verwendungsmöglichkeiten für dein Talent, die uns anfangs gar nicht klar waren."

„Es gibt einen Grund, warum ich der Kreative in unserer Truppe bin." Ich legte meinen Arm um ihre Taille und zog sie an mich.

Eigentlich hatte ich nur mit ihr kuscheln wollen. Obwohl ich nicht so auf Umarmungen stand wie Ruin, bei dieser Frau war jeder Zentimeter ihres Körpers, der sich an meinen schmiegte, ein Geschenk. Als mir ihr sanfter Wildblumenduft in die Nase stieg und ihre Hüfte mein Becken streifte, wachten gewisse Teile von mir plötzlich auf. Ich dachte an das Kunstwerk, das wir vor ein paar Tagen mit unseren Körpern geschaffen hatten – eine Kunst, die ich in dem darauffolgenden Chaos nicht noch einmal hatte wiederholen können.

Seit unserer ersten gemeinsamen Nacht hatte ich versucht, ihr auf jede erdenkliche Weise zu zeigen, dass ich nichts bereute. Dass ich voll und ganz bei ihr war. Vielleicht sollte ich es ihr noch deutlicher zeigen, damit kein Raum für Zweifel blieb. Wer wusste schon, wann ich wieder eine Chance bekommen würde?

Als ich meine Hand über Lilys Oberkörper und ihre Wange gleiten ließ, drehte sie automatisch ihr Gesicht zu mir. Unsere Lippen waren nur noch wenige Millimeter voneinander entfernt.

Sie seufzte leise und schmiegte sich an mich, als ich sie küsste. Ich genoss die Wärme ihres Mundes und ihre weichen Lippen und war entschlossen, mir alle Details einzuprägen.

Beim ersten Mal hatte ich nicht wirklich gewusst, was ich tat. Ich war noch zu sehr in meinem Kopf gefangen gewesen, um mich ihr völlig hinzugeben. Heute Nacht wollte ich es von Anfang an richtig machen.

Lily erwiderte meinen Kuss mit wachsender Leidenschaft. Ihre Finger fuhren über mein Gesicht und durch mein Haar. Sie zog leicht daran, was meine Erregung augenblicklich steigerte, als hätte sie einen Schalter umgelegt.

Ich fuhr mit meiner Zunge über ihre Lippen, woraufhin sie ihren Mund leicht öffnete. Unsere Zungen verschlangen sich in einem Tanz, der sich genauso wie Kunst anfühlte, wie der wechselnde Rhythmus ihrer Atemzüge.

Vielleicht würde ich eines Tages auch eine Muse für sie sein. Ein Lied in ihr entfachen, so wie sie meine Bilder inspirierte. Vorerst begnügte ich mich damit, ihr Vergnügen zu bereiten, eine Kunst, in die ich mich nur zu gern vertiefte.

Dabei konnte ich meine kreative Ader mit genauso viel Hingabe einbringen wie bei jeder anderen Tätigkeit. Nox hatte einmal gesagt, dass jeder von uns Lily etwas Einzigartiges zu bieten hatte – dass selbst wenn wir alle vier mit ihr zusammen waren, jeder von uns auf seine Weise besonders für sie war. Ich wollte, dass jeder Moment mit mir für sie genauso unvergesslich war, wie sie es für mich war.

Mir schwirrten alle möglichen Ideen durch den Kopf, doch zuerst wollte ich dafür sorgen, dass sie wirklich bereit war. Während ich sie weiter küsste, glitt meine Hand unter ihr Shirt. Meine Finger erkundeten die weichen Rundungen ihrer Brüste. Sie hatte ihren BH zum Schlafen ausgezogen – ich Glückspilz.

Mit kreisenden Bewegungen strich ich mit meinem Daumen über ihren Nippel, zuerst sanft, dann mit mehr Druck. Lily hob die Hüften und presste sie gegen mich. Ein unterdrücktes Wimmern entwich ihrer Kehle und verschmolz mit unserem Kuss. Sie biss sich auf die Lippe, und ihr Atem wurde zittriger. „Wir müssen leise sein. Ich will Mare nicht aufwecken."

Stimmt, wenn ihre kleine Schwester uns unterbrechen würde, wäre es definitiv vorbei mit meinen Plänen. Ein schelmisches Lächeln umspielte meine Lippen. „Du kannst gerne mich statt deiner Lippe beißen."

Hitze flammte in Lilys Augen auf. Sie küsste mich erneut und diesmal noch leidenschaftlicher. Als ich in ihren Nippel kniff, nahm sie mein Angebot an und grub ihre Zähne in meinen Hals. Bei dem stechenden Schmerz wurde ich noch härter.

„Genau so, Lil", murmelte ich und ließ meine Hand weiter nach unten gleiten. „Markiere mich, wie du willst." Ich würde jede Schramme und jeden blauen Fleck, die sie mir verpasste, mit Stolz tragen.

Sie atmete stockend aus und vergrub ihr Gesicht in meiner Halsbeuge. Als ich meine Hand unter den Bund ihrer Jeans schob und sie durch den dünnen Stoff ihres Slips hindurch streichelte, wechselte sie zwischen sanften Küssen und spielerischen Bissen an meiner Schulter. Ihre Feuchtigkeit benetzte meine Finger, und das Zucken ihrer Hüften wurde immer drängender.

Mein eigenes Verlangen brannte heiß in mir, und mein Schwanz sehnte sich nach Erlösung. Doch ich war noch nicht bereit, dieses Intermezzo zu beenden. Ich hatte vor, meiner Muse ein Meisterwerk zu schenken.

Unter den Decken öffnete ich geschickt den Knopf ihrer Jeans und zog sie ihr über die Beine. Lily wand sich heraus und griff nach meiner Hose. Als sie meine harte Länge mit ihren eifrigen Fingern umfasste, unterdrückte ich ein Stöhnen an ihrem Haar. Doch bevor sie mir die Hose ausziehen konnte, griff ich nach der großen Farbtube, die ich vorsichtshalber in meiner Gesäßtasche hatte, falls ich noch etwas Feinarbeit leisten musste.

Es war Acrylfarbe, also im Grunde flüssiger Kunststoff. Angetrieben von meiner lodernden Lust verschmolz ich mit meiner übernatürlichen Energie den Inhalt mit der Hülle, bis eine zähe Masse daraus wurde. Anschließend formte ich sie zu einer geschwungenen Form mit zwei Zinken.

Es gab viele Verwendungsmöglichkeiten für mein neues Werkzeug. „Ich habe etwas noch Besseres für dich." Langsam schob ich meine Kreation zwischen ihre Beine. Während einer der Zinken mühelos in ihre feuchte Wärme glitt, stimulierte der andere sanft ihren Kitzler.

Lily keuchte auf und klammerte sich noch fester an mich. Sie presste ihren Mund auf die Seite meines Halses und ihre Lippen übten einen pulsierenden Druck aus, während eine Reihe erstickter Laute ihre Lust verriet. Ich führte das Spielzeug tiefer in sie ein und bewegte es in sanften, rhythmischen Bewegungen, sodass es durchgehend ihren Kitzler stimulierte. Ihre Fingernägel und ihre Zähne gruben sich in meine Haut.

„Jett", murmelte sie. Das Verlangen in ihrer Stimme schickte einen elektrischen Schauer der Lust durch meinen Körper bis zu meinem harten Schwanz. Doch ich wollte ihr noch mehr geben.

Ich ließ meine andere Hand über ihren runden Hintern gleiten und strich mit einem Finger über ihre Öffnung. Lily zitterte und zog meinen Mund wieder auf ihren. Als unsere Lippen aufeinanderprallten, massierte ich ihre Rosette im

Takt der Stöße meines Spielzeugs. Dann zog ich den Zinken aus ihr heraus und platzierte das Spielzeug so, dass ein Zinken über ihren Schlitz rieb und der andere gegen ihre zweite Öffnung stieß.

„Willst du sie beide?", raunte ich, und meine Lippen streiften ihren Mund.

„Scheiße, ja", murmelte sie.

Als ich beide Zinken in sie presste, kippte Lilys Kopf nach hinten. Ich nutzte die Gelegenheit, um gleichzeitig an *ihrem* Hals zu knabbern. Sie zog mich nach vorne und presste ihren Mund so heftig auf meinen, dass ihre Zähne meine Lippe streiften, was mich nicht im Geringsten störte. Der Kuss dämpfte ihr Stöhnen nur teilweise.

Ihre Beine zitterten, als ich beide Zinken des Spielzeugs gleichzeitig in sie hinein und heraus bewegte. Die Laute, die sie vergeblich zu unterdrücken versuchte, verrieten, wie viel Lust ich ihr bereitete.

Endlich hatte ich eine Kunst gefunden, die ich vollkommen beherrschte. Selbst wenn keines meiner Gemälde jemals alle Nuancen dessen einfangen konnte, was ich ausdrücken wollte, war dieses Meisterwerk der Ekstase, das ich in meiner Frau zum Leben erweckte, vollkommen.

Lilys Zittern erfasste ihren ganzen Körper. Sie hob ihre Hüften, um meinen Stößen zu begegnen, und dämpfte ein weiteres Stöhnen, indem sie in meine Schulter biss. Dann griff sie zwischen uns und umfasste meine harte Erregung.

„Das fühlt sich so gut an", flüsterte sie. „Aber jetzt will ich dich. Nur dich. Nichts fühlt sich besser an, als dich in mir zu spüren."

In meiner Brust brach etwas auf. Allerdings auf eine gute Art und Weise, als würde ich mich öffnen, um ein Licht hereinzulassen, das mich noch nie zuvor berührt hatte. Eine Sekunde lang fand ich keine Worte. Alles, was ich tun konnte, war, sie leidenschaftlich zu küssen, während ich mein behelfsmäßiges Spielzeug zurückzog.

Ich zog das Kondom aus meiner Tasche, das ich vorsorglich eingesteckt hatte, und Lily riss die Packung auf. Während sie es über meine pochende Härte rollte, brachte ich mein Gesicht so dicht an ihres, wie es möglich war, ohne sie erneut zu küssen, und sprach aus, was ich in diesem Moment empfand.

„Ich liebe dich."

Lilys Atem stockte, und ich ließ ihr keine Gelegenheit, zu antworten. Stattdessen beanspruchte ich ihren Mund, während ich in sie eindrang. Sie keuchte an meinen Lippen und begegnete meinen Stößen. Ich drehte uns um, sodass ich auf ihr lag, und schob meine Hand unter ihren Hintern, um den Winkel noch lustvoller für sie zu machen.

Selbst ihr Gesicht, das in dem schummrigen Licht vor Glück strahlte, war ein Kunstwerk. Ich blickte auf sie hinab, während ich tiefer in sie eindrang und meine Position nur leicht veränderte. Ihre Augenlider flatterten und sie öffnete leicht die Lippen. Ich hatte diese drei Worte noch nie zu jemandem gesagt und nie gedacht, dass ich es jemals tun würde, doch sie könnten nicht wahrer sein. Sie waren meine Signatur auf dem Meisterwerk, das wir gemeinsam schufen.

Lily presste eine Hand auf ihren Mund, was ich als Aufforderung interpretierte, mein Tempo zu steigern. Sie wimmerte gegen ihre Handfläche, und ihre Augen rollten in ihrem Kopf zurück. Ihre Muschi verkrampfte sich um mich, und die Wucht ihres Höhepunkts trieb mich mit ihr über die Kante. Ich zischte durch die Zähne und unterdrückte ein Stöhnen, als mein Schwanz explodierte.

In einem verschwitzten Gewirr aus Gliedmaßen und zitternden Atemzügen sanken wir auf die Matratze. Lily schlang ihre Arme um mich, zog mich dicht an sich und schmiegte ihr Gesicht an meine Wange. Vielleicht war das vollkommenste Kunstwerk von allen der Anblick, wie sie nur wenige Minuten später in meinen Armen einschlief.

Ich hatte ihr nicht nur Leidenschaft geschenkt, sondern auch Frieden. Hoffentlich würde er bis morgen anhalten.

zehn

Lily

Es hätte alles andere als bequem sein sollen, in einem ungeheizten, verlassenen Haus auf dem Boden aufzuwachen. Doch ich hatte keinen Grund, mich zu beschweren, denn als ich die Augen öffnete, durchströmte mich eine Welle der Zufriedenheit. Jett lag neben mir und schlief noch. Ich schmiegte meinen Kopf an seine Schulter und genoss die beruhigende Wärme seines Körpers noch etwa fünf Minuten, bevor Kai ins Wohnzimmer platzte.

Ein paar Frösche hüpften hinter ihm her, als wären sie bereit, sich allen dringenden Maßnahmen anzuschließen. Hastig setzte ich mich auf und versuchte, unter der Decke in meine Hose zu schlüpfen.

Kai kam abrupt zum Stehen. „Ich habe eine Nachricht von unserem Insider bekommen. Das Skeleton Corps ist auf dem Weg hierher. Irgendwie haben sie uns aufgespürt."

Das überraschte mich nicht. Die Gauntts hatten uns

schon einmal ausfindig gemacht, als ich nach Marisol gesucht hatte. Und ich könnte wetten, dass die Familie mittlerweile auch von unseren zusätzlichen Angriffen auf sie Wind bekommen hatte. Vor allem jetzt, da kein riesiger Festwagen mehr ihre Aufmerksamkeit in Anspruch nahm.

„Wird unser Insider uns im Kampf gegen sie unterstützen?", fragte ich und rappelte mich auf. Jett murmelte etwas Unverständliches und rieb sich die Augen. Als er begriff, was los war, begann er hastig, sich ebenfalls anzuziehen.

Kai schüttelte den Kopf. „Er kann nicht viel tun. Außerdem ist es besser, wenn er seine Tarnung nicht aufgibt, damit er uns weiterhin Informationen liefern kann. Eigentlich wollte er heute ein paar Leute zu uns bringen, die ebenfalls das Mal tragen. Das muss wohl warten. Wir brauchen ein neues Versteck." Er zog sein Handy hervor und scrollte stirnrunzelnd durch seine Kontaktliste.

Ruins Stimme drang von der geschlossenen Veranda herein. „Die werden hier auftauchen und nichts finden. Pech für sie! Ich würde sagen, wir gehen frühstücken und schlagen uns die Bäuche voll, während diese Idioten uns hier suchen."

Natürlich schlug Ruin einen Restaurantbesuch vor. Ein Lächeln huschte über meine Lippen. So verlockend es auch klang, einfach vor der Auseinandersetzung davonzulaufen, meine Gedanken gingen in eine andere Richtung.

„Wie viel Zeit haben wir?", fragte ich. „Wie nah sind sie?"

„Es klang so, als wären sie gerade erst losgefahren, als ich die Nachricht bekommen habe", antwortete Kai. „Wir haben zehn, vielleicht fünfzehn Minuten. Wir müssen Nox ins Auto bringen, danach können wir losfahren."

Ich atmete tief ein. „Ja, bringen wir Nox ins Auto. Wir sollten bereit sein, falls wir uns schnell aus dem Staub machen müssen. Allerdings finde ich nicht, dass wir verschwinden sollten."

Alle drei Jungs starrten mich an, sogar Ruin, der durch die Tür hereinspähte. Kais Stirn legte sich in Falten, bevor sie sich wieder glättete, als ihm die Erkenntnis dämmerte.

„Du willst den Hinterhalt umdrehen und sie angreifen."

Er klang nicht so, als würde er die Idee für völlig verrückt halten. Natürlich waren alle meine Leute im Allgemeinen ziemlich verrückt, also war Kai vielleicht nicht der beste Maßstab, um zu beurteilen, wie durchgeknallt mein Plan war. Aber extreme Situationen verlangten nach extremen Lösungen, oder?

„Wir haben einen Vorteil gegenüber den Skeleton-Corps-Typen", fuhr ich fort. „Wir wissen, dass sie kommen, und sie rechnen damit, dass wir unvorbereitet sind. Sie werden nicht aufhören, uns anzugreifen, bis wir sie davon überzeugen, dass es besser ist, uns in Ruhe zu lassen, als die versprochene Belohnung der Gauntts zu bekommen. Dieser Zeitpunkt ist genauso gut wie jeder andere. Meint ihr nicht?"

Jett nickte. „Nächstes Mal warnt uns unser Kontaktmann vielleicht nicht rechtzeitig."

Ruin wippte ungeduldig auf den Füßen. „Ich bin bereit, ein paar Idioten zu verprügeln."

Kai legte ruckartig den Kopf schief. „Dann lasst uns alles vorbereiten. Wie du gesagt hast – wir müssen bereit sein, abzuhauen, falls es nötig ist."

In diesem Moment schlenderte meine kleine Schwester aus dem Zimmer, in dem sie geschlafen hatte. Sie blinzelte uns müde an. „Was ist denn los?"

Mein Herz raste. Ich war absolut dafür, den Kampf zu unseren Bedingungen auszutragen, doch eine dieser Bedingungen war, dass Marisol herausgehalten wurde, wenn es möglich war.

„Die Gang, die für die Gauntts arbeitet – das Skeleton

Corps – ist auf dem Weg hierher", antwortete ich schnell. „Wir werden dich in Sicherheit bringen und anschließend so viele von ihnen ausschalten, wie wir können. Hoffentlich überdenken sie ihren Plan, die Schädelbrecher auszulöschen, dann noch einmal."

Marisols Schultern spannten sich an und sie griff in die Tasche ihres Kapuzenpullis, wo ich die Ausbuchtung der kleinen Pistole erkennen konnte, die Nox ihr gegeben hatte. „Ich kann auch kämpfen."

Ein Kloß bildete sich in meiner Kehle. „Ich weiß, dass du das kannst, Mare. Aber du hast noch nie damit geschossen. Und …" Mir kam ein Geistesblitz, der mir augenblicklich Erleichterung verschaffte. „Außerdem muss jemand auf Nox aufpassen, falls das Corps ihn trotz unserer Vorsichtsmaßnahmen im Auto entdeckt. Du kannst jeden erschießen, der versucht, an ihn oder dich heranzukommen."

Die Aussicht, eine sinnvolle Aufgabe zu haben, schien sie zu besänftigen. „Okay", stimmte sie zu.

Kai schnippte mit den Fingern. „Kommt schon, lasst uns loslegen. Wir haben nicht viel Zeit, um uns vorzubereiten."

Jett und er eilten in das andere Schlafzimmer und holten den Wagen heraus, auf dem Nox glücklicherweise immer noch in seinem Dauerschlaf lag. Kai rief einem der Rekruten eine Anweisung zu, und gemeinsam machten sie sich auf den Weg die Straße hinunter zu meinem Auto, das wir dort abgestellt hatten. Leider hatten wir Professor Grimes' Auto mit dem Festwagen zurücklassen müssen, sodass wir wieder mit einem Fahrzeug für mehrere Personen auskommen mussten.

Ich schickte Marisol hinter den Jungs her. Meine Schwester drückte kurz meinen Arm, bevor sie ihnen folgte.

Ich stand auf der überdachten Veranda, konzentrierte mich auf das Summen der Energie, die mich durchströmte, und ließ sie in meine Umgebung ausstrahlen. Die beiden

Frösche, die sich Kai angeschlossen hatten, hüpften mit einem lauten Quaken um meine Füße herum.

Ich könnte noch mehr herbeirufen. Eigentlich sollten sie viel zu weit entfernt sein, um von ihrem sumpfigen Zuhause bis nach Mayfield zu kommen, doch ich spürte meine amphibischen Verbündeten überall in der Stadt: in Abwasserkanälen, Gartenteichen und Swimmingpools. Sie hatten sich versammelt, um in meiner Nähe zu sein, falls ich sie brauchen sollte. Ich war gerührt und wollte ihnen nicht sagen, dass sie nicht nützlich waren. Das Skeleton Corps hatte es noch nie mit meiner Froscharmee zu tun gehabt. Das war eine weitere Möglichkeit, sie aus dem Konzept zu bringen.

Kommt, rief ich den grünen Tieren in Gedanken zu. *Kommt und zeigt diesen Bastarden, dass nicht sie über den Sumpf herrschen, sondern wir.*

Während die Eindrücke mit einem heftigen Vibrieren meiner Magie auf mich einprasselten, weitete ich mein Bewusstsein in andere Richtungen aus. In dem Haus, das zwangsversteigert werden sollte, waren alle Versorgungsleistungen abgeschaltet. Das bedeutete allerdings nur, dass das Aufdrehen der Wasserhähne oder das Spülen der Toilette auf herkömmliche Weise nichts bewirken würde. Das Wasser floss weiterhin durch die Hauptleitungen unter der Erde. Ich konnte es aus den Abflussrohren oder aus den Schläuchen der Nachbarhäuser ziehen.

Und falls nötig, konnte ich natürlich das Blut unserer Angreifer manipulieren. Inzwischen hatte ich schon mehrere Herzen von innen heraus zerschmettert.

Bei dem Gedanken wurde mir immer noch ein wenig mulmig, doch ich versuchte, mein instinktives Zögern zu überwinden. Ich tat dies, um mich, meine Schwester, meine Männer und möglicherweise Hunderte von Kindern zu schützen, die leiden würden, wenn wir die Gauntts nicht zu

Fall brachten. Wir hatten uns an die Mitglieder des Skeleton Corps gewandt, die ein Mal trugen. Die meisten von ihnen standen unter keinem übernatürlichen Einfluss und handelten aus freiem Willen. Und zwar trotz der Informationen, die über die fragwürdigen Machenschaften der Gauntts im Umlauf waren.

Wenn sie dachten, dass diese Familie Loyalität verdiente, dann verdienten sie kein Mitgefühl.

Ein leises Trappeln drang an meine Ohren, als ein paar Frösche die Straße hinunter zum Haus hüpften. Während ich die Neuankömmlinge dazu aufforderte, sich im struppigen Gras des Rasens oder an den Seiten des Hauses außer Sichtweite zu postieren, kamen immer weitere dazu. Als die Jungs zum Haus zurückkehrten, hatten sich bereits ein paar Hundert amphibische Soldaten um das Gebäude versammelt.

„Ich bin so gut vorbereitet, wie es nur geht", teilte ich den Jungs mit. „Was ist noch zu tun?"

Kai schaute sich auf der Veranda um. „Öffnet die Fenster gerade so weit, dass ihr durch die Spalten schießen könnt", wies er Jett und Ruin an. „Wir werden hier so viele wie möglich erledigen, sobald sie eintreffen."

Stirnrunzelnd betrachtete er die Fliegengittertür, die wir aufgebrochen hatten, um ins Haus zu gelangen, und trat wieder nach draußen. Wenige Sekunden später kam er mit einem riesigen Gartenzwerg zurück, den er neben der Tür abstellte. „Wenn sie versuchen, ins Haus zu kommen, wird sie das aufhalten. Und wenn wir abhauen müssen, laufen wir durch die Hintertür. Der Zaun dort ist niedrig genug, dass wir drüber springen können."

„*Falls* wir abhauen müssen", sagte Ruin mit einem wilden Funkeln in seinen hellen Augen. Er ließ seine Pistole zwischen den Fingern rotieren, und ein ebenso wildes Grinsen umspielte seine Lippen.

„Ja, falls", murmelte Kai. „Und jetzt runter, sonst ist unser Überraschungseffekt dahin, auf den wir setzen."

Wir duckten uns unterhalb der Fensterlinie, die auf Hüfthöhe begann. Mein Herz raste. Ich legte eine Hand auf den Rücken eines Froschs, der mit mir hineingehüpft war, da ich den seltsamen Drang verspürte, mich an etwas festzuhalten, obwohl ich es nicht gewöhnt war, mit Waffen oder Pistolen zu kämpfen.

Nach gerade einmal ein oder zwei Minuten angespannter Stille drang das Brummen von Motoren an unsere Ohren. Vermutlich wollten sie unbemerkt bleiben, denn die Geräusche verstummten, bevor sie die Vorderseite des Hauses erreichten. Dafür waren zügige Schritte auf dem Gehweg zu hören.

Kai richtete sich gerade so weit auf, dass er einen Blick durch die Fenster erhaschen konnte. „Jetzt!", flüsterte er eindringlich.

Er sprang im selben Moment auf wie die beiden anderen, und sie eröffneten das Feuer auf die Gestalten, die sich dem Haus näherten. Ich schickte eine Welle schützender Energie zu den Fröschen und schleuderte ihnen dann eine gewaltige Wassermenge aus dem nächstgelegenen Gullydeckel entgegen.

Draußen hatten sich vielleicht fünfzehn Männer in unsere Richtung bewegt. Mehrere gingen im ersten Kugelhagel zu Boden, während die anderen hinter Autos oder Hecken Schutz suchten. Dort stürzte sich jedoch ein Ansturm wütender Frösche auf sie, gefolgt von einer Welle aus Abwasser, die in einer grau-braunen Flut über sie hereinbrach.

Falls ich gehofft hatte, dass das ausreichen würde, um den Rest der Skeleton-Corps-Typen in die Flucht zu schlagen, hatte ich Pech. Weitere Männer eilten von der Straße heran, diesmal geduckt und vorsichtiger. Einige der

Dreckskerle, die unverletzt geblieben waren, versuchten die Frösche mit angewiderten Mienen wegzuschlagen, doch meine grünen Freunde blieben standhaft.

Dann donnerte ein Geländewagen die Straße entlang, raste direkt auf den Gehweg zu und krachte in die Treppenstufen.

Wir landeten unsanft auf unseren Hintern. Der Gartenzwerg zersplitterte. Jemand riss die Verandatür auf …

Jett packte die Frösche neben mir und schleuderte sie den Männern entgegen, die gerade ins Gebäude stürmen wollten.

Zuerst dachte ich, er wollte unsere Angreifer nur ablenken. Dann bemerkte ich, dass die Frösche etwa doppelt so groß aussahen, wie ich sie in Erinnerung hatte.

Eines der Biester schnappte mit seinen Reißzähnen, die sie vorher *definitiv* nicht gehabt hatten, und vergrub sie im Fleisch des Skeleton-Corps-Typen, auf dem es gelandet war. Er schrie auf und fuchtelte wild herum, um die Frösche abzuschütteln.

Kai und Ruin sprangen gleichzeitig vor. „Wir können auch ein Monster erschaffen", sagte Kai zu Ruin, der offenbar sofort verstand, was er meinte. Gemeinsam rangen sie den zweiten Angreifer zu Boden, der gerade auf uns zustürmte.

„Kämpfe gegen den Rest der Skeleton-Corps-Leute", befahl Kai ihm. Gleichzeitig verzerrte die Emotion, die Ruin auf den Kerl übertragen hatte, sein Gesicht zu einer Maske der Wut. Der Kerl drehte sich wutentbrannt um und stürmte den Gehweg hinunter, wobei er mit der einen Hand seine Waffe abfeuerte und mit der anderen Hand Schläge austeilte. Es war ein beeindruckender Anblick.

Einer der Frösche hatte seine Reißzähne tief in die Kehle des ersten Mannes gegraben. Er stürzte zu Boden und versuchte, sich mit einem immer verzweifelteren Wimmern gegen das Biest zu wehren. Ich schleuderte eine weitere Welle aus Abwasser auf die Arschlöcher, die draußen noch auf den Beinen waren. Ein ganzer Haufen von ihnen wurde umgerissen und einige andere endgültig in die Flucht geschlagen.

Wir beobachteten, wie der Mann, der unter Kais Einfluss stand, seinen Kollegen auf der Straße hinterherjagte. Der Froschschwarm hüpfte hinter ihnen her, und die Männer in seiner Nähe wichen mit weit aufgerissenen Augen zurück. Offensichtlich hatten sie gesehen, was mit einem ihrer Kameraden passiert war, und wollten kein Risiko eingehen.

Eine unheimliche Stille legte sich über die Straße, die mit Leichen übersät war. Sie wurde nur von dem Röcheln des Opfers der Reißzahn-Frösche und den Schüssen in der Ferne unterbrochen. Ach ja, und dem leisen Heulen einer Sirene, die zweifellos in unsere Richtung kam.

Kai schenkte uns ein breites Grinsen. „Ausgezeichnete Zusammenarbeit. Und jetzt nichts wie weg hier, bevor wir im Knast landen."

elf

Lily

Eine Zentralheizung hatte schon etwas für sich. Und fließendes Wasser. Und Türen mit funktionierenden Schlössern. Zu unserem Glück boten unsere heruntergekommenen Motelzimmer, die wir in einer schäbigen Absteige eine Autostunde von Mayfield entfernt gebucht hatten, all das.

Das war allerdings auch schon alles, was wir an Annehmlichkeiten hatten. Luxus suchte man hier vergeblich, doch niemand beschwerte sich. Kai hatte beschlossen, dass wir eine Pause brauchten, nachdem wir so viel unterwegs gewesen waren. Nur für heute Nacht wollten wir die Stadt hinter uns lassen und uns in einer *relativ* luxuriösen Unterkunft einquartieren.

Wir hatten zwei Doppelzimmer mit einer Verbindungstür – eines für Marisol und mich, das andere für die Jungs. Endlich konnte ich richtig duschen. Unter den gegebenen Umständen konnte ich mir kaum etwas Besseres wünschen.

Ich wusste nicht genau, wie Kai die Zimmer bezahlt hatte, er hatte mir jedoch versichert, dass es nicht zu uns zurückverfolgt werden konnte. Und er sagte selten etwas, bei dem er sich nicht sicher war. Also beschloss ich, mir keine Sorgen zu machen.

Ich ließ das Wasser in der Dusche über mich fließen, bis es nach fünf Minuten abkühlte, was mich daran erinnerte, wie wenig luxuriös dieser kleine Genuss eigentlich war. Eilig trocknete ich mich ab und zog mich an. Als ich das Hauptzimmer betrat, saß Marisol mit der Fernbedienung in der Hand auf ihrem Bett und starrte mit weit aufgerissenen Augen auf eine Nachrichtensendung.

Auf dem Bildschirm war unser Motivwagen zu sehen. Eine Sekunde lang hörte ich die Stimme meiner Schwester aus den Lautsprechern dringen. Ihr blieb der Mund offen stehen.

„Es läuft auf mehreren Kanälen", erklärte sie. „Das hier, die zerstörten Anzeigen und etwas über Geschäftspartner und wichtige Mitarbeiter, die sich von Thrivewell distanzieren. Es funktioniert tatsächlich!"

Ich konnte mir ein Lächeln nicht verkneifen, auch wenn mir die Ungläubigkeit in ihrer Stimme einen Stich ins Herz versetzte. „Unter anderem dank dir. Du hast ihnen deine Geschichte erzählt, und sie mussten zuhören."

„Sie mussten nicht", erwiderte Marisol. „Aber sie haben es getan." Sie wischte sich mit der Hand über den Mund und sah mindestens genauso ängstlich wie ehrfürchtig aus.

„Sie müssen nicht wissen, dass du es warst", erinnerte ich sie. „Alles, was sie brauchten, war eine Stimme. Du musst nie wieder mit Fremden darüber sprechen." Obwohl ich sie vielleicht zu einer Therapie ermutigen würde, sobald das alles vorbei war. Es musste doch eine Möglichkeit geben, dass sie über die widerlichen, nicht übernatürlichen Aspekte sprechen konnte, ohne dass ein Seelenklempner sie für verrückt hielt, oder?

Ich glaubte nicht, dass ich in der Lage war, ihr dabei zu helfen, das Trauma zu verarbeiten, das sie mit sich herumschleppte, und meine Jungs … Sie hatten viele gute Eigenschaften, aber Feinfühligkeit war nicht wirklich ihre Stärke.

„Ich wollte gerade nach den Jungs sehen", sagte ich. „Möchtest du mitkommen oder lieber hierbleiben?"

Mare legte den Kopf schief und ließ sich nach kurzem Überlegen zurück aufs Bett fallen. „Ich glaube, ich will einfach nur entspannen. Hier sind wir doch sicher, oder?"

„Zumindest für diese Nacht", antwortete ich. Und draußen hielt immer noch einer der Rekruten Wache, nur für den Fall.

Ich ging durch die Verbindungstür ins Zimmer der Jungs und blieb mit einem belustigten Schnauben stehen.

Jett hatte umdekoriert. Die zuvor erbsengrünen Wände waren jetzt Umbrafarben, die Bettdecken passend dazu in einem dunklen Rot. Den einzigen Stuhl im Zimmer hatte er aus Gründen, die ich vermutlich nie ganz verstehen würde, auf den wackeligen Tisch gestellt und ein paar Taschentücher und die Bibel darunter platziert. Das Einzige, das noch genauso aussah wie in unserem Zimmer, war der Fernseher, durch dessen Kanäle Kai gerade zappte.

Als ich eintrat, hörte er auf und schaltete den Fernseher aus. Alle Jungs drehten sich zu mir um – nun ja, alle bis auf Nox, der wie immer auf seinem Wagen am Fußende eines der Betten lag. Kai hockte am Fußende des anderen Bettes, während Ruin sich in eine Art Kissenburg am Kopfende desselben Bettes gekuschelt hatte und an einem Snack knabberte. Jett, der neben dem Schreibtisch stand, drehte sich um und lehnte sich dagegen, ohne sich darum zu kümmern, dass der Stuhl hinter ihm wackelte.

„Ihr habt es euch ja richtig gemütlich gemacht", sagte ich.

„Es ist nett hier." Ruin wackelte mit den Füßen unter den Decken. „Ich bin nicht wählerisch, aber ich schlafe gerne auf einer richtigen Matratze."

„Und du hast Glück, dass du sie ganz für dich allein hast, weil keiner von uns Lust hat, dein Gezappel zu ertragen", bemerkte Jett trocken.

Ein schelmisches Funkeln trat in Ruins Augen. „Vielleicht überrede ich Lily, sie mit mir zu teilen."

Ich zog eine Augenbraue hoch. „Nicht über Nacht. Ich will Marisol nicht zu lange allein lassen."

Er wackelte mit den Augenbrauen und grinste. „Ich bin sicher, wir finden eine Beschäftigung, die nicht die ganze Nacht dauert. Selbst wenn wir diese Spielverderber mitmachen lassen."

Bei dieser Bemerkung schien die Temperatur im Raum um ein paar Grad zu steigen. Als hätte Jett dieses Verlangen nicht erst letzte Nacht gründlich befriedigt. Eine Röte kroch mir den Hals hinauf. Doch gerade als ich den Mund öffnete, um zu antworten, brachten mich seine Worte auf einen völlig anderen Gedanken.

„Wir haben heute noch ein paar andere Dinge zusammen gemacht", sagte ich. „Kai und du habt eure Kräfte gemeinsam auf den einen Kerl angewandt, und Jett ist bei ein paar Fröschen kreativ geworden, die ich herbeigerufen habe."

Ruin brummte vor sich hin. „Stimmt. Das war gut. Nur ein paar von ihnen waren nahe genug, dass wir sie berühren konnten, also haben wir dem einen noch eine Extra-Ladung verpasst."

Kai nickte. „Normalerweise scheint es eine Verschwendung zu sein, unsere Kräfte auf ein und dasselbe

Ziel zu konzentrieren, doch in bestimmten Fällen scheint es nützlich zu sein.“

Jetts Lippen verzogen sich zu einem kaum sichtbaren Grinsen. „Ich vertrete die Meinung, dass man alles nutzen sollte, was man gerade zur Verfügung hat.“

„Ja.“ Aber dieser Ansatz nagte auf eine Weise an mir, die ich nicht ganz verstand.

Ich ließ meinen Blick durch den Raum schweifen, bis er auf Nox verweilte. Ein mulmiges Gefühl machte sich in meiner Magengrube breit.

Die Worte sprudelten aus mir heraus, bevor ich sie ganz durchdacht hatte. „Was könnten wir wohl noch alles tun, wenn wir unsere Kräfte vereinen? Als ich versucht habe, Nox’ Bann allein zu brechen, hat es nicht gereicht. Doch wenn wir es gemeinsam versuchen würden … vielleicht würde es dann irgendwie funktionieren.“

Das „irgendwie“ war der Knackpunkt. Kai richtete sich mit nachdenklicher Miene auf, und auf Ruins Gesicht breitete sich ein begeistertes Grinsen aus.

„Ja!“, sagte er. „Wenn wir gemeinsam versuchen, ihn aufzuwecken, muss er auf uns hören.“

Kai rieb sich den Mund. „Ich weiß nicht. Ich glaube nicht, dass es so einfach ist.“

„Nein“, entgegnete ich. „Aber wenn wir es strategisch angehen … Wenn wir herausfinden, wie jeder von uns seine Fähigkeiten am besten einbringen kann, und es gemeinsam versuchen …“

Er schaute auf und begegnete meinem Blick wieder. „Einen Versuch ist es wert. Trotzdem wirst du der Schlüssel sein, schließlich hast du auch die Male der Gauntts geknackt. Wir sollten herausfinden, ob du etwas von deiner Energie auf uns übertragen kannst, damit wir alle auf der grundlegendsten Ebene miteinander verbunden sind, um dasselbe Ziel zu erreichen. Mal sehen, was dann passiert.“

Meine Stimmung hob sich. Wir hatten eine Chance. Eine echte Chance.

Ohne es wirklich zu besprechen, knieten wir schließlich um Nox' Wagen herum auf den Boden. Er war gerade klein genug, dass wir einen geschlossenen Kreis bilden konnten, wenn wir die Arme ausstreckten und uns nach vorne lehnten, um den Abstand zu verringern. Man könnte meinen, wir würden eine Séance abhalten, was vermutlich gar nicht so weit von der Wahrheit entfernt war. Nur dass wir seinen Körper und seinen Geist aufwecken und nicht nur mit einer geisterhaften Version von ihm sprechen wollten.

Ich ergriff Kais Hand auf der einen Seite und die von Ruin auf der anderen. „Ich weiß nicht genau, was ich tun soll", gab ich zu.

Kai drückte sanft meine Finger. „Welche Kraft auch immer du normalerweise gegen die Magie der Gauntts einsetzt – vielleicht kannst du versuchen, ein wenig davon durch uns fließen zu lassen? Natürlich nicht ganz so stark, wie du normalerweise auf die Male einwirken würdest."

„Natürlich." Mit einem nervösen Lachen schloss ich die Augen. Das Summen in mir fühlte sich noch unberechenbarer an als sonst.

Das war meine Idee. Was, wenn sie nicht funktionierte?

Na und? Dann wären wir eben wieder da, wo wir angefangen hatten. Es war nicht so, als könnte dieser Versuch unsere Situation verschlimmern.

Ich holte tief Luft und stellte mir die Energiewelle vor, die ich normalerweise gegen die Mauern schleuderte, die die Gauntts um die Erinnerungen ihrer Opfer errichteten. Die Welle, die ich erst vor Kurzem gegen die Barriere um Nox' Geist gerichtet hatte.

Konnte ich ein wenig von dieser Sumpfkraft auf meine Männer übertragen, damit sie mit ihren eigenen Fähigkeiten noch besser gegen die Magie der Gauntts ankamen?

Es gab nur einen Weg, das herauszufinden.

Ich leitete nur einen schwachen Energiestrom durch meine Arme. Meine Hände kribbelten, als sie sich mit der Essenz meiner Jungs vermischte. Kai zuckte leicht, und Ruin stieß ein leises Kichern aus. Jett grunzte, als die übernatürliche Kraft auch ihn erreichte.

Plötzlich konnte ich sie alle spüren, als wären ihre Körper ein Teil von mir. Das dumpfe Pochen ihrer Herzschläge, die sich dem Rhythmus meines Pulses anpassten. Ihre Atemzüge. Die leichte Anspannung ihrer Muskeln beim Halten dieser verschränkten Pose. Eine seltsam berauschende Euphorie schoss durch mich hindurch.

Als Kai wieder sprach, war seine Stimme ruhig. „Ich glaube, das wird einen Unterschied machen. Und zwar nicht nur bei dem Versuch, Nox zurückzubringen."

Als ich die Augen öffnete, sah er mich eindringlich durch die Gläser seiner Brille an. „Was meinst du?", fragte ich.

Er befeuchtete seine Lippen. „Die Art und Weise, wie sich deine Energie mit meiner vermischt ... Ich habe den starken Eindruck, dass sich unsere übernatürliche Resonanz beim Einsatz unserer vereinten Kräfte so miteinander verbindet, dass wir sie vielleicht nie wieder ganz *trennen* können. Ein Teil von dir könnte so mit uns verbunden sein, dass wir ihn vielleicht nicht mehr lösen können."

Kai schien sich nicht die geringsten Sorgen deswegen zu machen, Ruin wirkte lediglich neugierig, und Jett zeigte gar keine Reaktion.

Sie alle beobachteten *meine* Reaktion. Sie waren bereits Freunde, Kollegen, ja praktisch Familie gewesen, bevor ich ins Spiel gekommen war. Ich war das neue Element.

Ich war die Einzige, die vielleicht das Gefühl haben könnte, etwas zu verlieren, wenn ein Teil meiner Seele mit ihren verschmolz.

Doch so war es nicht. Kaum war mir dieser Gedanke

durch den Kopf gegangen, breitete sich die Euphorie in meiner Brust weiter aus, und mir wurde von Sekunde zu Sekunde wärmer. Mir gefiel der Gedanke, eine dauerhafte Verbindung zu den Männern zu haben, die auf so viele Arten bereits bewiesen hatten, dass sie mir gehörten.

Wenn diese Verbindung es mir schwerer machte, sie zu verlieren, dann war ich mehr als bereit, sie einzugehen.

Unmittelbar danach kam mir eine weitere, noch drastischere Erkenntnis, die mir wahrscheinlich schon viel früher hätte klar werden müssen. Die ganze Situation war einfach so, nun ja, verrückt und chaotisch gewesen und …

Doch jetzt wusste ich es. Ich wusste es mit der gleichen unerschütterlichen Gewissheit, die gestern Nacht in Jetts Stimme gelegen hatte.

„Es ist okay", sagte ich und verzog sofort das Gesicht über meine eigene Wortwahl. „Nein, es ist *gut*. Ich möchte mit euch verbunden sein. Ich möchte mit euch *zusammen* sein, jetzt und egal, wohin das Leben uns danach führt." Ich hielt inne, schluckte schwer und ließ meinen Blick über das Trio schweifen. „Ich liebe euch. Jeden von euch. Und Nox auch." Als mein Blick auf ihn fiel, verstärkte sich die anhaltende Traurigkeit.

Als ich wieder aufblickte, strahlte Ruin so sehr, dass er die Lampe über mir in den Schatten stellte. „Ich habe dich schon geliebt, bevor wir uns überhaupt richtig kennenlernen konnten", versicherte er mir. „Wenn du für immer willst, bekommst du für immer."

Jett schenkte mir ein kleineres Lächeln, das trotzdem nicht weniger Hitze in mir entfachte. „Du weißt, was ich für dich empfinde."

Kai drückte meine Hand erneut, diesmal etwas fester. Er blinzelte und sah einen Moment lang verblüffend unvorbereitet aus. Dann huschte der Anflug eines Lächelns über sein Gesicht.

„Ich bin so daran gewöhnt, mich darauf zu konzentrieren, was andere fühlen, um es zu unserem Vorteil zu nutzen, dass ich verlernt habe, auf meine eigenen Emotionen zu achten. Doch ich habe nicht den geringsten Zweifel daran, dass ich dich mit aller Hingabe liebe, die ich in mir habe.“

Ein Kloß bildete sich in meiner Kehle, aber ich schaffte es, sie anzulächeln. „Also gut. Lasst uns Nox zurückholen, koste es, was es wolle. Ich werde meine gesamte Kraft gegen die Barriere schleudern, die sie um seine Seele errichtet haben, und hoffen, dass eure Kräfte den Rest erledigen.“

Ruin wippte eifrig auf seinen Füßen. „Ich werde Emotionen auf ihn übertragen, um seinen Geist aufzurütteln, damit er von innen heraus kämpfen kann.“

Ein Funke blitzte in Kais Augen auf. „Und ich werde ihm befehlen, genau das zu tun, mit allem, was er in sich hat.“

Jett ließ Kais Hand los und legte seine Finger auf Nox’ Stirn. „Ich werde nach den Strukturen in ihm suchen, die nicht wirklich zu ihm gehören, sondern zum Bann der Gauntts. Wenn sie eine Barriere errichtet haben, werde ich ihre Form so lange ändern, bis sie nicht mehr standhalten kann. Egal, ob wir sie mit den Augen sehen können oder nicht.“

„Alles klar.“ Ich drückte Ruins und Kais Hände und schickte eine weitere Welle meiner Energie durch sie hindurch, wohl wissend, dass sie über Ruins Griff auch Jett erreichen würde. „Ich bin bereit, wenn ihr es seid.“

Und wenn es nicht funktionierte, hatten wir zumindest alles versucht.

zwölf

Nox

Das Schlimmste an der Scheiße, in der ich gerade steckte, war, dass das letzte Bild, das meine Augen gesehen hatten, bevor ich hier gelandet war, ständig am Rand meines Bewusstseins präsent war. Es war wie ein verdammtes Gemälde, von dem ich mich nie weit genug abwenden konnte, um ihm zu entkommen. Das Bild von der halben Portion, zu der Nolan Gauntt geworden war, nachdem er in den Körper seines adoptierten Enkels geschlüpft war.

Und wie es sich für ein unheimliches Gemälde gehörte, schienen mir seine Augen zu folgen, egal was ich tat.

Nicht, dass ich etwas Besonderes tat. Abgesehen von dem Kinderbild, das mir im Kopf herumschwirrte, nahm ich nicht viel wahr, außer einem verschwommenen Grau um mich herum. Hin und wieder hatte ich ein vages Gefühl von Druck oder Bewegung, doch ich hätte nicht sagen können, wo ich war oder was vor sich ging. Leise Geräusche zogen an mir vorbei, die ebenfalls zu verschwommen waren, um sie zu identifizieren. Und ich konnte nichts sehen. Ich hatte keine Ahnung, ob das daran lag, dass meine Augen geschlossen waren, oder ob mein Gehirn keine Verbindung mehr zu ihnen hatte.

Ich war mir ziemlich sicher, dass ich immer noch in meinem Kopf war. Als mein Geist nach meinem ersten Tod frei umhergeschwebt war, hatte ich alles um mich herum klar sehen und hören können. Ich hatte mich freier durch die Welt bewegen können als je zuvor, auch wenn ich nicht in der Lage gewesen war, etwas in dieser Welt zu beeinflussen. Sofern ich nicht in einer sehr langweiligen Version der Hölle gefangen war, glaubte ich nicht, dass ich wieder ins Gras gebissen hatte.

Nolan hatte etwas mit mir gemacht. Als er seine Hand gegen meine Stirn geschlagen hatte, hatte es sich angefühlt, als wäre eine Bärenfalle zugeschnappt. Zumindest stellte ich mir vor, dass sich eine Bärenfalle so anfühlte. Zum Glück hatte ich das bisher nie erlebt. Dann war alles verblasst, bis nur noch dieses Grau übrig gewesen war.

Ich drehte mich in dem formlosen Raum, so gut es ging, und versuchte, nach etwas zu greifen, das mir helfen könnte, aus diesem Gefängnis auszubrechen. Lily und meine Freunde waren da draußen. Hatte der Mistkerl ihnen dasselbe angetan? Waren *sie* überhaupt noch am Leben?

Die Ungewissheit und meine völlige Unfähigkeit, etwas dagegen zu tun, nagten unaufhörlich an mir.

Wie lange steckte ich schon in diesem Zustand fest? Mein Zeitgefühl war noch verschwommener als während der einundzwanzig Jahre, die ich im Limbo verbracht hatte. Es könnten nur ein paar Minuten sein. Vielleicht aber auch Tage. Es *fühlte* sich definitiv deutlich länger an, als ich bewusstlos sein wollte, auch wenn ich keine Ahnung hatte, wie genau dieser Eindruck war.

Nach einer Weile begannen meine Gedanken mehr und mehr abzudriften. Es war schwer, sich auf die Flucht zu konzentrieren, wenn mir jeder Versuch durch die Finger glitt. Stattdessen trieb ich zu Momenten zurück, an die ich seit Ewigkeiten nicht mehr gedacht hatte

Da war dieses eine Mal, als ich meine Eltern gesehen hatte, nachdem Gram mich bei sich aufgenommen hatte. Wir waren im Supermarkt, als sie hereingeschlurft waren. Sie hatten verkatert und mürrisch ausgesehen. Gram hatte ihnen höflich zugenickt. Mein Herz hatte einen Schlag ausgesetzt, zerrissen zwischen zwei widersprüchlichen Impulsen: Zu ihnen zu laufen und herauszufinden, ob sie ihrem siebenjährigen Sohn wenigstens etwas Zuneigung schenken würden – oder mich hinter Gram zu verstecken, weil ich genau wusste, welche nicht so liebevollen Reaktionen ich stattdessen bekommen könnte.

Letzteres war definitiv häufiger der Fall gewesen, als ich bei ihnen gelebt hatte. Trotzdem hatte ein kleiner Teil von mir die Hoffnung nicht aufgegeben. Schließlich war ich noch ein Kind gewesen.

Am Ende hatte ich nichts von beidem getan. Ich war einfach neben Gram stehen geblieben, während mein Vater den Blick abwandte und meine Mutter das Gesicht verzog, bevor sie hastig in einem anderen Gang verschwand. Gram hatte die Sache auf sich beruhen lassen. Sie wollte nicht riskieren, dass sie sich aufregten und mich zurückforderten. Als wir zur Kasse gingen, hatte ich sie leise vor sich hin murmeln hören, dass sie nicht wusste, wann sie ihren Sohn verloren hatte.

Hatte sie später auch so über mich gedacht, als ich begann, mich in kriminelle Aktivitäten zu stürzen? Ich war nie wie mein Vater gewesen. Ich hatte niemals alle

Ambitionen über Bord geworfen, nur um zu existieren und meine Unzufriedenheit an den Leuten um mich herum auszulassen. Ich hatte von Anfang an gewusst, dass ich mit den Schädelbrechern etwas Richtiges aufbauen wollte, auch wenn das in den Augen der meisten Autoritätspersonen kein erstrebenswertes Ziel war.

Ich hatte mit Gram nie viel über meine Aktivitäten gesprochen, doch sie musste es geahnt haben. Irgendwoher musste das Geld schließlich kommen. In den ersten Jahren, in denen ich mich noch zurechtfinden musste, war ich gelegentlich ziemlich lädiert nach Hause gekommen. Ihr Ratschlag hatte immer gelautet: *Nimm dir nicht mehr vor, als du bewältigen kannst,* statt *Bleib auf dem rechten Weg.*

Ich hatte ihr beweisen wollen, dass ich besser war als mein Vater. Dass ich mich um sie kümmern konnte, so wie sie es für mich getan hatte. Verdammt noch mal. Dieser düstere Gedanke machte den Nebel in meinem Kopf noch grauer.

Und jetzt hatte ich vielleicht auch die anderen Menschen verloren, die immer zu mir gehalten hatten, die Jungs, die meine Ambitionen überhaupt erst realistisch erscheinen ließen. Ruin, der sich mir von Anfang an auf eine Weise zugewandt hatte, die ich nie ganz verstehen konnte. Vielleicht, weil er in mir dieselbe Verrücktheit erkannte, die er selbst unter dem sonnigen Gemüt verbarg, das er nach außen zeigte. Er war voller unermüdlicher Energie, bereit für jede noch so verrückte Aufgabe, die ich ihm stellte.

Vielleicht hatte er schon immer geahnt, dass ich ihm ein Ventil für seine unermüdliche Fröhlichkeit geben würde, in der er wohl ertrunken wäre, wenn er nichts gehabt hätte, worauf er sie hätte richten können.

In meinem letzten Highschool-Jahr, das ich mir noch angetan hatte, hatte ich mich an Kai gewandt, weil ich gehört hatte, dass man mit ihm reden konnte, wenn man etwas brauchte und nicht wusste, wie man es bekommen sollte. Obwohl mir seine Besserwisserei damals noch mehr auf die Nerven gegangen war als heute, hatte ich sofort erkannt, dass es sich lohnte, ihn zu kennen. Je mehr Aufgaben ich ihm gab, je mehr Leute wir unter unsere Kontrolle bringen mussten, desto mehr blühte er in der Herausforderung auf. Möglicherweise hatte ihn zuvor noch nie jemand *wirklich* herausgefordert. Ich hatte ihn ein paar Mal mit seinen Eltern gesehen, und nicht einmal sie schienen zu wissen, was sie von ihm halten sollten.

Jett war an der Highschool immer für sich geblieben. Ich hatte lange nicht gewusst, dass die kleinen Skizzen und Skulpturen von ihm stammten, die überall im Gebäude auftauchten. Das hatte ich erst später herausgefunden, als wir bereits zusammenarbeiteten. Unsere Wege hatten sich jedoch gekreuzt, als ich ein Arschloch konfrontierte, das mir Geld schuldete. Zufälligerweise hatte der Typ genau in diesem Moment Jett schikaniert. Da hatte ich zum ersten Mal gesehen, wie der Künstler die ganze Wut herausließ, die *er* in sich trug.

Es war jedoch sein Lächeln gewesen, das mich überzeugt hatte. Dieses leichte, zufriedene Schmunzeln, mit dem er auf den Trottel hinuntergeblickt hatte, der zusammengesackt und stöhnend auf dem Boden gelegen hatte. Ich wollte Leute an meiner Seite, die mich *gerne* unterstützten. Und Jett hatte immer eine gewisse Freude daran gehabt, Dinge für die Schädelbrecher durchzusetzen, auch wenn er es sich manchmal nicht anmerken ließ.

Wir hatten uns wirklich etwas aufgebaut. Bis die verdammten Silver Scythes gekommen waren – und das Skeleton Corps – und jetzt auch noch die Gauntts … Ich hatte das Bedürfnis, die Zähne zusammenzubeißen, obwohl ich nicht wusste, wo mein Kiefer überhaupt war.

Wie zum Teufel konnte ich aus diesem Zustand

herauskommen? Und ich *musste* da raus, denn diese Arschlöcher würden bezahlen. Wir hatten uns zwar an unseren Mördern gerächt, aber es gab noch mehr Leute, die für ihre Taten geradestehen mussten.

Diese Überzeugung gab mir Halt während einer erneuten dumpfen Erschütterung. Was zum Teufel war da draußen los? Meine Gedanken zerstreuten sich und drifteten wieder ab. Ich hatte keine Ahnung, ob Minuten, Stunden oder Tage vergingen. Das Grau, das mich einhüllte, wurde immer dichter, bis ich nicht einmal mehr Nolans dummes Kindergesicht wahrnahm. Diese Erkenntnis beruhigte mich allerdings kein bisschen.

Ich glitt mir selbst durch die Finger und hatte nichts, woran ich mich festhalten konnte.

Dann wurde der Dunst von etwas durchdrungen. Aus dem Nichts überkam mich ein Gefühlsausbruch. Ein feuriger Blitz aus Lust und Verlangen. Mein Geist regte sich und sehnte sich nach der Frau, mit der ich diese atemberaubenden, intensiven Empfindungen geteilt hatte.

Ich brauchte sie. Ich musste zu Lily und jede verlorene Minute nachholen. Nerven, von denen ich nicht einmal wusste, dass sie noch funktionierten, erwachten mit dem brennenden Verlangen, nach ihr zu greifen und sie so zu verwöhnen, wie sie es verdiente, was sie viel zu oft vergaß.

Einen Moment später überkam mich ein anderes Bedürfnis. Ich musste aufwachen. Und zwar *richtig*. Jemand rief nach mir. Jemand befahl mir, an die Oberfläche meines Bewusstseins zu kommen. Wenn ich nur wüsste, wie …

Ich wand mich, so weit das in diesem düsteren grauen Raum möglich war, und spürte eine feste Barriere um mein Bewusstsein. Sie vibrierte leicht, gerade genug, um meine Aufmerksamkeit zu erregen. Aha.

Ich sammelte all meine mentale Kraft und das brennende Verlangen, das in mir loderte, und warf mich gegen die magische Wand. Ich prallte ab, doch die Impulse, die mich antrieben, ließen mich nicht aufhören, selbst wenn ich es gewollt hätte.

Ich würde das durchstehen. Ich würde zu denjenigen durchkommen, die mich brauchten. Ich musste alles geben, was in mir steckte.

Wieder und wieder versuchte ich, mich gegen die Barriere zu werfen, angetrieben von einer immer größeren Leidenschaft und einer wachsenden Dringlichkeit, die an meinen Gedanken zerrte. Die übernatürliche Wand verschob sich ein wenig, und dann noch ein Stück, als bestünde sie aus überlappenden Platten, die aneinander verrutschten und sich neu anordneten. Oder brach sie einfach auseinander?

Spielte das überhaupt eine Rolle? Wenn es Fugen gab, dann gab es auch Lücken, die ich durchbrechen konnte.

Wieder. Und wieder. Ein unbändiger Hunger kribbelte in meinem Bewusstsein. Ich nahm einen Hauch von Lilys süßem Duft wahr, was mich noch mehr anspornte. Schneller. Härter. Ich würde *rauskommen*.

Nach einem letzten verzweifelten Stoß zersplitterte die Barriere um mich herum. Die Welt drehte sich. Als ich die Augen öffnete, wurde mir plötzlich bewusst, dass mein Kiefer aufklappte, Luft in meine Lungen strömte und meine Gliedmaßen und mein Rücken auf einer harten, flachen Oberfläche lagen.

Und die Gesichter. Statt Nolans Kindergesicht sah ich die Leute, die ich sehen wollte. Lily, Ruin, Kai und Jett beugten sich über mich. In ihren Gesichtern lag eine Mischung aus Anspannung, Entschlossenheit und vorsichtiger Erleichterung.

„Nox?“ Der hoffnungsvolle Unterton in Lilys Stimme brach mir beinahe das Herz. Sie musste noch härter gekämpft haben als die anderen. Härter, als ich selbst es getan hatte. Strähnen ihres Haares klebten an ihrer schweißnassen Stirn und ihre Augen glänzten beinahe fiebrig.

Die Lust, die sich während meiner geistigen Gefangenschaft in mir entzündet hatte, war wie ein Traum verblasst. Doch die Frau, die vor mir stand, war alles andere als ein Traum. Eine tiefere, intensivere Sehnsucht erwachte in mir und raste durch jede Faser meines Körpers.

Ich war wieder da, und ich würde ihr ein Fieber verpassen, das sie nicht in Anspannung versetzte, sondern ihr laute Schreie der Glückseligkeit entlockte.

Ich stieß mich von dem Ding ab, auf dem ich saß, und zog sie an mich. „Ich lasse dich nie wieder los.“

dreizehn

Lily

Das Funkeln in Nox' Augen und das leidenschaftliche Knurren in seiner Stimme zerschmetterten die letzten Reste meiner Angst. Es war, als hätte der Zauber ihn in eine magische Stasis versetzt und all seine körperlichen Bedürfnisse pausiert. Jetzt war er plötzlich daraus erwacht, als wäre er nur für ein paar Minuten bewusstlos gewesen, und das pure Leben strömte wie Elektrizität durch seinen Körper. Es sprang auf *mich* über und ließ meine Haut prickeln, als er seine Arme fest um meinen Oberkörper schlang. Der einzige Hunger, den er zu spüren schien, war der nach mir. Zwischen meinen Beinen sammelte sich Hitze, als er meinen Mund zu seinem zog.

Während wir uns küssten, stieg glühendes Verlangen in mir auf. Es war viel zu lange her, dass ich seine fordernden, leidenschaftlichen Lippen auf meinen gespürt hatte. Bevor ich wusste, wie mir geschah, hatte er uns beide von dem

Wagen gehoben, auf dem er gelegen hatte, und warf mich auf das Bett daneben. Mit einem dunklen Funkeln in den Augen blickte Nox auf mich herab. „Heute bist du ein richtig braves Mädchen. Du hast den Bann dieses Arschlochs gebrochen. Ich denke, du verdienst eine ganz *besondere* Belohnung, Sirene.“

Ein schwindelerregender Schauer jagte durch meine Nerven, doch ich wollte nicht den ganzen Ruhm für mich beanspruchen. „Ich habe es nicht allein geschafft. Die Jungs haben geholfen.“

Nox warf seinen drei Freunden einen Blick über seine Schulter zu. Sie waren inzwischen aufgestanden und beobachteten uns. Ruin strahlte, Jetts Gesicht entspannte sich kurz vor Erleichterung und Kais Augen leuchteten vor Interesse, als er uns musterte. Genau wie Kai vermutet hatte, hatte die Magie, die ich mit ihnen geteilt hatte, eine neue Verbindung zwischen uns geschaffen. Es war nur der Hauch eines Eindrucks. Ich konnte das beschleunigte Pochen ihrer Herzen hören. Es war wie ein leises, rhythmisches Flüstern, die prickelnde Erwartung, die in ihren Nerven kribbelte.

Und ich bereute meine Entscheidung kein bisschen. Es war berauschend, zu wissen, wie eng ich mit ihnen verbunden war.

Nicht nur mit ihnen, sondern auch mit Nox, in den wir all unsere Kraft fließen lassen hatten. Als er sie angrinste, hallte das kräftige Pochen seines Pulses in mir wider, und das Echo seines Verlangens, das auf mich überging, heizte mich nur noch mehr an.

„Dann bekommen sie zur Belohnung eine Show“, erklärte er mit einem dunklen Funkeln in den Augen, „und vielleicht die Ehre, sich um dich zu kümmern, wenn ich fertig bin. Aber jetzt“, er richtete seinen Blick wieder auf mich, „gehörst du ganz mir.“

Dem würde ich nicht widersprechen, vor allem nicht,

nachdem er wieder meinen Mund erobert hatte. Der heiße Druck seiner Lippen und die sengenden Berührungen seiner Hände auf meinem Körper bewiesen, dass er wirklich zu uns zurückgekehrt war.

Wenn er sein Comeback auf diese Weise feiern wollte, würde ich keinem von uns beiden dieses Vergnügen verwehren.

Nox zog mir entschlossen das Shirt über den Kopf und öffnete die Knöpfe meiner Hose. Trotz seines unbändigen Eifers nahm er sich Zeit. Er hinterließ eine Spur heißer Küsse entlang meines Kiefers und an der Seite meines Halses. Als mir ein leises Keuchen entwich, verweilte er genau dort und knabberte an meiner Halsbeuge. Mit einer Hand stützte er sich ab, während er mit der anderen meine Brust umfasste. Mit sanften Bissen arbeitete er sich an meiner Schulter entlang und reizte gleichzeitig meinen Nippel, bis er hart wurde und schmerzlich nach mehr verlangte, was mir eine Reihe weiterer Laute entlockte.

Ich zerrte an seinem Shirt und wollte ihn auf meiner Haut spüren. Nox riss es sich praktisch vom Leib und warf es zur Seite. In meinem Hinterkopf war mir bewusst, dass die anderen Jungs noch immer um uns herum standen und jede Sekunde mit brennender Aufmerksamkeit verfolgten, bis ich erneut in der Hitze von Nox' Berührungen versank. Auf die bestmögliche Weise.

Er stützte sich auf einen Ellbogen und schob den anderen Arm unter mich, wobei sein breiter Oberkörper meinen Bauch streifte, während er seinen Mund erst über die eine, dann über die andere Brust wandern ließ. Mit seiner Zunge und seinen Zähnen raubte er mir den Atem. Ich konnte nur versuchen, mein Wimmern so leise zu halten, dass Marisol es im Nebenzimmer nicht hörte.

Ich krallte meine Finger in Nox' stacheliges Haar, und er grinste mich an. „Ich liebe es, wenn du die Krallen ausfährst.

Du siehst wunderschön aus, wenn du so heiß und begierig bist.“

Seine Worte lösten einen Impuls in mir aus, das Bedürfnis, ihm zu sagen, was ich den anderen gesagt hatte, jetzt, wo er es auch hören konnte. Jetzt, wo mir klar war, wie ernst ich es meinte.

„Ich liebe dich“, raunte ich heiser und legte meine Hand an seine Wange.

Nox’ Augen blitzten. Für einen Moment wirkte er unerwartet ernst, und ich fragte mich, ob ich ihn verletzt hatte. Dann beugte er sich über mich, und sein Mund prallte mit einer Wucht auf meinen, die mich in Flammen aufgehen ließ.

„Ich liebe dich auch“, murmelte er zwischen den Küssen. „Mein Fischlein. Meine Sirene. Meine Lily. Wenn es nach mir geht, werde ich dich nie wieder verlassen, keine verdammte Sekunde.“

Ein ausgelassenes Kichern entwich mir. „Na ja, vielleicht musst du gelegentlich mal duschen oder …“

„Nicht einmal dann“, knurrte er. „Ab jetzt gibt es keine Dusche mehr ohne Lily.“

Ich glaubte nicht, dass er das wirklich so meinte, doch in diesem Moment war mir das egal. Er riss mir die Hose herunter und zog anschließend seine aus. Seine harte Erektion streifte meine Mitte, und ich schluckte ein Stöhnen hinunter.

„Hat hier jemand einen verdammten Gummi?“, schnauzte er. Kai war im Nu zur Stelle und warf ihm eine Packung zu.

Nox fuhr mit seinen Versprechen fort, während er das Päckchen aufriss und sich vorbereitete. „Ich werde dich auf solche Höhen bringen, dass du vergessen wirst, wie sich der Boden anfühlt. Ich werde dir alles geben, was du ertragen kannst, und mehr, solange du es willst. Mach einfach weiter diese perfekten leisen Laute und zeig mir, wie sehr es dir gefällt.“

Scheiße, allein bei diesen Worten wäre ich fast gekommen. Er rieb mit der Spitze seines Schwanzes über meinen Kitzler, und ich packte ihn knurrend und voller Begierde und Ungeduld an den Schultern.

Nox ließ mich nicht lange warten. Mit einem kräftigen Stoß drang er in mich ein und füllte mich mit diesem berauschenden, heißen Ziehen aus, das meine Muskeln jedes Mal aufs Neue dehnte. Stöhnend hob ich meine Hüften, bereits bebend vor Verlangen nach meinem Höhepunkt.

Doch der Boss der Schädelbrecher hatte eindeutig vor, all seine Versprechen einzulösen. Er stieß mit kraftvollen, gleichmäßigen Bewegungen in mich, jedes Mal ein wenig tiefer. Dann umfasste er meine Hüfte mit einer Hand, um mich neu auszurichten, als er diese eine besonders tiefe Stelle in mir traf und spürte, wie ich vor Lust zuckte. Mein Kopf sank auf das Kissen, und mein Körper bewegte sich im Einklang mit seinem. Ich fuhr mit meinen Fingern über die prallen Muskeln seiner Brust und seiner Schultern, während eine ganze Kaskade lustvoller Laute über meine Lippen kam.

„Genau so, Baby. Ich glaube, du kannst sogar noch mehr“, murmelte Nox. Sein Blick verweilte auf mir, während er den anderen Männern zurief. „Wer hilft mir, unsere Frau in die Stratosphäre zu befördern?“

Er musste nicht zweimal fragen. Kai war ohnehin in der Nähe gewesen, weil er das Kondom geholt hatte. Im Handumdrehen kletterte er aufs Bett und massierte meine Brüste, während Nox weiter unaufhaltsam in mich stieß. Als Kai seine Brille ablegte und sich über mich beugte, um an meinem Ohrläppchen zu knabbern, kroch Ruin auf der anderen Seite auf die Matratze. Mein Liebhaber mit den feuerroten Haaren senkte den Kopf, ließ seine Zunge über meinen anderen Nippel gleiten und schob seine Hand zwischen Nox und mich, um meinen Kitzler zu streicheln.

Ich biss mir auf die Lippe, um ein lautes Stöhnen zu unterdrücken, und dann war Jett am Kopfende des Bettes. Er fuhr mit seinen Fingern durch mein Haar und beugte sich über mich, um mich kopfüber zu küssen. Das ungewohnte Gefühl ließ mich nach Luft schnappen, und meine Lippen öffneten sich, um seine Zunge einzulassen.

Nox hielt meine Hüften fest und stieß noch schneller in mich hinein als zuvor. Sein Atem ging stockend.

„Sieh dich an", sagte er, und die heiße Begierde in seiner Stimme jagte mir einen wohligen Schauer über den Rücken. „Du nimmst uns alle auf einmal. Du bist ein verdammtes Wunder, Lily. Vergiss das niemals."

Inmitten der puren Glückseligkeit fiel es mir schwer, mich überhaupt an irgendetwas zu erinnern. Ich wand und krümmte mich unter all den Händen, die meinen Körper in Ekstase versetzten, und erreichte immer neue Höhen, genau wie Nox es versprochen hatte.

Ruin drückte auf meinen Kitzler, als Nox genau im richtigen Winkel in mich eindrang. Mit einem kleinen Schrei stürzte ich in die Tiefe und verkrampfte mich um Nox herum, der mit einem stotternden Stöhnen ebenfalls zum Höhepunkt kam.

Doch er war noch nicht fertig. Langsam drang er noch einige Male in mich ein, um unser Vergnügen hinauszuzögern. Als er sich schließlich aus mir herauszog, musterte er mich unter schweren Augenlidern. „Das hast du gut gemacht. Aber ich wette, du kannst noch mehr vertragen."

„Mmm", war alles, was ich in meinem benebelten Delirium herausbrachte.

Ein verschmitztes Lächeln umspielte seine Lippen. Er deutete auf die anderen Jungs. „Ich möchte sehen, wie du zwei auf einmal aufnimmst, Sirene. Doppelter Spaß, verstehst du? Ich weiß, dass sie dafür sorgen werden, dass du es genießt." Er warf seinen Freunden einen Blick zu, in dem eine unausgesprochene Warnung lag.

Im Gegensatz zu mir schienen sie zu verstehen, was er meinte. Kai grinste und stieß Jett mit dem Ellbogen an. „Das war doch schon immer deine Spezialität, oder?"

Der Künstler leckte sich über die Lippen, was erneut Hitze in mir aufsteigen ließ, egal ob ich dem Gespräch folgen konnte.

„Perfekt", erklärte Nox. „Dann kannst du dich auch nützlich machen, Kai. Leg dich hin, und lass sie dich reiten."

Ohne zu zögern, befolgte Kai seinen Befehl. Während er seine Jeans öffnete, richtete ich mich auf. Mein ganzer Körper war noch überempfindlich von dem intensiven Fick, den ich bereits hinter mir hatte.

„Zieh ihn aus", befahl Nox, seine Stimme war wie flüssiges Feuer.

Ich gehorchte nur zu gerne. Als ich Kai das Shirt auszog, glitten meine Finger über die festen, definierten Footballer-Muskeln, die er vom Vorbesitzer seines Körpers übernommen hatte. Mit einem rauen, kehligen Laut zog er meinen Mund auf seinen.

Während wir uns küssten, half ich ihm, seine Jeans auszuziehen. „Hol noch eins", hörte ich Nox zu jemandem sagen, bevor Ruin mir ein Päckchen in die Hand drückte. „Zieh es ihm über", fügte der Boss hinzu.

Mir wurde klar, dass es ihm nicht nur darum ging, mich auf möglichst epische Weise zum Höhepunkt zu bringen. Nach seiner relativen Abwesenheit wollte er auch seine Autorität wiederherstellen. Und zwar auf die wohl angenehmste Art, die man sich vorstellen konnte. Ich bezweifelte, dass jemand von uns etwas dagegen hatte.

Mit ruhigen, aber zielgerichteten Bewegungen rollte ich

das Kondom über Kais harte Länge. Seine Zähne streiften meine Lippen, als er mich auf sich zog, sodass ich rittlings auf ihm saß. Ich bewegte mich an seinem Schaft auf und ab und grinste, als er ein Stöhnen nicht zurückhalten konnte. Trotz des Höhepunkts, den ich gerade erlebt hatte, baute sich auch in mir wieder ein bedürftiges Wimmern auf.

„So ist es gut", ermutigte Nox mich. „Jetzt reite ihn."

Ich ließ mich auf Kai hinabsinken und nahm ihn tief in mich auf. Wir atmeten beide stockend aus. Mein Innerstes pulsierte um ihn herum. Ich war bereit, mit ihm dem nächsten atemberaubenden Höhepunkt entgegenzujagen.

Doch bevor ich mehr tun konnte, als ein paar Mal auf und ab zu wippen, umfassten Hände von hinten meine Taille. Jett neigte den Kopf, um meine Schulter und meinen Hals zu küssen, während er mein Haar zur Seite strich, um besseren Zugang zu haben. Dann ließ er seine Finger langsam über meine Wirbelsäule gleiten, an meinem Steißbein vorbei und zu meiner anderen Öffnung.

Eine Mischung aus Erregung und Unsicherheit stieg in mir auf, als er mit kreisenden Bewegungen über die empfindliche Öffnung strich. Instinktiv suchte mein Blick den von Nox, und sein warmes Grinsen beruhigte mich.

„Er weiß, was er tut", versicherte mir der Boss der Schädelbrecher. „Er wird dich richtig ausfüllen. Hört sich das gut an, Sirene?"

Mir entwich ein Laut, der nicht viel mehr als ein Keuchen war. Jett fluchte leise und rieb seine Finger aneinander. Ich spürte etwas Glitschiges auf meiner Haut. Er hatte sein eigenes übernatürliches Gleitmittel erschaffen. Hörten die Wunder denn nie auf?

Mir entwich ein Kichern, gefolgt von einem leisen Wimmern, als Jett mit seinen Fingern erst über meine Öffnung strich, bevor er sie einführte. Sanft dehnte er die Muskeln und löste mit jeder kreisenden Bewegung prickelnde Wellen der Lust aus. Als er schließlich die Spitze seines harten Schafts an meinem Hintereingang platzierte, wollte ich unbedingt wissen, wie er sich dort anfühlen würde.

Jett nahm sich Zeit und bewegte mich langsam auf Kai auf und ab, während er mit jeder Bewegung etwas tiefer in mich eindrang. Kai drückte mit einer Hand meinen Oberschenkel und massierte mit der anderen meinen Kitzler, und ich spürte, wie meine Erregung über ihn floss, als das Verlangen in mir ins Unermessliche wuchs. Die Wellen *ihrer* Lust, die durch unsere magische Verbindung vibrierten – raue Atemzüge, die ich nicht nur hörte, sondern fühlte, Funken, die durch meine Nerven jagten – heizten mich noch mehr an.

Mein Verstand funktionierte gerade noch gut genug, um mich daran zu erinnern, dass es noch einen Mann gab, den ich nicht vernachlässigen wollte. Ruin war neben uns auf dem Bett sitzen geblieben und beobachtete wachsam das Geschehen. Ich winkte ihn heran.

„Ich kann dich auch noch nehmen", hauchte ich mit einer heiseren Stimme, die kaum wie meine eigene klang.

Nox stieß einen leisen Pfiff aus. „Das ist unsere Sirene", sagte er. „Du bist echt der Wahnsinn."

Ruin zog eilig seine Hose aus, und ich beugte mich zur Seite, während ich mich noch heftiger an den beiden Männern wand, die mich gleichzeitig ausfüllten.

Der erste Strich meiner Zunge über Ruins harte Länge war zittrig, doch als das brennende Vergnügen in mir weiter anschwoll, schaffte ich es, ihn vollständig mit meinem Mund zu umschließen. Er fuhr mit seinen Fingern durch mein Haar und wölbte sich mir entgegen.

Mein Bewusstsein verschwamm zu einer Mischung aus Hitze, Glückseligkeit und kehligen Lauten. Ich war sowohl körperlich ausgefüllt als auch emotional mit diesen Männern verbunden. Es war die unglaublichste Kombination von

Empfindungen, die ich je erlebt hatte. Ich wollte, dass es immer so weiterging, und konnte nicht anders, als diesem Höhepunkt hinterherzujagen, der immer unerreichbarer zu werden schien, je mehr ich ihn herbeisehnte.

Jett und Kai stießen tief in mich, während ich an Ruins Schwanz saugte. Er explodierte mit einem keuchenden Gemurmel in meinem Mund, das Entschuldigung und Lob zugleich war. Sein Geschmack auf meiner Zunge und die Intensität seines Höhepunkts trieben mich endgültig zu meiner eigenen Erlösung.

Ich kam und schien immer wieder zu kommen, Welle um Welle überrollten mich, bis ich schließlich erschöpft auf Kai zusammensank, als wäre ich mit ihm an den Strand gespült worden. Mit einem zufriedenen Seufzen zog Jett sich zurück, und das Flüstern der Erfüllung, das in mir kribbelte, verriet mir, dass er ebenfalls zum Höhepunkt gekommen war.

„So verwöhnen wir unsere Frau richtig", sagte Nox mit einer Mischung aus Stolz und Belustigung.

vierzehn

Lily

Ich wachte in meinem eigenen Bett neben dem von Marisol auf und hörte das Geräusch von knisterndem Zellophan.

„Raus aus den Federn!", rief Ruin. Ich rieb mir die Augen und sah ihn an unserem Zimmertisch stehen, auf dem er die extravaganteste Auswahl an Automatenessen in der Geschichte des Universums anrichtete. Er ordnete die Chips- und Käseflips-Tüten in ordentlichen Reihen an und darum herum Schokoriegel, einzeln verpackte Brownies und mehrere Packungen Müsli – offenbar das Einzige im Automaten, das auch nur annähernd als Frühstück durchgehen konnte.

Jett rückte einige der Teile zurecht, als wollte er sie in eine künstlerischere Anordnung bringen.

Marisol setzte sich in ihrem Bett auf und blinzelte verschlafen. „Ist das unser Frühstück?"

Ruin warf ihr einen unsicheren Blick zu. „Es gibt keine Restaurants in der Nähe. Aber ich könnte losziehen und mich auf die Suche machen, wenn du möchtest!"

„Nein, nein, ist schon gut", sagte meine Schwester und warf einen Blick in meine Richtung, als würde sie darauf warten, dass ich mich über das Junkfood beschwerte.

Ich lachte. „Ist schon in Ordnung. Ich glaube, wir könnten alle etwas Leckeres gebrauchen, oder?"

„Ich habe auch Schokoriegel mit Nüssen geholt, die sind zumindest ein bisschen gesund!", verkündete Ruin und sein Lächeln kehrte zurück.

Nox trat mit einer Selbstverständlichkeit durch die Verbindungstür, als wäre er nie bewusstlos gewesen. Marisol fielen fast die Augen aus dem Kopf.

„Dir geht es gut!", rief sie aus.

Inmitten des Geplauders über das Frühstück hatte ich völlig vergessen, dass ich ihr letzte Nacht, als ich mich wieder ins Zimmer geschlichen hatte, nichts von unserem Erfolg erzählt hatte. Nachdem Nox mich schließlich doch gehen lassen hatte, hatte sie bereits tief und fest geschlafen.

Ein Grinsen huschte über mein Gesicht. „Ja. Wir haben es geschafft, den Bann zu brechen."

Nox verschränkte die Arme, und seine Augen schimmerten zufrieden. „So gut wie neu. Den Boss kriegt niemand klein."

„Trotzdem werde ich euch jetzt rausschmeißen", teilte ich den Jungs mit und schlug die Decke zurück. Mir war egal, ob sie mich in meinen Schlafklamotten sahen, aber … „Meine Schwester braucht etwas Privatsphäre, bevor wir frühstücken."

Ruins Augen wurden groß, und Nox blickte bestürzt drein. „Tut mir leid, tut mir leid", sagte er und hob entschuldigend die Hände, bevor er Ruin und Jett nach draußen scheuchte.

Ich hörte Kais Stimme aus ihrem Zimmer, kurz bevor die Tür zufiel. „Hat inzwischen jemand herausgefunden, wie man heißes Wasser aus diesem ..." Dann waren nur noch meine Schwester und ich im Zimmer.

Marisol sprang aus dem Bett, als hätte Ruins typische Energie auf sie abgefärbt, und schnappte sich das eine Outfit zum Wechseln, das sie hatte einpacken können. Zum Glück hatte ihr Koffer all unsere überstürzten Fluchten überstanden. „Ich bin froh, dass es ihm gut geht", sagte sie zu mir. „Sie alle sind ... Ich bin froh, dass du Leute gefunden hast, die so auf dich aufpassen. Und dir zuhören. Sie sind vielleicht ein bisschen verrückt, aber sie sind besser als die Jungs auf meiner Schule."

Meine Mundwinkel zuckten, hin- und hergerissen zwischen Belustigung und Bedauern. „Wenn das alles vorbei ist, wirst du auf die neue Schule gehen, die ich gefunden habe. Dort wird es bessere Jungs geben oder auf dem College. Vielleicht kannst du auf den Gangster-Teil verzichten, den habe ich bereits mehr als ausreichend abgedeckt."

Marisol unterdrückte ein Kichern. „Das kann man wohl sagen. Also, was machen wir jetzt? Wie können wir uns noch an den Gauntts rächen?"

Ich saugte an meiner Unterlippe, während ich über die Frage nachdachte. „Ich denke, wir müssen sehen, wie sich die Situation nach unseren letzten Maßnahmen entwickelt hat. Wo ist die Fernbedienung?"

Marisol fand sie und schaltete den Fernseher ein. Sie zappte zu einem Nachrichtensender, während ich die Jungs wieder in unser Zimmer holte. Da der Tisch nicht groß genug war, dass wir alle um ihn herum sitzen konnten, warf Ruin Marisol und mir unsere ausgewählten Snacks zu, und wir aßen auf unseren Betten. Die Jungs standen um den

Tisch herum und aßen mit ihrem üblichen Eifer, während sie sich mit uns die Nachrichtensendung ansahen.

Die ersten Meldungen lieferten kaum neue Informationen. Offenbar war ein Lastwagen mit Truthähnen auf einer Autobahn liegen geblieben, und nun rannten die gefiederten Plagegeister gackernd Autos an der nächsten Ausfahrt hinterher. Laut Wetterbericht war es bewölkt und sollte regnen, was ich nicht so recht glauben konnte, da die Sonne durch das Motelzimmerfenster schien. Allerdings war diese Ungenauigkeit bei Wettervorhersagen nicht ungewöhnlich.

Dann wechselte die Nachrichtensendung zur „Top-Meldung des Tages". Auf dem Bildschirm erschien ein Bild von Marie Gauntt, flankiert von Thomas und Olivia. Sie sprach in ein Mikrofon, während um sie herum Kamerablitze aufleuchteten.

„Wir haben niemals einem Mitglied unserer Gemeinschaft geschadet, schon gar nicht einem Kind", verkündete sie. „Diese abscheulichen Anschuldigungen müssen von konkurrierenden Unternehmen kommen, die Thrivewell Enterprises zu ihrem eigenen Vorteil untergraben wollen."

„Was!?", platzte Marisol heraus. „Dieses verlogene Miststück."

Offenbar hatte mein Hang zu kreativen Beleidigungen auf sie abgefärbt. Und ich konnte ihrer Beurteilung nicht widersprechen.

„Natürlich stellen sie das so positiv wie möglich dar", sagte ich. „Es ist nicht wichtig, was sie sagen, sondern nur, was andere Leute glauben."

Doch noch während ich diese Worte sagte, wechselte die Übertragung zu zwei Reportern im Studio. „Was hältst du von dieser ganzen Aufregung, Ron?", fragte die elegant gekleidete Frau ihren Kollegen, der so steif und aufrecht in seinem Stuhl saß, dass er als Möbelstück durchgehen könnte.

„Das sind äußerst beunruhigende Anschuldigungen, Allison", antwortete der Mann mit einer Fernsehstimme, bei denen jedes Wort überbetont wurde. „Es ist schwer vorstellbar, dass ein solches Verbrechen so lange unentdeckt geblieben sein könnte. Soweit ich weiß, gibt es weder Beweise noch Zeugenaussagen von namentlich genannten Quellen. Die 'angeblichen Opferaussagen könnten von jedem stammen, und es gibt keine Möglichkeit, ihre Geschichten zu überprüfen."

„Da stimme ich zu", erwiderte die Frau. „Der Aufwand, den diese Leute betrieben haben, um ihre Geschichte zu verbreiten, passt eher zu den Ressourcen eines konkurrierenden Großkonzerns als zu Missbrauchsopfern, die Gerechtigkeit suchen."

„Oh, verdammt noch mal", knurrte Nox den Fernseher an. Seine Frustration spiegelte genau das wider, was ich fühlte. „Woher zur Hölle wollt ihr Idioten das wissen?" Er schaltete den Fernseher aus.

Kai blickte finster drein. „Wollen die ernsthaft behaupten, dass wir *zu* weit gegangen sind? Dass sie uns eher glauben würden, wenn wir weniger Aufhebens darum gemacht hätten? Sie hätten doch nie davon erfahren, wenn wir leiser gewesen wären. Die Gauntts hätten unseren Versuch schneller erstickt, als eine Katze mit brennendem Schwanz rennen kann."

Marisol hatte ihre Knie an die Brust gezogen und ihre Arme darum geschlungen. Der Schokoriegel, den sie sich zum Frühstück ausgesucht hatte, lag halb aufgegessen neben ihr auf dem Bett.

„Ich kann das", sagte sie plötzlich.

Ich drehte meinen Kopf zu ihr. „Du kannst was? Mare, du hast schon genug getan."

Sie hob ihr Kinn, aber ihre Stimme klang angestrengt. „Sie wollen jemanden, der nicht anonym ist, um diese Geschichte zu bestätigen. Ich kann an die Öffentlichkeit gehen. Sie können nicht behaupten, *ich* würde für einen konkurrierenden Konzern arbeiten oder so."

Oh, nein. Nein, nein, nein. Mir wurde noch flauer im Magen als beim Hören der Nachrichten. „Ich werde nicht zulassen, dass du dich in die Schusslinie begibst."

„Das ist meine Entscheidung."

Kai hob seine Hand, bevor wir eine Diskussion vom Zaun brechen konnten. „Es ist deine Entscheidung, aber du solltest alle Fakten berücksichtigen, bevor du sie triffst. Und die Fakten sind, dass sie *behaupten werden*, dass du von einem Gegner dafür bezahlt wirst, diese Anschuldigungen zu erheben. Es wird nicht ausreichen. Du hast keine handfesten Beweise oder Zeugen, oder? Deine Eltern haben nicht gesehen, was passiert ist."

„Als ob diese Nichtsnutze aussagen würden", murmelte Jett. Und er hatte recht.

Marisol sackte in sich zusammen, und bei dem Anblick rutschte mir das Herz in die Hose. „Ich denke nicht", stimmte sie leise zu. „Vielleicht … Wenn wir ein paar von den anderen, die sie belästigt haben, überzeugen könnten, auch auszusagen …?"

„Wir können es versuchen", sagte ich. „Trotzdem möchte ich nicht, dass du die Erste bist. Wer weiß, was die Gauntts mit dir machen, wenn du so in die Öffentlichkeit trittst."

Sie hielt meinem Blick stand. „Wer weiß, was sie anderen Kindern noch antun. Ich will nicht, dass noch mehr Menschen so etwas durchmachen müssen."

In diesem Punkt musste ich ihr recht geben. Außerdem war sie sechzehn. Vielleicht nicht volljährig, aber alt *genug*, um ihre eigenen Entscheidungen zu treffen.

Ich holte tief Luft. „Hör zu, wir sprechen mit den

anderen Opfern, die wir gefunden haben, und überlegen uns eine Strategie, mit der sie einverstanden sind."

Auch wenn ich große Zweifel daran hatte, ob sich jemand von ihnen ins Rampenlicht wagen würde. Die College-Studenten hatten kein Problem damit gehabt, es ihren Eltern hinter den Kulissen heimzuzahlen, doch keiner von ihnen wollte, dass die ganze Welt von ihrer schmerzhaften Vergangenheit erfuhr. Es war ihnen sogar unangenehm, dass *ich* davon wusste.

Und die Gangmitglieder, deren Erinnerungen wir zurückgebracht hatten … Sie würden ihre Tarnung aufgeben und den Zorn der Gauntts und ihrer Führung riskieren. Außerdem wusste ich aus eigener Erfahrung, dass Gangstertypen nicht gerne offen über ihre Schwächen sprachen.

Während ich sprach, entwickelte ich einen Plan. „Ich werde heute Vormittag zum Sumpf fahren und zu der Stelle gehen, wo die Gauntts ihre Rituale abhalten. Vielleicht kann ich noch mehr Informationen von den Geistern der Kinder bekommen, die dort zurückgeblieben sind. Vielleicht gibt es Beweise im Sumpf."

Hatten sie die *Leichen* der älteren Gauntts darin versenkt? Oder andere Spuren ihrer Rituale? Falls ja, konnten mich die dort verweilenden Geister hoffentlich eindeutig genug darauf hinweisen, ohne wieder eine Show zu veranstalten.

Obwohl Marisol nicht vollends überzeugt aussah, nickte sie und griff nach ihrem Schokoriegel. „Okay. Aber ich möchte mitkommen."

„Wir sollten alle gehen", meinte Nox entschlossen. „Wir halten zusammen und beschützen uns gegenseitig. Genau deshalb werden wir diesen Kampf gewinnen."

Wir aßen den Rest unseres Automatenfrühstücks mit etwas weniger Enthusiasmus, als wir begonnen hatten. Dann packten wir unsere restlichen Habseligkeiten in den

Kofferraum von Fred 2.0 und erklärten Nox, warum er kein Motorrad mehr hatte. Er brachte seinen Unmut darüber so laut zum Ausdruck, dass es mich wunderte, dass die Moteltüren nicht aus den Angeln gehoben wurden, bevor er zu mir, Marisol und Ruin ins Auto stieg. Zum ersten Mal, seit wir den Bann gebrochen hatten, nahm er auf dem Vordersitz Platz.

Es war auf jeden Fall eine Erleichterung, ihn endlich wieder aufrecht und bei vollem Bewusstsein dasitzen zu sehen, auch wenn er jedem, der seinen Weg kreuzte, mörderische Blicke zuwarf, als wären sie alle mitschuldig am Verlust seines geliebten Fahrzeugs.

„Du kannst dir doch ein neues besorgen, oder?", schlug Marisol von der Rückbank aus vor, während ich in Richtung Sumpf fuhr.

Nox brummte. „Es wird eine Weile dauern, bis ich wieder eine so gute Maschine finde. Bestimmt haben diese verdammten Skeleton-Corps-Arschlöcher sie behalten." Dann schüttelte er sich und klopfte auf Freds Armaturenbrett. „Aber bei diesem Baby hier haben wir gute Arbeit geleistet. Mir missfällt nur, dass ihr mich so lange überall hinschleppen musstet."

Ich schenkte ihm ein bittersüßes Lächeln. „Es war tatsächlich eine Menge Schlepperei, doch das hat uns nichts ausgemacht. Ich bin einfach nur froh, dass du zurück bist. Wir haben Professor Grimes' Auto verloren, aber wir könnten nach Lovell Rise zurückfahren und Ansels alten Wagen holen, damit du ein Fahrzeug hast."

Nox verzog das Gesicht. „Nein, ich bin mir sicher, dass ich heute noch ein besseres auftreiben kann."

„Wenn du dir eine neue Maschine zulegst, besorge ich mir auch eine", warf Ruin ein. „Meine Organe tun kaum noch weh. Wir brauchen die ganze Brigade!"

„Mal sehen, wo wir das in unseren vollen Terminkalender quetschen können", erwiderte ich trocken.

Ich wurde langsamer, als wir das Ende der Straße erreichten, die zum Sumpfgebiet führte. Seit mehreren Minuten waren uns keine anderen Fahrzeuge begegnet, und die verwilderte Grasfläche, die wir letztes Mal als Parkplatz genutzt hatten, war leer.

Wir parkten dort, und Jett und Kai stellten ihre Motorräder auf beiden Seiten des Wagens ab. Dann blickten wir besorgt zur Landzunge. Es war niemand zu sehen – weder am Ufer noch zwischen den Bäumen, die uns die Sicht zum Uferversperrten.

„Ich bleibe hier und halte Wache", verkündete Jett und zog seine Waffe. „Wenn ich jemanden in diese Richtung kommen sehe, schreie ich."

Ich wollte vorschlagen, dass Marisol ebenfalls beim Auto bleiben sollte, doch ein Blick auf sie reichte aus, um zu erkennen, dass sie unbedingt ein vollwertiger Teil dieser Mission sein wollte. Und warum auch nicht? Die Geister im Sumpf konnten ihr wohl kaum etwas antun. Und wenn es ihr half, nach all den Jahren, in denen die Gauntts sie benutzt hatten, wieder ein Gefühl von Kontrolle zu bekommen, dann sollte sie dabei sein.

Wir stapften über die unebenen Felder in Richtung Ufer, wobei wir einen großen Bogen um die Bäume machten, um die Landzunge aus der Ferne auszukundschaften, bevor wir uns ihr näherten. Der schmale Streifen Land, der in den Sumpf hineinragte, war genauso verlassen wie bei unserem letzten Besuch.

Ein kühler, feuchter Wind wehte über mich hinweg und brachte den Geruch von Algen mit sich. Das Donnern unserer Schritte hallte in meinen Knochen nach. Ich begann eine leise, wortlose Melodie zu singen und suchte nach der

Inspiration, die mich auf dieser Mission leiten sollte. Ein Gefühl der Gewissheit legte sich über mich.

Als ich mein eigenes Mal beseitigt hatte, war ich vollständig in den Sumpf eingetaucht. Letztes Mal hatte ich versucht, vom Ufer aus Kontakt mit den Geistern im Wasser aufzunehmen. Vielleicht würden sie deutlicher mit mir kommunizieren können, wenn ich ihnen in ihrem eigenen Revier begegnete.

Die Jungs hatten mich schon einmal so weit gehen sehen, meine Schwester allerdings noch nicht. Als wir am Fuß der Landzunge stehen blieben, nahm ich ihre Hand. „Das wird wahrscheinlich etwas seltsam aussehen. Ich tue nur alles, was ich kann, um Antworten zu bekommen. Nichts, was ich versuche, wird mir wirklich schaden. Die Geister hier wollen unsere Hilfe."

Inwieweit sie ihre Kommunikationsprobleme überwinden konnten, um uns zu helfen, war natürlich eine andere Frage.

Marisol nickte und straffte die Schultern, als würde sie sich innerlich wappnen. Nox drückte kurz meinen Arm. „Tu, was du tun musst", sagte er.

Ich ging bis ans Ende der Landzunge und blickte auf das Wasser hinab, das in sanften Wellen um die Stängel der Schilfrohre schwappte. Lagen am Grund *Leichen*, die von ihren Mördern versenkt worden waren, so wie die meiner Jungs? Der Gedanke ließ mich erschaudern, als ich meine Schuhe und Socken auszog und meine Zehen ins Wasser tauchte.

Es war genauso kalt, wie ich es erwartet hatte. Mit zusammengebissenen Zähnen setzte ich mich an den Rand der Landzunge und sprang genau dort ins Wasser, wo Nolan Senior untergegangen war.

Ich erschauderte, als ich ins Wasser glitt, und erwartete halb, dass meine Füße auf einen verwesten Körper stoßen würden. Stattdessen spürte ich schlammigen Boden und nichts als glitschigen Schlamm und ein paar kleine Steine. Das Wasser reichte mir bis zu den Achseln.

Ich ignorierte die Kälte, die sich durch meine Haut fraß, und watete um das Ende der Landzunge herum. Langsam bahnte ich mir einen Weg durch die dichte Sumpfvegetation und die Schilfstängel – halb in der Hoffnung, halb in der Angst vor dem Moment, in dem ich vielleicht auf einen Knochen treten würde. Ein paar Mal fischte ich sogar harte Klumpen aus dem Wasser, um sie zu begutachten, nur um festzustellen, dass es sich um gewöhnliche Steine handelte.

Es war nicht überraschend, dass die Gauntts ihre Spuren so gut verwischt hatten. Das Land gehörte ihnen, ob sie es öffentlich machten oder nicht. Sicherlich wollten sie nicht, dass Leichen auf ihrem Grundstück gefunden wurden.

Ein paar Schritte hinter dem Ende der Landzunge umspülte das Wasser meinen Hals und zog an meinem Haar. Ich zog meine Hände in gleichmäßigen Bahnen durch das Wasser und schloss die Augen. Das Summen in meiner Brust vibrierte durch meine Gliedmaßen.

Die Geister waren noch hier. Ich musste dafür sorgen, dass sie zu mir kamen und mit mir sprachen.

„Ich bin hier", sagte ich leise. „Ich möchte mehr über eure Geschichten erfahren. Ich möchte wissen, ob eure Mörder etwas hier zurückgelassen haben, das als Beweis dienen könnte. Hier, in eurem alten Zuhause oder sonst irgendwo?"

Das Wasser um mich herum erzitterte mit einem sanften Ziehen, als würden Dutzende winzige Finger versuchen, mich zu fassen. Ich zuckte instinktiv zurück, bevor ich dem Sog folgte und unter die Wasseroberfläche sank.

Kaum war ich mit dem Kopf unter das kalte Wasser getaucht, tauchten Bilder vor meinem geistigen Auge auf. Es war wie beim letzten Mal, als die geisterhaften Gestalten, die ich aus dem Sumpf beschworen hatte, mich mit Wasser übergossen hatten, nur länger und intensiver.

Eindrücke von jüngeren Versionen von Nolan und Marie glitten durch meinen Geist, ebenso wie von anderen Erwachsenen, von denen ich annehmen musste, dass es sich um frühere Körper der Gauntts handelte. Sie schubsten Kinder herum, murmelten magische Worte, um sie ruhig und gefügig zu halten, und wechselten zwischen kalter Unnahbarkeit, scharfer Wut und kurzen Momenten beinahe schon übertriebener Zuwendung. Ich bekam allein vom Zusehen ein Schleudertrauma.

Soweit ich es beurteilen konnte, hatten die Gauntts ihre perversen Interessen nicht auf die Besitzer ihrer zukünftigen Körper gerichtet. Vielleicht fühlte sich das für sie zu sehr nach Inzest an, oder sie wollten die Körper nicht verunreinigen, die ihnen einmal gehören würden. Zu diesem Zeitpunkt glaubte ich nicht mehr daran, dass sie auch nur den geringsten moralischen Kompass besaßen. Es war ohnehin ein schwacher Trost. Wer wollte sich schon dazwischen entscheiden, belästigt oder ermordet zu werden?

Ich sah jedoch nichts, das als handfestes Beweismaterial gegen die Gauntts dienen konnte. Alle Maßnahmen, die sie gegen ihre Adoptivkinder ergriffen, waren entweder magisch oder sollten wie normale Disziplinierungsmethoden aussehen. Nichts geschah in der Öffentlichkeit, wo es von einer Kamera aufgezeichnet werden könnte, nicht einmal versehentlich. Die Geister konnten kaum in ihrem eigenen Namen aussagen.

Ich öffnete meinen Mund und ließ das Wasser ohne Angst hineinfließen. Mit meinen Lippen formte ich die Frage, die ich stellen wollte. *Wisst ihr, wo die Leichen sind?*

Visionen von aufgedunsenen Körpern, die aus dem Sumpf geholt und flüsternd durch die dunkle Nacht geschleppt wurden, überschwemmten mich. Leider schienen die Geister nicht zu wissen, was mit den körperlichen Überresten der Monster geschehen war, die ihre Körper übernommen hatten.

Verdammt noch mal. War da wirklich nichts, was mir von Nutzen sein könnte?

Dann bahnte sich eine weitere Empfindung den Weg durch das angespannte Gemisch aus Angst und Wut, das in den geisterhaften Erinnerungen mitschwang. Ich wurde mir des gesamten Sumpfes um mich herum bewusst. Das Wasser, das immer wieder durch die dunklen Rituale der Gauntts verseucht worden war. Sie hatten es mit ihrem Einfluss überschwemmt, Leichen darin versenkt und dann wieder herausgeholt, wobei sie die Strömungen mit ihrer abscheulichen Magie durchwirkt hatten.

Die Eindrücke lösten einen Anflug von Übelkeit in mir aus. Schon beim letzten Mal hatte ich gespürt, dass der Sumpf nicht glücklich war, doch das Wasser, das jetzt in mich hineinströmte, trug eine ganz eigene, unverkennbare Emotion in sich – Abscheu.

Es sehnte sich danach, Leben zu spenden und die Pflanzen und Lebewesen zu schützen, die hier heimisch waren. Die Gauntts verunreinigten diese Absichten mit ihren kranken Machenschaften. Eine dunkle Energie waberte durch das Wasser um mich herum. Sie fühlte sich jedoch nicht wie eine befreiende Kraft an, sondern wie unsichtbare Fesseln.

Was würde mit den Gauntts geschehen, wenn es diesem Ort gelänge, sich aus diesen Ketten zu befreien?

Es nützte mir nichts, darüber nachzudenken, während ich die Hoffnungslosigkeit fast schmecken konnte. Ein verzweifeltes Brüllen des Wassers rauschte durch mein Bewusstsein, und ich brach keuchend durch die Oberfläche. Mein Magen verkrampfte sich vor Übelkeit, und ich spuckte das Wasser in den Sumpf, das ich zuvor geschluckt hatte.

Ich stolperte ans Ufer und lehnte mich einen Moment lang einfach an den Rand der Landzunge, mein Atem ging stoßweise, und mein Kopf drehte sich. Ein Frosch schwamm mit einem besorgten Quaken auf mich zu, und ich neigte meinen Kopf zu ihm. Durch unsere neue übernatürliche Verbindung, die schwach, aber beständig war, spürte ich, dass meine Männer unruhig waren und mir zu Hilfe eilen wollten, aber nicht wussten, wie sie es anstellen sollten. Und auch ich wusste noch nicht, wie.

Nach meinem Gespräch mit den Sumpfgeistern wusste ich nur eines sicher: Ich wollte nicht, dass meine Schwester sich jemals so verängstigt und verzweifelt fühlen würde wie sie. Ich würde sie vor den Mächten, die uns bedrohten, beschützen, egal, was ich dafür tun musste.

fünfzehn

Lily

Als ich mich schließlich aus dem Wasser auf den festen Boden der Landzunge schleppte, eilten mir die drei Jungs und meine Schwester entgegen.

Kai hatte die Notfalldecke aus Freds Kofferraum geholt. Ich wusste seine pragmatische Art mit jedem Tag mehr zu schätzen. Er legte sie um meine durchnässten Klamotten, und für einen Moment klammerte ich mich daran fest und wartete, bis das Zittern nachließ und mein Körper langsam wieder warm wurde.

„Hast du etwas gesehen?", fragte Marisol mit großen Augen. „Was ist passiert?"

Ich hoffte, dass es ihr nicht zu sehr zugesetzt hatte, mich fast ertrinken zu sehen. Ich schenkte ihr ein kleines Lächeln. „Nicht viel. Eigentlich nur mehr von dem, was ich beim letzten Mal gesehen habe. Die Gauntts haben ihre Adoptivkinder wie Dreck behandelt und sie mit Magie gefügig gemacht. Die Leichen ihrer alten Körper bringen sie weg vom Sumpf, keiner der Geister schien zu wissen, wohin. Scheinbar haben sie immer mehr Magie in das Wasser fließen lassen, damit es ihnen bei ihren Ritualen hilft, und das gefällt dem Sumpf nicht."

Ruin wippte ungeduldig auf seinen Füßen. „Und wie soll uns das helfen, die Gauntts zu Fall zu bringen?"

„Gar nicht", gab ich widerwillig zu. „Zumindest wüsste ich im Moment nicht wie." Ich hielt inne. „Möglicherweise wären sie gezwungen, ihr Ritual hier zu wiederholen, wenn ich Maries Herz so beschädige wie das von Nolan … Vielleicht könnten wir es so arrangieren, dass sie auf frischer Tat ertappt werden. Ich weiß nur nicht, ob ich nahe genug an sie herankommen kann. Sicherlich haben sie jede Menge Schutzvorkehrungen getroffen. Und das aus gutem Grund."

„Wir können nicht aufgeben", protestierte meine Schwester.

Nox richtete sich zu seiner vollen beachtlichen Größe auf. „Das werden wir auch nicht. Nur weil eine Strategie nicht funktioniert hat, bedeutet das nicht, dass es nicht noch jede Menge andere gibt, die wir ausprobieren können." Er legte seinen Arm um mich und führte mich zurück zum Auto. „Du hast dein Bestes gegeben. Es ist nicht deine Schuld, dass diese Wassergeister nichts Brauchbares ausgespuckt haben."

Seine Worte beruhigten mich nicht wirklich. Ich wusste genau, an welche Strategie Marisol dachte, und es war das Letzte, was ich sie tun lassen würde. Während ich mein Haar auswrang, überlegte ich, was wir noch versuchen könnten, bevor sie wieder anfing, öffentliche Erklärungen abzugeben.

Jett hob zur Begrüßung die Hand, als wir auf Fred zugingen. Einen Moment später drang das Dröhnen eines Motors an meine Ohren, und er drehte ruckartig den Kopf.

Wie sich herausstellte, waren es sogar zwei Motoren.

Zwei Polizeiautos rauschten die Straße entlang. Ich erstarrte kurz, bevor ich auf Fred 2.0 zueilte, wobei mein Puls in die Höhe schoss.

Was auch immer sie wollten, es war bestimmt nichts Gutes.

„Steig ins Auto", rief ich Marisol zu. Die Schädelbrecher scharten sich um mich, angespannt und bereit für den Kampf. Wir hätten alle in oder auf unsere Fahrzeuge springen und die Flucht ergreifen können, doch die Cops kamen schnell näher und blockierten die Fahrbahn. Ich war mir nicht sicher, ob eine Flucht wirklich die bessere Option wäre. Kai schob sich die Brille auf die Nase und griff mit der anderen Hand nach der Waffe, die in seiner Jeans steckte. „Wir sollten uns anhören, was sie zu sagen haben. Wenn es etwas mit den Gauntts zu tun hat, erfahren wir auf diese Weise vielleicht etwas über ihre Pläne. Aber bleibt in Deckung."

Wir öffneten die Autotüren und nutzten sie als Deckung. Die Jungs hielten ihre Waffen vorerst außer Sichtweite. Als die Polizeiautos gegenüber von uns zum Stehen kamen, schlug mir das Herz bis zum Hals.

Wir hatten uns schön häufig mit Gangstern und anderen Kriminellen angelegt, darunter auch mit Schlägern, die auf Ärger aus waren. Doch eine Auseinandersetzung mit der Polizei war eine völlig andere Liga von Ärger.

Wenn wir diese Grenze überschritten, gab es dann *überhaupt* noch einen Weg zurück, unabhängig davon, was mit den Gauntts geschah?

Mehrere meiner Froschfreunde waren herübergehüpft, um sich uns anzuschließen. Leider beruhigte mich ihr Quaken nicht, als die Bullen die Grasfläche betraten.

Die Polizisten hatten keine Bedenken, *ihre* Waffen offen zu zeigen. Vier Beamte stiegen aus, zwei aus jedem Auto. Sie richteten ihre Pistolen auf uns. „Bleiben Sie, wo Sie sind", schnauzte einer. Sein dunkles Haar war so glatt zurückgekämmt, dass er wie eine lebendig gewordene Actionfigur aussah. „Sie sind verhaftet.“

Als er nicht weitersprach, starrten wir ihn alle nur an. Kai legte den Kopf schief. „Verhaftet weswegen?“

„Keine Fragen“, bellte ein anderer Polizist. „Nehmen Sie die Hände hoch, wo wir sie sehen können, und dann hier rüber, ihr Cowboys.“

Oh, okay. Ich war noch nie in Polizeigewahrsam genommen worden, doch ich war mir ziemlich sicher, dass dies nicht die übliche Vorgehensweise war. Ich sah sie finster an. „Wenn wir keine Straftat begangen haben, können Sie uns nicht verhaften.“

Genau genommen hatten wir verschiedene Verbrechen begangen – nun ja, hauptsächlich die Jungs – doch, wenn die Polizisten das nicht *wussten* …

Zwei Beamte verlagerten unruhig ihr Gewicht von einem Fuß auf den anderen und sahen ungeduldig und vielleicht auch ein bisschen verwirrt aus, so als wären sie sich auch nicht ganz sicher, was sie hier taten. Seltsam.

„Keine Widerrede“, befahl der erste Polizist. „Kommen Sie nun freiwillig mit oder nicht?“

„Wir haben das Recht zu erfahren, warum wir verhaftet werden“, meldete sich Kai zu Wort. „Das ist Vorschrift. Das sollten Sie eigentlich wissen.“

Die Polizisten tauschten einen Blick aus. „Sie wissen, was Sie getan haben“, sagte der zweite Mann in drohendem Ton.

Ruin strahlte sie freundlich an. „Wir haben einen Spaziergang durch den Sumpf gemacht. Das ist nicht verboten.“

„Das ist nicht … Sie sind in ein *schweres* Verbrechen verwickelt.“ Die Polizistin sah uns finster an, als ob dieser Blick die Tatsache wettmachen würde, dass immer deutlicher wurde, dass sie keine Ahnung hatten, was dieses „schwere Verbrechen" war.

Was war hier eigentlich los?

Meine Haut prickelte unangenehm. Ich holte tief Luft und überlegte, was ich sagen könnte, um die Situation zu entschärfen. Die Polizisten kamen auf uns zu.

„Wenn Sie nicht friedlich mitkommen, müssen wir angemessene Gewalt anwenden", sagte der Erste roboterhaft. Er klang auch wie eine Actionfigur.

Nox gab Jett ein Zeichen, woraufhin dieser unauffällig seine Waffe wegsteckte. Ich nahm an, dass sie den Cops keinen Grund liefern wollten, diese Verhaftung mit Gewalt durchzusetzen.

Das bedeutete allerdings nicht, dass die Schädelbrecher sich kampflos ergeben würden. Als die Polizisten näher kamen, traten die vier Jungs ihnen vorsichtig entgegen, die Hände nur halb gehoben – gerade hoch genug, um nicht bedrohlich zu wirken.

„Ich bin sicher, dass wir dieses Missverständnis aufklären können", sagte Nox mit einem sarkastischen Unterton in der Stimme.

Einer der Polizisten schnaubte, und die Jungs setzten sich alle gleichzeitig in Bewegung.

Ruin und Kai stürmten im Gleichschritt vorwärts und schlugen jeweils einem Polizisten auf den Kopf. Kais Gegner schwankte sofort und riss den Kollegen neben ihm zu Boden. Und auch der von Ruin sackte wie ein Häufchen Elend im Gras zusammen und schlug sich die Hände vors Gesicht.

Jett hatte währenddessen nach der Waffe der Polizistin gegriffen. Die stämmige Frau hielt sie eisern fest, doch Jett hatte nicht vor, sie ihr wegzunehmen. Er wollte die Waffe nur in eine harmlose Form bringen.

Einen Augenblick später hielt die Polizistin einen unförmigen Metallklumpen in der Hand, der vage an einen springenden Fisch erinnerte. Sie fummelte daran herum, als würde sie nach dem Abzug suchen. Mit einem wilden Knurren, das nicht zu ihrer Uniform zu passen schien, stürzte sie sich auf Jett.

Nox ließ seine Leute diesen Kampf nicht allein ausfechten. Gerade als Jett die Hände hob, um sich zu verteidigen, schickte Nox einen Schwall knisternder Energie direkt in den Bauch der Polizistin. Die Frau flog mehrere Meter zurück und landete unsanft auf dem Hintern. Rasch sprang sie wieder auf und stürzte sich auf Nox.

Nox wartete und griff in letzter Sekunde nach der Bluse der Frau. Er warf die Polizistin über seine Schultern, drehte sich einmal um die eigene Achse und schleuderte sie dann in Richtung See. Ein Reißen von Stoff war zu hören, bevor die Frau wie ein Ahornsamen durch die Luft wirbelte und mit zerrissener Bluse auf dem Boden aufschlug.

Unter der offenen Naht lugte ein rosafarbener Fleck von der Größe eines Fünf-Cent-Stücks auf ihrer bronzefarbenen Haut hervor.

Mein Herz setzte einen Schlag aus. „Sie hat das Mal!", rief ich. „Womöglich sie alle."

Ruin sprang zu dem schluchzenden Mann, der so abgelenkt war, dass er nicht einmal versuchte, den Gangster abzuwehren. Ruin zerrte am Kragen des Mannes und entdeckte ein Mal auf seiner Schulter.

Mein Magen zog sich zusammen. Kai drehte sich zu dem anderen Mann um, der immer noch mit seinem Partner am Boden rang, und ich griff nach seinem Arm.

„Ich denke, wir wissen, was hier vor sich geht. Lasst uns verschwinden, solange wir noch die Chance dazu haben. Ich würde versuchen, den Bann zu brechen, aber ich weiß nicht, wie viel Zeit wir haben. Es könnten noch mehr kommen."

Nox klatschte in die Hände. „Ihr habt sie gehört. Los, weg hier!"

Nox nahm auf dem Fahrersitz Platz und übernahm diesmal selbst das Steuer. Marisol und ich sprangen auf die Rückbank. Während Ruin auf den Beifahrersitz hechtete, schwangen sich Jett und Kai auf ihre Motorräder. Eine Minute später rasten wir über das holprige Feld um den Polizeiwagen herum und zurück auf die Straße.

„Die Gauntts haben also ein paar Polizisten geschickt, um uns das Leben schwer zu machen?", meinte Ruin, während wir in Richtung Mayfield düsten. Er bemühte sich vergeblich um einen lässigen Tonfall.

„Sieht so aus." Ich stieß hörbar die Luft aus. „Sie haben ihre übernatürlichen Kräfte eingesetzt, um die Polizisten davon zu überzeugen, dass sie uns festnehmen müssen. Denn offensichtlich haben sie keine Beweise, mit denen sie uns tatsächlich verhaften könnten."

„Sie stecken in dem Punkt also genauso fest wie wir", meinte Nox mit einem leisen Kichern.

„Außer, dass sie jeden manipulieren *können*, der noch das Mal hat", sagte ich. „Wenn es mindestens vier Polizisten gibt, die sie manipulieren können … Wie viele Leute können sie dann wohl noch auf uns hetzen?"

„Wenigstens werden nicht alle anderen Leute Waffen haben?", wandte Marisol mit einem Anflug von Optimismus ein.

„Da hast du recht", stimmte ich zu. „Betrachten wir es von der positiven Seite."

Ruin war natürlich der Meister dieser Denkweise. „Lily kann ihre Male brechen, dann werden sie sich gegen die Gauntts stellen!"

Ich verzog das Gesicht. „Ja … Wenn sie uns nicht alle gleichzeitig angreifen. Es braucht schon etwas Konzentration und Zeit."

„Aber du hast uns", sagte Nox. „Mich eingeschlossen,

dem Teufel sei Dank. Egal, womit diese Wichser uns konfrontieren, sie bekommen es doppelt so hart zurück.“

Es wäre schön zu glauben, dass es so einfach sein würde. Doch als wir Lovell Rise hinter uns ließen und die Hochhäuser von Mayfield bereits in der Ferne aufragten, verstärkte sich mein Unbehagen. Mir fiel auf, dass einige der Autos, die auf den anderen Landstraßen unterwegs waren, plötzlich in unsere Richtung abbogen, sobald wir in ihr Sichtfeld gerieten.

Als wir uns der Stadtgrenze von Mayfield näherten, hatten wir bereits drei Fahrzeuge im Nacken. Nox trat aufs Gas, um den Vorsprung beizubehalten, eine Furche bildete sich zwischen seinen Augenbrauen.

„In der Stadt wird es einfacher sein, sie abzuhängen“, sagte er. „Die sehen aus wie normale Menschen. Ich bezweifle, dass sie viel Erfahrung mit Verfolgungsjagden haben.“

Er gab Kai und Jett ein Zeichen durch die Fenster, woraufhin sie an der nächsten Kreuzung in unterschiedliche Richtungen fuhren. Die Verfolger blieben uns auf den Fersen. Ich vermutete, dass sie möglichst viele Zielpersonen ins Visier nehmen wollten.

Was würden sie tun, wenn sie uns „erwischten“? Waren sie *bewaffnet* und würden auf uns schießen? Oder wollten sie uns nur einen Schrecken einjagen?

Letzteres hatten sie definitiv erreicht.

Als wir in die engen Straßen einbogen, die auf beiden Seiten von zahlreichen Gebäuden gesäumt wurden, fuhr Nox durch eine Tankstelle, raste durch eine Gasse und bog anschließend scharf ab, um auf unsere ursprüngliche Route zurückzukehren. Für einen kurzen Moment blieb der Rückspiegel leer und wir atmeten auf, bevor ein Auto, an dem wir auf der Gegenspur vorbeifuhren, eine Kehrtwende mit quietschenden Reifen machte und auf uns zuraste.

Leise fluchend, riss Nox das Lenkrad herum und steuerte den Wagen mit einer Reihe rasanter Manöver durch die Straßen, wobei wir fast aus unseren Sitzen geschleudert wurden. Jedes Mal, wenn wir einen Verfolger abhängten, schien ein paar Blocks weiter ein neuer aufzutauchen. Gauntts Marionetten waren überall.

Mein Puls raste und das Adrenalin machte mich langsam schwindlig. „Irgendwann wird uns der Sprit ausgehen", gab ich zu bedenken. „Vielleicht sollten wir die Stadt verlassen."

„Draußen auf offener Straße hätten sie freie Sicht auf uns", erwiderte Nox. „Verdammte Scheiße. Wenn ich sie durch die Fenster verprügeln könnte …"

„Du würdest nur die Scheiben zerschlagen, wenn du es versuchst. Außerdem ist es nicht ihre Schuld, genauso wenig wie es Marisols Schuld war, als sie weggelaufen ist."

Er brummte etwas Unverständliches vor sich hin und riss das Lenkrad herum, bis wir unseren aktuellen Verfolger abgeschüttelt hatten. Dann bog er in eine Tiefgarage ein, wo wir vorerst außer Sichtweite waren.

Als wir sicher waren, dass uns niemand gefolgt war, parkte er ein wenig versteckt hinter einer Säule, sodass wir aber immer noch genug Platz hatten, um zu fliehen, falls es nötig sein sollte. Dann ließ er sich auf den Sitz sinken und griff nach seinem Handy. „Ich hole Jett. Er muss dein Auto vorübergehend umgestalten. Bestimmt haben sie ihren Marionetten genau beschrieben, wie es aussieht, damit die Idioten wissen, wonach sie Ausschau halten müssen. Wir müssen es tarnen."

Sosehr ich Fred 2.0 in seiner jetzigen Form auch liebte, würde ich diesen Plan nicht infrage stellen. Wir mussten tun, was getan werden musste.

Blinzelnd und mit pochendem Herzen sah ich mich in der düsteren Tiefgarage um. „Diese Strategie wird uns nur so lange schützen, bis die Gauntts merken, was wir getan haben

… Oder bis sie einen anderen Weg finden, uns ausfindig zu machen."

Marisol rieb sich die Arme. „Wie sollen wir unsere nächsten Schritte planen, wenn wir ständig auf der Flucht sind? Wir können nicht zurück ins Motel, oder?"

Ich schüttelte den Kopf. „Ich denke nicht, dass das sicher ist. Dort gehen zu viele Leute ein und aus, zu viele könnten uns oder das Auto dort bereits gesehen haben." Dann hielt ich inne, denn mir kam eine Idee, die ich nur widerwillig in Betracht zog.

Wir hatten bereits um viel Hilfe von Menschen gebeten, die uns ursprünglich nicht helfen wollten. Allerdings war ich mir nicht sicher, ob wir noch andere Optionen hatten. Und letztendlich würden sie auch davon profitieren, wenn wir weiter gegen die Gauntts kämpfen konnten.

„Sie setzen die Leute mit den Malen auf uns an", überlegte ich. „Warum wenden wir uns nicht an diejenigen, deren Mal wir bereits entfernt haben?"

sechzehn

Ruin

Als wir vor dem kleinen Häuschen anhielten, murmelte Nox etwas von einer „Bruchbude". Ich fand es eigentlich ganz niedlich. Die Außenfassade war mit Schindeln in zarten, wenn auch verblichenen Pastelltönen verkleidet, und auf der schmalen Veranda an der Vorderseite konnten die Bewohner sitzen und über den Rasen auf den felsigen Strand blicken. Der Streifen aus Sand und Kieseln war etwa zwei Meter breit, bevor er in das Seeufer überging. Die Atmosphäre war friedlich. Vielleicht sogar „malerisch".

„Es gibt nur zwei Schlafzimmer", sagte sie, als sie die Haustür aufschloss. „Aber die Couch im Wohnzimmer ist ausziehbar. Und im Schrank müssten noch ein paar Luftmatratzen sein."

„Das reicht vollkommen", versicherte Lily ihr. „Wir sind einfach nur dankbar, eine Unterkunft zu haben. Und zwar weit weg von den Handlangern der Gauntts, die nach uns suchen.“

Offenbar war Peyton ganz in der Nähe aufgewachsen, in einem der Dörfer ein paar Kilometer von Lovell Rise entfernt am Rande des großen Sees. Wir befanden uns fast direkt gegenüber vom Sumpf. Wenn ich die Augen zusammenkniff, konnte ich einen grünlichen Fleck am Ufer auf der anderen Seite des Wassers ausmachen.

Natürlich bedeutete das nicht, dass die Marionetten der Gauntts hier nicht auftauchen konnten, doch selbst wenn sie es täten, würden sie Lilys verändertes Auto hoffentlich nicht erkennen. Dank Jett hat es jetzt eine glänzende, graue Lackierung – laut ihm „die unauffälligste Farbe überhaupt“ – und eine leicht umgewandelte Karosserie, die es moderner aussehen ließ.

Lily schürzte jedes Mal die Lippen, wenn ihr Blick auf ihr Auto fiel. Als würde es ihr wehtun, es in dieser neuen Form zu sehen. Jett hatte ihr jedoch versichert, dass er es sofort zurückverwandeln konnte, sobald die Gauntts ihre Verfolgungsjagd einstellten.

Kai und er hatten ihre Motorräder in den Gartenschuppen auf dem Grundstück untergestellt, der gerade groß genug dafür war. Nur die Hinterreifen ragten ein Stück heraus. Sie hatten die Tür so gut wie möglich verschlossen und eine Plane über das Heck der Motorräder gezogen, damit sie nicht zu erkennen waren.

Peyton hatte während all dem kaum ein Wort gesagt. Eigentlich hatte sie generell nicht viel gesprochen, seit wir sie um Hilfe gebeten hatten. Jetzt, als die Tür offen war, zögerte sie kurz auf der Veranda, bevor sie Lily den Schlüssel reichte.

„Ich brauche ihn danach zurück“, sagte sie. „Und … Bitte verlasst es möglichst sauber … Meine Eltern und ihre Freunde kommen zur Weihnachtszeit oft mit ihren Familien hierher, und ich möchte nicht, dass sie ein Chaos vorfinden.“

„Natürlich." Lily schenkte ihr ein Lächeln, das nur ein klein wenig angespannt wirkte. „Du tust uns einen enormen Gefallen. Wir wollen dir nicht noch mehr Umstände bereiten."

Peyton schlang die Arme um sich, obwohl die Sonne schien und es nicht allzu kühl war. „Na ja, wir können diese Gauntt-Arschlöcher nicht einfach so davonkommen lassen, nachdem sie uns so behandelt haben. Kommt mit, ich zeige euch alles. Nicht, dass es viel zu sehen gäbe."

Drinnen zeigte sie auf die Türen zu den beiden Schlafzimmern, dem Badezimmer und der winzigen Küche, in der kaum mehr als eine Person gleichzeitig Platz hatte. Ein Festmahl würden wir hier ohnehin nicht zubereiten, so schade das auch war.

Ich überlegte kurz, ob ich sie fragen sollte, ob die Lieferdienste dieses Gebiet abdeckten, entschied mich aber dagegen. Wir fielen Peyton schon genug zur Last. Zum Glück hatte Kai unterwegs ein paar prall gefüllte Tüten mit Fertiggerichten gekauft. Wir würden also nicht verhungern, auch wenn ich Lust auf mein scharfes Dörrfleisch hatte. Ich hatte meine letzte Packung heute Morgen aufgegessen.

Lilys Schwester schien sich keine Sorgen darüber zu machen, dass wir unserer etwas unfreiwilligen Gastgeberin zur Last fallen könnten. Als wir das Wohnzimmer betraten, in dem sich eine ausziehbare Couch, ein paar Sessel und ein Fernseher befanden, der alt genug aussah, um vor unserem ersten Tod schon im Einsatz gewesen zu sein, stupste Marisol Peyton am Arm.

„Es gibt noch mehr Möglichkeiten, wie du uns im Kampf gegen die Gauntts unterstützen kannst. Wenn wir alle zusammen die Stimme erheben und zeigen, dass wir keine Angst haben, mit dem, was sie uns angetan haben, an die Öffentlichkeit zu gehen ..."

Peyton wich vor dem anderen Mädchen zurück, ihr

Gesicht wurde kreidebleich. „Ich werde keine großen Reden schwingen. Damit alle wissen, was sie getan haben … was ich durchgemacht habe …“

„Sie haben uns mithilfe von Magie kontrolliert!“, protestierte Marisol. „Wir waren Kinder. Und selbst ohne Magie wären sie verdammt einschüchternd gewesen. Niemand wird dir deswegen einen Vorwurf machen.“

„Und wenn doch, dann wären sie totale Arschlöcher“, warf Lily ein.

Peyton schüttelte den Kopf. „Ich möchte nicht, dass diese Geschichte mich für den Rest meines Lebens verfolgt. Was vermutlich sowieso passieren wird.“

„Es geht nicht nur um uns“, beharrte Marisol. „Wenn wir die anderen Leute vom College, die ebenfalls das Mal tragen, mit ins Boot holen und alle gemeinsam aufbegehren würden, stünden nicht nur ein paar von uns im Rampenlicht.“

„Ich glaube nicht, dass sie mitziehen werden. Und was ist, wenn sie in letzter Sekunde einen Rückzieher machen?“ Peyton erschauderte. Ihr Blick huschte zu mir, als hoffte sie, ich würde sie aus dieser Situation retten.

Das tat sie immer noch manchmal. Sie sah mich an, als würde sie nach Ansel suchen und hoffen, er würde plötzlich auftauchen. Obwohl er sich meines Wissens zu seinen Lebzeiten ihr gegenüber nicht besonders fürsorglich verhalten hatte. Es war mir ein Rätsel, warum sie sich diesen Idioten zurückwünschte.

„Ich wünschte, ich könnte euch beistehen“, sagte ich zu Marisol. „Leider weiß ich nicht genau, was Ansel widerfahren ist. Vielleicht könnte ich mir etwas zusammenreimen, basierend auf den Geschichten der anderen Opfer …“

Kai drängte sich mit seinem Ellbogen an mir vorbei. „Schlechte Idee, Ruin. Die Gauntts haben ihre Methoden oft variiert, wie es scheint. Wenn du etwas sagst, was nachweislich nicht stimmt und sie es widerlegen können, untergräbst du den ganzen Fall.“

Meine Hoffnung, die für einen Moment aufgekeimt war, wurde enttäuscht. „Ja. Das leuchtet mir ein. Ich will auf keinen Fall, dass das passiert.“

Lily drückte meinen Arm. „Du hilfst auf viele andere Arten.“

„Wenn unsere *anderen* Freunde, die das Mal hatten, etwas hilfsbereiter wären, könnten wir vielleicht weiterkommen, ohne dass jemand eine öffentliche Ansage machen muss“, grummelte Nox und blickte finster auf sein Handy. Dann hob er den Blick und schaute in die Runde. „Unser Mann vom Skeleton Corps hat Probleme, noch jemanden ins Boot zu holen. Und die beiden anderen mit dem Mal sind seit unserem letzten Kampf mit der Truppe zurückhaltend in Bezug auf uns. Sie haben Angst, dass sie bestraft werden, weil sie sich mit dem Feind verbrüdern oder so. Es ist, als *wollten* sie die Marionetten eines reichen Arschlochs sein.“ Er schnaubte angewidert.

Jett deutete auf Kai und mich. „Wenn wir sie wenigstens hierherholen könnten, dann könnten Kai und Ruin sie dazu bringen, sich von Lily heilen zu lassen.“

Kai verzog bei diesem Vorschlag ebenfalls das Gesicht. „Der erste Typ ist freiwillig zu uns gekommen. Ich denke, wir sollten dieses Muster beibehalten, wenn es um das Skeleton Corps geht. Sie müssen uns vertrauen. Und im Gegensatz zu den College-Studenten haben sie viel mehr Gründe, uns gegenüber misstrauisch zu sein. Es ist besser, wenn sie denken, dass es ihre eigene Idee ist. Sonst werden sie *sowohl* die Gauntts als auch uns als Feinde betrachten.“

Jett schnaubte, schien aber kein Gegenargument zu haben.

Nox blickte wieder finster auf sein Handy. „Wenigstens hat er sie endlich davon überzeugt, sich mit uns zu treffen, damit wir unsere Argumente vorbringen können. Ich wüsste nicht, was wir sagen könnten, was er nicht schon gesagt hat, aber wir müssen es versuchen." Er ging in die Ecke und tippte eine Antwort auf die letzte Nachricht.

Peyton sah ihm nach, und ihre Haltung wurde noch steifer. Ich konnte nicht der Kerl sein, den sie wollte, auch nicht irgendjemandes Typ sein außer Lilys. Allerdings tat Peyton so viel für uns. Und ich wünschte, ich könnte ihr zumindest das Gefühl geben, dass es sich lohnte. Etwas sagen, das sie aufmunterte, auch wenn ich nicht dafür sorgen konnte, dass der Mann, von dem sie geträumt hatte, plötzlich auftauchte. Er hatte nicht wirklich existiert, nicht einmal als Ansel noch gelebt hatte.

Manchmal funktionierte ich am besten, wenn ich mich einfach treiben ließ und unterwegs herausfand, was richtig war. Ich trat an ihre Seite und wies auf die Tür. „Gehst du ein Stück mit mir spazieren?"

Peyton blinzelte mich mit großen Augen an. Diesmal schien sie jedoch nicht vor Misstrauen, sondern vor Überraschung zu zögern. Dann nickte sie nachdrücklich.

Ich warf Lily einen schnellen Blick über meine Schulter zu, um sicherzugehen, dass sie nichts dagegen hatte, doch sie schenkte mir nur ein warmes Lächeln. Sie wusste, wie wichtig es mir war, dass die Menschen um mich herum glücklich waren – oder zumindest so zufrieden, wie ich es ihnen ermöglichen konnte. Die Tatsache, dass sie das verstand, war einer der Gründe, warum ich sie so liebte.

Und sie liebte mich auch. Die Erinnerung an ihre Worte bildete eine euphorische Blase in meiner Brust, die niemals platzen würde, solange ich lebte.

Peyton schlenderte mit mir zum Wasser hinunter. Bei jedem Schritt zuckte ein leichter Schmerz durch meinen Bauch, doch dank der Arbeit des Arztes und Jetts Eingreifen waren die Beschwerden nicht mehr allzu schlimm. Ich hatte die Schmerzmittel so weit reduzieren können, dass sich mein Kopf nicht mehr anfühlte, als wäre er in Watte gepackt.

Peyton trat mit der Spitze ihrer Turnschuhe gegen die Kieselsteine und schaute mich durch ihr dunkles, gewelltes Haar an, das ihr ins Gesicht wehte. „Wolltest du über etwas mit mir reden?", fragte sie.

„Ja", antwortete ich. „Ich weiß, dass du nicht gerade begeistert darüber bist, wie wir in dein Leben geplatzt sind."

Ihre Wangen erröteten. „Nun, ich meine, es war irgendwie verrückt, und all die aufgewühlten Erinnerungen – und ich verstehe immer noch nicht wirklich, was mit Ansel passiert ist." Wieder warf sie mir diesen hoffnungsvollen Blick zu.

Ich antwortete mit sanfter Stimme. „Er ist weg. Aber du bist noch da. Und du leistest großartige Arbeit im Kampf gegen die Gauntts. Ich dachte nur, du solltest das wissen."

Peyton kniff die Augen zusammen. „Willst du mich damit dazu bringen, auszusagen? So wie Lilys Schwester es ständig fordert?"

Ich hob meine Hände. „Nein, ganz und gar nicht. Das musst du selbst entscheiden. Ich möchte nur, dass du verstehst, dass du stolz auf das sein kannst, was du bereits getan hast."

„Das ist nicht so einfach." Ihr Blick fiel auf den mit Steinen übersäten Sand. „Ich kenne euch kaum. Und ihr habt ein paar beschissene Dinge getan. Nur nicht annähernd so beschissen wie das, was die Gauntts tun."

Dagegen konnte ich nicht wirklich argumentieren. Doch es gab andere Dinge, die ich sagen konnte. „Das ist in Ordnung. Aber wie du wahrscheinlich bemerkt hast, gehe ich normalerweise ziemlich optimistisch an die Dinge heran. Ich sehe gerne das Positive, wenn ich kann."

Sie kicherte. „Es ist schwer, das nicht zu bemerken, selbst wenn man dich nicht gut kennt."

„Genau. Ich war schon so, als ich noch ein kleines Kind war. Meine Eltern wollten, dass ich lerne, mich selbst glücklich zu machen, also tat ich so, als wäre ich ständig glücklich, in der Hoffnung, dass sie sich mehr um mich kümmern würden, wenn sie sahen, dass ich es geschafft hatte. Leider funktionierte das nicht. Und die Freude, die ich mir selbst eingeredet hatte, fühlte sich irgendwie hohl an … Ich habe erst wirklich angefangen, es ernst zu meinen, nachdem ich Menschen gefunden hatte, die mich so mochten und annahmen, wie meine Eltern es eigentlich hätten tun sollen."

Peyton zog die Augenbrauen hoch. „Diese anderen Typen, mit denen du rumhängst?"

„Genau! Sie gaben mir ein Gefühl der Zugehörigkeit, und als ich wusste, dass ich ihnen zur Seite stehen konnte und sie mir, wurde alles auf einmal heller. Ich glaube, dass es für dich auch so sein kann. Deine Eltern haben dich im Stich gelassen. Sie haben dich nicht vor den Gauntts beschützt. Und auch einige deiner Freunde haben dich im Stich gelassen. Aber ich bin mir sicher, dass du die richtigen Menschen finden kannst, die dir erlauben, glücklich zu sein. Die dir zeigen, dass du die richtigen Entscheidungen für dein Leben triffst. Wir sind es nicht, und das ist in Ordnung. Jetzt, wo du mehr über dich selbst weißt, wird es leichter sein, sie zu finden."

Peyton betrachtete mich einen Moment lang schweigend, während die warme Sonne auf uns herabschien. Dann schenkte sie mir ein kleines Lächeln, das ehrlicher wirkte als alles, was ich bisher von ihr gesehen hatte.

„Danke", sagte sie. „Auf eine seltsame Art und Weise ist es schön, das zu hören. Und ich weiß es zu schätzen, dass du dir überhaupt die Mühe gemacht hast, mit mir zu sprechen. Ich weiß … So wie ich Lily früher behandelt habe, hättest du viele Gründe, sauer auf mich zu sein."

„Das war nicht ganz deine Schuld", erinnerte ich sie.

„Die Gauntts haben dich dazu angestachelt. Und jeder macht Fehler. Trotzdem solltest du dich irgendwann bei ihr entschuldigen, falls du es nicht schon getan hast."

Sie rieb sich mit der Hand über den Mund. „Ja. Na ja. Wie gesagt, danke. Ich hoffe, dass euch noch etwas Besseres einfällt, um diesen Mistkerlen in den Arsch zu treten."

Sie ging zu dem Auto, mit dem sie hergekommen war, und ich machte mich auf den Weg zurück zum Haus. Bevor ich die Veranda erreichte, trat Nox nach draußen und ließ die Schultern kreisen.

„Ich werde mal sehen, ob ich diesen Idioten vom Skeleton Corps etwas Vernunft einprügeln kann", erklärte Nox, gerade als Lily hinter ihm auftauchte.

Nach meinem Erfolg mit Peyton floss mehr Energie durch meine Adern als sonst. Lily hatte mir schon einmal gesagt, dass meine Einstellung der Gruppe auf eine Art und Weise half, die mir selbst nicht bewusst war. Möglicherweise war das zutreffender, als sie dachte. Bevor ich den Impuls überdenken konnte, sprudelten die Worte aus mir heraus.

„Ich komme mit. Vielleicht kann ich sie auf die nichtmagische Art überzeugen."

Nox warf mir einen leicht skeptischen Blick zu, bedeutete mir aber, mitzukommen. „Dann los. Wir sollten das so schnell wie möglich durchziehen. Sie haben einem Treffen außerhalb der Stadt zugestimmt, aber wir fahren trotzdem etwas näher an Mayfield heran, als mir lieb ist. Ich möchte nicht länger bleiben als nötig."

Da es sich diesmal nicht um eine Verfolgungsjagd handelte, ließ er Lily fahren. Schließlich war es ihr Auto. Er wies ihr den Weg, bis wir einen abgelegenen Touristenladen an einer Landstraße erreichten. Er sah aus, als wäre er schon seit einer ganzen Weile geschlossen. Der Schmutz an den Fenstern war fast so dick wie das Glas.

Ein paar Minuten später fuhr ein weiteres Auto vor. Drei

Männer stiegen aus – derjenige, der uns darum gebeten hatte, sein Mal zu brechen, und zwei jüngere Typen, die vermutlich ebenfalls ein Mal trugen. Der Erste nickte uns zu, während uns die anderen misstrauisch musterten.

„Hört zu", begann Nox ohne Umschweife und stemmte die Hände in die Hüften, „ihr habt euch von einem Haufen reicher Bastarde manipulieren lassen, die dafür gesorgt haben, dass ihr es nicht einmal mitbekommt. Warum zögert ihr? Wollt ihr lieber im Dunkeln bleiben?"

Einer der Neuen musterte Nox mit zusammengekniffenen Augen. „Vielleicht haben wir zu viel von eurem Wahnsinn mitbekommen, um zu wissen, dass wir nicht alles glauben sollten, was ihr sagt. Woher sollen wir wissen, dass *ihr* nicht diejenigen wart, die uns manipuliert haben."

Parker stöhnte auf. „Ich habe es euch doch erklärt. Ihr habt gesehen, was mit Storek passiert ist. Alles, was diese Typen getan haben, hat innerhalb einer halben Stunde nachgelassen. Ich habe diese Erinnerungen schon tagelang, seit sie diese Blockade in mir zerstört haben."

„Wer sagt, dass wir das überhaupt wissen müssen?"

Darauf hatte ich eine Antwort. Nox straffte die Schultern und sah aus, als wollte er sie zur Vernunft bringen, doch ich trat zuerst vor.

„Ich glaube, wir wollen alle dasselbe", sagte ich.

Der zweite Neue schnaubte. „Ach ja?"

„Ich nehme an, keiner von uns will von irgendwelchen Arschlöchern in einem Hochhaus kontrolliert werden, oder? Sie versuchen, uns klein zu halten, und *wollen*, dass wir uns gegenseitig bekämpfen, damit wir uns nicht gegen sie wehren und die Kontrolle zurückgewinnen."

Der erste Neue starrte mich an. „Mich manipuliert niemand."

„Aber sie können es", erklärte ich. „Sie tun es bereits

überall in der Stadt. Sie könnten jeden Moment an der unsichtbaren Leine ziehen, die sie euch angelegt haben, und euch herumkommandieren. Und solange ihr dieses Mal habt, könnt ihr nichts dagegen tun. Wir können diese Leine durchtrennen. Wir können ihnen ins Gesicht bellen und ihnen die verdammten Halsbänder, die sie uns anlegen wollten, in den Rachen stopfen. Warum sollten diese Arschlöcher das Sagen haben? Ist Mayfield nicht *eure* Stadt?"

Nox rührte sich unbehaglich bei meinem Vorschlag, aber die Skeleton-Corps-Typen horchten auf.

„Ja, verdammt", empörte sich einer von ihnen. „Keine Ahnung, warum die Bosse immer noch auf diese Leute hören …"

„Wegen der Kohle", meinte Parker spöttisch. „Das ist alles, was *sie* interessiert. Sie halten uns auch klein."

„Es muss nicht so bleiben", fügte ich hinzu. „Wir wehren uns bereits, und wir können sie noch härter treffen, wenn wir alle zusammenarbeiten."

Der andere Neue musterte mich weiterhin misstrauisch. „Ihr habt *uns* auch schon mal angegriffen. Warum tut ihr es nicht einfach wieder und zwingt uns zu tun, was ihr wollt?"

„Weil wir nicht wie sie sind", antwortete ich automatisch. „Wir haben euch damals angegriffen, um uns zu schützen und herauszufinden, wer uns verraten hat. Jetzt wissen wir, dass die Gauntts die Schlimmsten von allen sind – also richten wir uns von nun an nur noch gegen sie."

„Mit oder ohne euch", fügte Nox hinzu und neigte anerkennend den Kopf, als sich unsere Blicke trafen. „Wir werden euch zu nichts drängen. Das *sollte* auch euer Kampf sein, aber wir können euch nicht dazu zwingen, das zu glauben."

„Ich wollte nie jemandem wehtun", fügte Lily leise hinzu. „Ich will nur nicht, dass sie mit dem Schaden davonkommen, den sie angerichtet haben und von dem so viele nicht einmal wissen."

Einen Moment lang herrschte Schweigen. Doch etwas, das jemand von uns gesagt hatte, musste zu ihnen durchgedrungen sein, denn der erste Mann seufzte und drehte sich zu Lily um. Er zog seine Jacke aus und hob das Kinn. „Ich lasse mich von niemandem kontrollieren. Aber wenn du irgendetwas tust, was sich so anfühlt, als würdest *du* mich manipulieren …"

Lily hob die Hände. „Ich werde nur den Bann brechen, unter dem du stehst."

Der zweite Typ verschränkte die Arme vor der Brust. „Ich will das erst sehen, bevor ich etwas entscheide."

Er würde es sehen. Er würde erkennen, dass wir auf derselben Seite stehen konnten. Und vielleicht hatte mein Appell den Ausschlag gegeben.

siebzehn

Lily

Ich zog mir die Kapuze meiner Jacke in die Stirn, um mein Gesicht zu verdecken, und warf einen Blick auf Kai, der ähnlich gekleidet in der Gasse gegenüber von mir wartete. Wir hatten eigentlich nicht in die Stadt kommen wollen, solange wir von unzähligen Marionetten der Gauntts gejagt wurden, doch einer der neuen Skeleton-Corps-Jungs hatte uns eine Gelegenheit gegeben, die wir unbedingt nutzen mussten. Also hatten wir alle möglichen Vorkehrungen getroffen, um nicht erkannt zu werden.

Das junge Mitglied des Corps, das weiter unten auf der Straße in Position war, hatte eine weitaus drastischere Verwandlung durchgemacht. Er hatte den Fahrer ausfindig gemacht, der die Enkel der Gauntts normalerweise von der Schule abholte und nach Hause brachte. Es war derselbe Mann, der *ihn* vor ein paar Jahren abgeholt hatte, als die

Gauntts ihm „Besuche" abgestattet hatten. Mit seinen magischen Verwandlungskräften hatte Jett die Gesichtszüge des Skeleton-Corps-Typen so angepasst, dass sie ziemlich genau mit denen des Fahrers übereinstimmten.

Wir setzten darauf, dass die Gauntts ihr Personal nicht allzu genau unter die Lupe nahmen. Und der Corps-Typ zählte darauf, dass Jett sein Gesicht nach dieser kleinen Mission wieder in den Originalzustand zurückversetzen konnte.

Doch bevor wir überhaupt richtig loslegen konnten, brauchten wir eine Ablenkung. Nox und Ruin würden sich den richtigen Fahrer schnappen, bevor er losfahren konnte. Dann sollte unser Mann seinen Platz einnehmen. Da sich dabei ein kleiner Aufruhr nicht vermeiden lassen würde, brauchten wir ein größeres Spektakel als Tarnung.

Auf Kais Zeichen hin hob ich die Paintball-Pistole, die er irgendwo aufgetrieben hatte. Keine typische Waffe für die Schädelbrecher, aber ich fühlte mich deutlich wohler damit. Heute sollte niemand getötet werden. Wir wollten nur ein wenig … umgestalten und filmen, und das war eine Erleichterung.

Jett hätte bei dieser Phase der Mission nur zu gern mitgemischt, aber wir brauchten jemanden, der bei Marisol blieb und sie beschützte. Und wie Kai trocken angemerkt hatte, als ich das Thema angesprochen hatte: „Jett wäre zu sehr damit beschäftigt gewesen, Kunst zu machen, anstatt sie dazu zu bringen, nach unserer Pfeife zu tanzen."

Kai feuerte den ersten Schuss ab, und ein roter Farbklecks landete auf der Fensterscheibe der Limousinenfirma. Ich ließ ein paar weitere Schüsse folgen, die die dunkle, kompakte Limousine vor dem Gebäude mit leuchtend gelben Flecken übersäten.

Während Ruin das neue Aussehen wahrscheinlich gefiel,

schienen die Mitarbeiter der Firma nicht erfreut zu sein. Ein paar von ihnen stürmten gerade nach draußen, als Kai seine nächsten Schüsse abfeuerte.

Farbe traf den Mann in den Bauch und die Frau an der Schulter. Ich verstärkte unsere Bemühungen mit einem Schwall Magie, sodass sich die Farbe noch weiter verteilte – über ihre Wimpern, ihr Haar, überall!

Während sie wankten und taumelten, eilten ein paar weitere Angestellte aus dem Gebäude, um zu sehen, was vor sich ging. Ich nutzte meine Kräfte, um besser zu zielen, als ich zwischen ihnen hindurchschoss, woraufhin sie auseinandersprangen, um auszuweichen.

Wie geplant kam der Fahrer, auf den wir es abgesehen hatten, ein Stück weiter weg von den anderen zum Stehen. Kai und ich schossen abwechselnd auf das Gebäude, die anderen Angestellten und unsere Zielperson, um ihn weiter in die gewünschte Richtung zu drängen. Bald sah dieser Teil der Straße aus wie das Gemälde eines Kindergartenkindes.

Nachdem die ersten Farbkugeln auf dem Bürgersteig um seine Füße herum geplatzt waren, machte sich unsere Zielperson aus dem Staub und verschwand aus meinem Blickfeld. Ich glaubte, ein gedämpftes Grunzen gehört zu haben.

Die anderen Mitarbeiter waren zu sehr damit beschäftigt, sich über ihre missliche Lage zu beschweren und sich gegenseitig zuzurufen, dass jemand die Polizei oder ein Reinigungsteam oder den Chef anrufen sollte. Niemand schien sich darüber einig zu sein, wer der richtige Ansprechpartner für dieses Problem war. Nach einigen weiteren Farbexplosionen ließen wir unsere Waffen sinken.

Einen Moment später kam unser Doppelgänger-Fahrer in Sicht. Er fuhr an den anderen vorbei und signalisierte ihnen mit einem Winken, dass er dringend zu seinem nächsten

Auftrag musste. Seine Kollegen bemerkten ihn in ihrer Aufregung kaum.

Kai und ich beobachteten die Szene, bis ein weiteres elegantes schwarzes Auto mit getönten Scheiben aus der Garage rollte. Kaum war es die Straße hinunter verschwunden, verzogen wir uns in unsere jeweiligen Gassen und trafen uns ein paar Blocks weiter, wo wir Fred 2.0 geparkt hatten.

Ich setzte mich auf den Fahrersitz und ließ den Motor an. Wir wollten rechtzeitig an Ort und Stelle sein. Als ich in die Straße einbog, klappte Kai seinen Laptop auf. Er war immer noch nicht der beste Techniker, aber seine Fähigkeit, blitzschnell zu lesen und Informationen zu verarbeiten, verschaffte ihm einen klaren Vorteil gegenüber seinen Freunden. Die anderen Jungs hatten den zwanzigjährigen Wissensrückstand im Bereich Technologie noch nicht aufgeholt.

„Die Kamera läuft", verkündete er. „Ich empfange das Signal. Jetzt brauchen wir nur noch verwertbare Aufnahmen."

Das war der entscheidende Punkt. Und dafür mussten wir in der Reichweite des Geräts bleiben. Ich parkte eine Straße entfernt von Nolan und Marie Juniors Schule und stellte den Motor ab. Kai konzentrierte sich auf seinen Bildschirm.

Ging Nolan immer noch zur Schule, obwohl sein Körper nun von einem Mann bewohnt wurde, der mehr Bildung genossen hatte, als sich jemand in diesem Gebäude vorstellen konnte? Oder hatten sich die Gauntts eine Ausrede einfallen lassen, um ihn von der Schule zu nehmen? Ich vermutete, dass sie ihm ein Home-Office oder etwas Ähnliches eingerichtet hatten, damit er in seinem Kinderkörper weiterarbeiten konnte. Bei dem Gedanken daran, wie sauer er geklungen hatte, dass er sich jahrelang aus der

Öffentlichkeit heraushalten musste, stieg ein Anflug von Genugtuung in mir auf.

Zumindest eine Sache war nicht nach seinem Willen gelaufen.

Ich rutschte unruhig auf meinem Sitz hin und her, während ich auf Kais nächstes Update wartete. Es dauerte nur noch ein paar Minuten. Dann richtete er sich etwas auf, ein Lächeln huschte über seine Lippen. „Es geht los. Das Mädchen steigt ein, die Enkelin. Sieht aus, als wäre sie allein. Und unser Mann … Er hat die Kamera an ihrer Tasche befestigt, so wie wir es besprochen haben. Perfekt."

Ich erhaschte einen Blick auf das Kamerabild auf dem Bildschirm. Es zeigte das Mädchen auf dem Rücksitz der Limousine. Ihre Beine baumelten herunter, und sie fummelte nervös an dem karierten Rock ihrer Schuluniform, während sie verträumt aus dem Fenster blickte. Als der Fahrer den Motor startete, lehnte sie sich vor und wünschte sich einen bestimmten Radiosender.

In diesem Moment sah sie wie ein normales Mädchen aus. Darauf hatten wir gehofft. Die erwachsenen Gauntts hatten ihre Adoptivkinder offensichtlich fest im Griff, doch ihre übernatürliche Kontrolle ließ mit der Zeit nach, ebenso wie die von Kai und Ruin. Nach einem ganzen Tag in der Schule kam Marie Junior dem Leben eines normalen Kindes wohl am nächsten.

Noch bevor Kai etwas sagte, fuhr ich los und nahm eine Parallelstraße zur Limousine, in Richtung des Gauntt-Anwesens. Einmal flackerte die Übertragung kurz – genau in dem Moment, als ich hinter einem Teenager feststeckte, der im Schneckentempo einparkte, während die Limousine weiterfuhr. Sobald ich die Möglichkeit hatte, trat ich aufs Gas, um den Abstand rasch wieder zu verringern.

Der wahre Erfolg dieser Mission hing davon ab, was passierte, sobald die Limousine das Haus erreichte.

Ich hielt am Straßenrand an, kurz bevor die Limousine an der Villa ankam. Als ich die Handbremse anzog, drehte Kai den Laptop zu mir, sodass wir beide mitverfolgen konnten, was geschah. Mit geballten Fäusten wartete ich, was passierte.

Vielleicht würden wir nicht sofort etwas Brauchbares bekommen. Wir konnten nicht kontrollieren, aus welchem Winkel die Kamera filmte, wenn der Rucksack bewegt wurde.

Die Limousine kam langsam zum Stehen. Das Mädchen erstarrte auf ihrem Sitz und drehte ihren Kopf zum Fenster, als würde sie darauf warten, dass sie abgeholt wurde.

Die Tür schwang auf – und dahinter stand Thomas Gauntt. Olivia und er hatten ihre perversen Neigungen mit unserem Skeleton-Corps-Kerl ausgelebt. Das war die erste Bestätigung gewesen, dass beide Generationen der Gauntts gleichermaßen rücksichtslos waren. Ich hoffte, es war nicht allzu schlimm für ihn, seinem Peiniger so nahe zu sein.

Ohne den Fahrer eines Blickes zu würdigen, packte er Marie Junior an der Schulter, gerade so fest, dass es vermutlich noch nicht richtig wehtat. „Komm mit“, sagte er mit einer tonlosen Stimme, die kein bisschen elterlich klang. „Schnell und leise. Und nimm deine Tasche mit.“

Sie schnallte sich ab und griff nach ihrem Rucksack. Das Kamerabild schwankte und drehte sich. Wahrscheinlich hatte sie sich den Rucksack über die Schulter geschwungen, denn wir sahen, wie die Limousine vom Tor wegfuhr, das mit einem metallischen Geräusch ins Schloss fiel. Das Bild zitterte und wackelte, als das Mädchen auf das Haus zuging. Ihr angeblicher Vater sagte kein Wort mehr.

Im Eingangsbereich war alles still. Auf dem Bildschirm war nur noch die Tür zu sehen. Dann sagte Thomas mit derselben festen Stimme: „Geh auf dein Zimmer. Wir rufen dich, wenn es Abendessen gibt.“

Kein einziges liebevolles Wort, keine Frage nach ihrem Tag. Das Mädchen befolgte stumm die Anweisungen. Von hinten sahen wir, wie sie die Treppe hinauf in ihr Zimmer stapfte. Dort angekommen, stellte sie ihren Rucksack ausgerechnet neben ihrem Schreibtisch ab, sodass die Kamera auf ihr Bett gerichtet war.

Viel zu sehen gab es allerdings nicht. Marie Junior ließ sich auf die Bettkante fallen … und saß einfach nur da. Eine ganze Weile blieb sie so sitzen, ohne sich zu bewegen, abgesehen von regelmäßigen Blinzeln und dem leichten Heben und Senken ihres Brustkorbs beim Atmen.

Je länger ich zusah, desto mehr juckte meine Haut vor Unbehagen. Es waren keine offensichtlichen Grausamkeiten. Die Gauntts schnitten sie nicht in Stücke oder sperrten sie in einen Käfig. Dennoch war der Anblick äußerst verstörend. Ein neunjähriges Mädchen in einem Zimmer voller Bücher und Spielzeug, das absolut nichts tat, während sie darauf wartete, dass ihre Eltern ihr erlaubten, sich wieder zu bewegen.

Als ob sie nur existierte, um ihren Willen zu erfüllen. Was nicht weit von der Wahrheit entfernt war, oder?

Nach einer Weile stieß Kai einen leisen Pfiff aus. „Man sollte meinen, sie dürfte wenigstens lesen oder so. Ihr muss doch unglaublich langweilig sein!"

„Vielleicht bekommt sie nicht viel mit", mutmaßte ich. „Vielleicht ist alles in ihrem Kopf von Magie vernebelt, so wie bei Marisol, als sie sie dazu brachten, wegzulaufen und bei ihren Leuten zu bleiben. Was es nicht besser macht. Sie stehlen ihr damit das bisschen Leben, das sie noch haben sollte, bevor sie sie umbringen." Meine Miene verfinsterte sich.

Wir warteten, bis Marie Junior zum Abendessen gerufen wurde. Es war das erste Mal, dass sie sich auf dem Bett bewegte. Sie stand auf und ging hinaus wie eine Marionette an Fäden.

Während die Gauntts wahrscheinlich zu Abend aßen, verspeisten Kai und ich unsere Sandwiches und Pommes aus dem Supermarkt. Wegen unserer Feinde hatte ich nicht einmal mehr Zugang zu anständigem Essen. Nach etwa einer Stunde kehrte Marie Junior in ihr Zimmer zurück. Ihre Namensvetterin folgte ihr.

Marie Senior legte ihrer Enkelin eine Hand auf die Schulter und drückte sie, genau wie Thomas es vorhin getan hatte. „Du bleibst die ganze Nacht hier und machst keine Unordnung, ja?"

„Ja, Oma", antwortete Marie Junior mit einer tonlosen Stimme, die mir einen Schauer über den Rücken jagte. Dann setzte sie sich wieder auf die Bettkante. Und saß. Und saß.

Nach einer weiteren Stunde, in der das Mädchen regungslos an die Wand starrte, wandte ich mich an Kai. „Ich glaube nicht, dass wir heute Abend noch etwas anderes bekommen werden. Meinst du, das reicht, um in die Nachrichten zu kommen?"

„Man sieht auf jeden Fall, dass etwas nicht stimmt", meinte er. „Kein gesundes Kind würde sich so katatonisch verhalten. Ich denke, es wäre ein Beweis dafür, dass im Paradies etwas faul ist."

Ein tiefes Gefühl der Erleichterung durchströmte mich, als ich den Wagen in die entgegengesetzte Richtung des Gauntt-Anwesens lenkte. Wider Erwarten waren wir unbemerkt davongekommen.

Während ich zum See zurückfuhr, fummelte Kai am Laptop herum, bis ich das Zischen einer gesendeten E-Mail hörte. Er verschränkte die Hände hinter dem Kopf. „Das war's. Die Mail geht an alle großen und ein paar kleine Nachrichtensender. Mal sehen, wie lange es dauert, bis die ersten Clips ausgestrahlt werden."

Er öffnete mehrere Fenster mit verschiedenen Online-Newsfeeds, um die Berichterstattung im Auge zu behalten. Ich zwang mich, mich auf die Straße zu konzentrieren und nicht auf den Bildschirm zu schauen. Wenn wir uns an die Geschwindigkeitsbegrenzungen hielten und nicht mit Nox' gewohntem Tempo fuhren, würden wir fast zwei Stunden zu Peytons Haus brauchen.

Auf halber Strecke räusperte sich Kai und drehte den Laptop lauter. Ich zwang mich, auf die Straße zu schauen, während die Stimme des Reporters aus den Lautsprechern dröhnte.

„Uns wurde kürzlich Filmmaterial von einer anonymen Quelle zugespielt, das die jüngsten Vorwürfe des Kindesmissbrauchs durch die Familie Gauntt untermauert. Niemand kann sich dieses Video ansehen, ohne zu erkennen, dass das jüngste Familienmitglied seelische Schäden davongetragen hat."

Kai lachte auf. „Jetzt haben wir sie. Ich bin gespannt, wie sie das als Lüge hinstellen wollen. Oh, ein anderer Sender hat die Geschichte auch aufgegriffen!"

Ein Adrenalinschub durchfuhr mich. Wir waren ein Risiko eingegangen, und es hatte sich gelohnt. Es konnte nicht mehr lange dauern, bis die Fassade der Gauntts zu bröckeln begann.

Dann vibrierte mein Handy in meiner Handtasche. Wahrscheinlich einer der anderen Jungs, der sich nach uns erkundigen wollte und nicht wusste, dass ich gerade am Steuer saß. Ich deutete mit dem Kinn darauf. „Gehst du ran und stellst auf Lautsprecher?"

Kai holte das Handy heraus und ging fast automatisch ran. Keiner von uns war auf die Stimme vorbereitet, die aus dem Lautsprecher kam.

„Das ist kein Spiel, Schätzchen", sagte eine Frau, und mein Herz machte einen Sprung. Ich kannte diesen kühlen, festen Ton. Es war Marie Senior. „Wenn ihr uns angreift, schlagen wir zurück. Und zwar gegen alle. Ihr Untergang wird auf deinem Gewissen lasten.“

„Was …“, begann ich, doch sie hatte bereits aufgelegt. Kai starrte das Handy an. Dann riss er es mit einer ruckartigen Bewegung hoch und knallte es gegen den Türgriff, ließ das Fenster herunter und warf es in die zugewucherte Wiese, an der wir gerade vorbeifuhren.

„Ich musste sicherstellen, dass sie es nicht orten können“, erklärte er mit einer ungewohnten Anspannung in der Stimme. „Ich weiß nicht, wie sie überhaupt an deine Nummer gekommen sind.“

„Magie“, murmelte ich, aber meine Nerven lagen immer noch blank. „Was hat sie damit gemeint, dass sie sich an allen rächen will? Und mit dem ‚Untergang‘?“

„Ich schaue mal, ob ich etwas finde.“ Kai hämmerte mit zwei Fingern auf die Tastatur ein. Für mehrere Minuten war nichts zu hören, außer dem Klicken der Tasten und dem dumpfen Pochen meines Herzens. Dann sog er plötzlich scharf die Luft ein.

„*Was?*“, fragte ich.

Kai befeuchtete seine Lippen, bevor er sie zu einer grimmigen Linie zusammenpresste. Sein nächster Atemzug kam stockend. „Mehr Kinder. Allerdings nicht so, dass wir beweisen können, dass sie dafür verantwortlich sind. Es gibt Berichte über Dutzende Kinder in ganz Mayfield und den umliegenden Städten, die plötzlich mit einer unbekannten Krankheit ins Krankenhaus eingeliefert wurden. Nein, warte …“ Er tippte wieder. „Jetzt heißt es, es bestehe der Verdacht auf eine Vergiftung. Oh, verdammt.“

„Was?“, fragte ich erneut, doch mit deutlich weniger Energie als zuvor. Mir war das Herz bereits in die Hose gerutscht, bevor ich abbremste und auf den Bildschirm blickte.

„Es wurde eine Fahndungsmeldung herausgegeben." Kai drehte den Laptop zu mir. „Sie 'vermuten', dass diese Personen für die angebliche Vergiftung verantwortlich sind. Zweifellos dank eines anonymen Hinweises von den Gauntts."

Auf dem Bildschirm waren fünf Fotos zu sehen – von mir und den vier Anführern der Schädelbrecher.

achtzehn

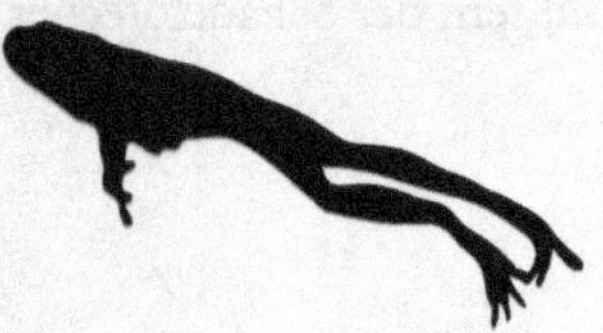

Lily

Als ich das Krankenhaus verließ, hing eine Wolke der Beklemmung über mir, dunkel wie die Dämmerung. Der feuchte Wind zerrte an meiner Kapuze, und ich vergaß fast, sie mir wieder ins Gesicht zu ziehen. Kühler Nieselregen bespritzte meine Wangen, als ich zum Auto eilte, wo Kai und Ruin auf mich warteten.

Kaum hatten wir von den neuesten Machenschaften der Gauntts erfahren, hatte ich den Wagen gewendet und Kurs auf das nächste Krankenhaus genommen. Ich musste davon ausgehen, dass die Gauntts die Kinder absichtlich krank machten. Und dass es Kinder waren, die sie für ihre übernatürlichen und perversen Zwecke missbrauchten. Wahrscheinlich hatten sie sie durch das Mal beeinflusst. Marie wollte uns für unsere Einmischung bestrafen, indem sie die Schwächsten angriff und uns die Schuld gab.

Ich konnte mir lebhaft vorstellen, wie sie in ihrem Büro

saß, die Finger aneinander trommelte und wie eine wahnsinnige Diktatorin kicherte.

Kai hatte den anderen erzählt, was los war, und trotz meiner Proteste hatte Ruin darauf bestanden, mit seinem Motorrad zu kommen, um mir moralischen Beistand zu leisten. Um ehrlich zu sein, war es schon eine kleine Erleichterung, Kais starke Arme um mich zu spüren, als ich aus dem Auto stieg. Ich wusste, dass Kai sich um mich sorgte, aber er war nicht gerade der Typ für große Gesten der Zuneigung.

Doch obwohl ich mich mit etwas mehr Zuversicht als zuvor ins Krankenhaus geschlichen hatte, war jede Hoffnung innerhalb weniger Minuten dahin. Ich hatte mich schnell geschminkt, die Haare zurückgebunden und sogar braunen Lidschatten auf den Haaransatz aufgetragen, damit ich nicht wie das blonde Mädchen aus den Nachrichten aussah, falls mich jemand sah. Dennoch musste ich unauffällig bleiben. Und selbst wenn ich keine gesuchte mutmaßliche Verbrecherin gewesen wäre, hätte ich nicht einfach zur Rezeption gehen und sagen können: „Ich möchte alle vergifteten Kinder sehen, die hier eingeliefert wurden!"

Wir waren uns nicht ganz sicher, ob in diesem Krankenhaus überhaupt Kinder lagen, obwohl es so geklungen hatte, als seien genug erkrankt, dass zumindest eines in jeder Klinik des Bezirks sein müsste. Um die Privatsphäre der Minderjährigen zu schützen, wurden in den Nachrichten keine Einzelheiten über die genauen Standorte genannt. Ich hoffte jedoch, zufällig ein Gespräch mitzubekommen oder einen Hinweis zu entdecken, der mich in die richtige Richtung führen würde.

Und vielleicht hatte ich das. Ich hatte ein leises Murmeln aufgeschnappt, etwas in der Art von: „So jung ... keine Ahnung, was die Ursache ist ..." und war der Krankenschwester, die das gesagt hatte, den Flur entlang gefolgt. Das Zimmer, in das sie gegangen war, wurde jedoch von einem grimmig dreinschauenden Polizisten bewacht. Ich bezweifelte, dass er ein Mädchen mit einem Kapuzenpullover einfach so hineinlassen würde – und schon gar nicht, ohne mich genau genug zu mustern, um mich zu erkennen.

Wenn die Kinder durch ihre Male krank gemacht wurden, konnte ich sie heilen, indem ich sie zerstörte. Dazu müsste ich sie allerdings berühren oder zumindest nahe genug an sie herankommen, um zu sehen, an wem ich arbeitete. Die Gauntts übten ihren Einfluss aus der Ferne aus, während meine Reichweite begrenzt war.

Als ich zu Fred 2.0 zurückkehrte, war meine Hoffnung so tief gesunken wie meine Schultern. Der Nieselregen passte zu meiner Verzweiflung.

Trotz des Regens sprang Ruin heraus, bevor ich das Auto erreichte. Er umarmte mich noch einmal und musterte dann mein Gesicht. „Was ist passiert?"

„Ich konnte keine betroffenen Kinder finden – falls überhaupt welche dort sind", sagte ich. „Ich bin auf eine mögliche Spur gestoßen, aber vor dem Zimmer stand ein Polizist Wache. Was wohl Sinn ergibt, wenn sie glauben, dass die Kinder absichtlich vergiftet wurden."

Ruin schenkte mir ein aufmunterndes Lächeln. „Kai und ich können uns darum kümmern. Wir werden ihn einfach überzeugen, dass du da reinmusst."

„Ruin könnte wahrscheinlich einen der Ärzte dazu bringen, dass er dir verrät, wo die anderen Kinder mit den gleichen Symptomen liegen", warf Kai ein und stützte sich mit seinem Ellbogen auf das heruntergelassene Fenster.

Ich schüttelte den Kopf. „Da sind viele Leute. Ihr könnt nicht alle gleichzeitig manipulieren. Und wenn ihr anfangt, in einem überfüllten Krankenhaus Ärzte und Polizisten herumzuschubsen, dann glauben die erst recht, dass wir Kindermörder sind."

„Wir könnten versuchen, unsere Kräfte auf alle anzuwenden", schlug Ruin mit seinem unerschütterlichen Optimismus vor.

Kai seufzte. „Nein, Lily hat recht. Sollen wir es in einem anderen Krankenhaus versuchen?"

Ich warf einen Blick zurück auf das düstere graue Gebäude. „Das hier ist eines der kleineren Krankenhäuser. In den größeren Kliniken sind die Sicherheitsvorkehrungen wahrscheinlich noch *strenger*." Ich ballte die Hände zu Fäusten. „Ich brauche einen besseren Plan. Oder bessere Magie. Oder … irgendetwas."

Während ich das letzte Wort knurrte, kam mir eine vage Idee in den Sinn. Es war riskant, aber besser als gar nichts zu tun.

Ich ging zur Fahrerseite. „Wir fahren noch mal in den Sumpf."

Bei dieser Ankündigung runzelte sogar Ruin die Stirn. „Letztes Mal haben die Bullen uns dort erwischt."

„Wir nehmen eine andere Route und gehen den Rest des Weges zu Fuß. Und wir halten die Augen offen", sagte ich. „Wenn jemand da ist, verschwinden wir sofort. Aber … die Gauntts haben einen beträchtlichen Teil ihrer Magie in den Sumpf gesteckt, um dort Kräfte zu sammeln und sie effektiver für ihre Rituale zu nutzen. Vielleicht können wir diese Magie gegen sie einsetzen. Und die Geister dieser Kinder werden sicherlich noch wütender, wenn sie erfahren, was diese Idioten jetzt tun. Vielleicht können wir mit ihrer Hilfe eine Art Heilmittel herstellen oder meine Kräfte mit ihren Energien verstärken … Ich muss es versuchen."

Die Jungs stellten meine Strategie nicht infrage. Kai verfolgte weiterhin die Nachrichtensendungen auf seinem Laptop, während ich zum See fuhr. Er fand jedoch keine neuen Informationen, die uns helfen würden, zu den kranken Kindern zu gelangen. Auch die Gauntts hatten sich nicht direkt in die Diskussion um die Kinder im Krankenhaus eingemischt.

Niemand sprach mehr über unser Video von Marie Junior. Strenge Erziehung war kaum ein Thema, wenn Kinder buchstäblich im Sterben lagen.

Würde jemand auf die Idee kommen, die Gauntts dafür verantwortlich zu machen? In den letzten Tagen waren sie mehrfach beschuldigt worden, Kindern etwas angetan zu haben. Doch bei keinem dieser Fälle war jemand in ein Krankenhaus eingeliefert worden. Es würde keine Beweise für ein Verbrechen geben, wenn die Krankheit durch übernatürliche Mittel hervorgerufen wurde, an die kein Arzt glauben würde.

Gott, wie viele der Krankenhausangestellten trugen wohl ebenfalls das Mal?

Ich schüttelte den Gedanken ab, als sich vor mir die schiefergraue Wasserfläche unter den dunkler werdenden Wolken abzeichnete. Plötzlich wurde mir bewusst, dass die Scheinwerfer des Autos durch die immer dunkler werdende Nacht leuchteten. Doch auf diesen unwegsamen Landstraßen gab es keine Straßenlaternen, die mir den Weg hätten weisen können. Im Straßengraben zu landen, würde uns auch nicht weiterhelfen.

Nach einer kurzen inneren Debatte fuhr ich geradewegs auf den See zu, anstatt in eine der Seitenstraßen abzubiegen, die mich näher an die Landzunge gebracht hätten. Wir waren noch einen Kilometer von diesem Teil des Sumpfes entfernt, und falls jemand Wache hielt, würde er *nur* die Lichter sehen. Es gab keinen Grund anzunehmen, dass sie zu einem verdächtigen Fahrzeug gehörten – es sei denn, ich fuhr direkt auf das Grundstück der Gauntts zu.

Ich parkte an einem Aussichtspunkt am Ende der Straße, nur wenige Schritte vom Wasser entfernt. Im Sommer kamen Familien hierher, um zu picknicken, und ließen ihre Kinder im Schilf nach Fröschen jagen. Inzwischen waren die Herbsttage so kühl, dass solche Ausflüge wohl selten geworden waren. Vor allem an einem nieseligen Abend.

Ich schlang die Arme um meinen Körper, trat vom Auto weg und spähte durch die Dämmerung in Richtung der Landzunge. Die letzten Sonnenstrahlen verblassten am Horizont. Wenn kein Fahrzeug vorbeifuhr, dessen Scheinwerfer die Umgebung kurz erhellten, konnte ich nicht erkennen, wie genau die Landzunge bewacht wurde.

Die beiden Jungs waren mir gefolgt. „Es ist das Risiko nicht wert, näher heranzugehen, oder?", fragte ich Kai, in der Annahme, dass er mir die ungeschminkte Wahrheit sagen würde.

Er runzelte die Stirn. „Unsere Chancen stehen nicht gut. Es wäre zu einfach für sie, uns in einen Hinterhalt zu locken, falls ihre Leute dort drüben Wache halten. Aber wenn du denkst, dass es das Risiko wert ist …"

„Nein." Ich hielt inne und kämpfte gegen das Gefühl der Hoffnungslosigkeit an. „Die Magie, die die Gauntts in den Sumpf geleitet haben, muss sich auf das gesamte Gebiet erstreckt haben, nicht nur auf die Landzunge. Sie haben die Wasserströmungen nicht aufgehalten. Wahrscheinlich habe ich diese Energien aufgenommen, als ich fast ertrunken wäre. Und vielleicht sind eure Geister deshalb so lange hiergeblieben, anstatt zu verblassen."

Der Gedanke, dass die Menschen, die wir vernichten wollten, uns die Kräfte gegeben haben könnten, die wir brauchten, um sie zu Fall zu bringen, war beunruhigend. Aber irgendwie passte es auch. Ich straffte die Schultern. „Ich kann das Wasser beschwören. Ich sollte die Kraft darin von hier aus erreichen können, und vielleicht auch die Geister ihrer Opfer."

„Sag Bescheid, wenn wir dir irgendwie helfen können!", meinte Ruin.

Ich ging hinunter an den Rand des Sumpfes, wo mich ein Chor quakender Frösche begrüßte. Es machte mir nichts aus, mich auf den feuchten Boden zu setzen – der Nieselregen hatte mich ohnehin schon durchnässt. Ich zog Schuhe und Socken aus, krempelte die Hosenbeine hoch und tauchte die Füße bis zu den Waden ins Wasser.

Das inzwischen vertraute Summen in mir weitete sich aus, als würde es mit dem sanften Plätschern des Sees mitschwingen. Ich ließ mein Bewusstsein durch die Strömungen und Strudel gleiten, während sich ein sumpfiger Geschmack in meiner Kehle sammelte.

Spürte ich ein leichtes Beben aus der Richtung der Landzunge? Eine Energie, die mich erkannte?

„Ich brauche deine Hilfe", rief ich. „Du weißt alles über die Magie der Gauntts, du hast so viel davon. Sie benutzen sie, um Menschen zu verletzen, – Kinder! Und zwar noch schlimmer als zuvor. Kannst du mir etwas von der Kraft leihen, die sie dir gegeben haben, damit ich es wirklich mit ihnen aufnehmen und ihren Zauber brechen kann? Bitte!"

Ich spürte keine Antwort. Das kalte Wasser umspülte weiterhin meine Füße. Die Rohrkolben raschelten leise um mich herum. Ich glaubte, einen Hauch von Widerstand und Angst zu spüren.

„Ich bin nicht wie sie", fügte ich hinzu. „Ich werde nicht wie sie sein. Ich werde die Kraft in dir nicht für schreckliche Dinge benutzen. Ich …"

Ich hielt inne, als Erinnerungen in mir aufstiegen und mich der Lüge überführten. Meine Kehle war wie zugeschnürt.

Kais Stimme ertönte hinter mir. „Was ist los, Lily?"

Ich fuhr mir mit der Hand über das Gesicht. „Es ist nicht ganz wahr, oder? Ich habe die Kräfte, die ich aus dem Sumpf erhalten habe, benutzt, um Menschen zu *töten*. Ich habe Nolan ermordet. Nur deswegen sind die Gauntts hierhergekommen, um ihren Enkel umzubringen. Warum sollte der Sumpf oder die Geister darin mir glauben?"

Ruin stieß einen abweisenden Laut aus. „Du bist nicht wie sie! Du bist der wunderbarste Mensch, der mir je begegnet ist."

Meine Stimme klang trocken. „Ich glaube, du bist ein wenig voreingenommen."

„Aber er hat recht", sagte Kai. „Du bist nicht wie die Gauntts. Warum hast du deine Kräfte eingesetzt? *Warum* hast du Menschen verletzt?"

Ich hielt inne. „Um sie davon abzuhalten, euch oder Marisol oder mir wehzutun. Aber trotzdem …"

„Kein Aber", erwiderte er. „Die Gauntts nutzen ihre Magie aus purem Egoismus. Sie verletzen Menschen, die ihnen nie etwas getan haben, nur um mehr Leben, mehr Macht, mehr von allem zu bekommen, als einem Menschen jemals zustehen sollte. Sie kümmern sich nicht einmal um die Kinder, die sie aufziehen. Du hingegen … Du gibst alles, was du hast, um Menschen zu beschützen, die du nicht einmal kennst. Das ist Liebe und Mitgefühl, etwas, das die Gauntts niemals verstehen werden."

„Genau", warf Ruin ein. „Sie haben keine Ahnung, wie es ist, so zu sein wie du."

Kai nickte. „Du stehst für Hoffnung, dafür, dass jeder ein *richtiges* Leben führen kann und nicht einige wenige mehr bekommen, als ihnen zusteht, während die anderen leiden."

Ich schluckte schwer und ließ ihre Worte auf mich wirken. Ja. Ich hatte Menschen verletzt und sogar getötet, aber es stimmte, ich hatte es nie aus freien Stücken getan. Und niemals, um mir selbst einen Vorteil zu verschaffen. Ich wollte es nie wieder tun müssen. Und ich wollte mehr als alles andere, dass die Gauntts gestoppt wurden, sodass sie nie wieder jemandem schaden konnten. Weniger Schmerz, weniger Leid.

Liebe. Mitgefühl. Hoffnung. *Dafür* stand ich. An diesen Werten musste ich festhalten. Die Worte hallten mit einem Glühen durch meine Nerven, das sich in meiner Kehle verdichtete.

Ich öffnete den Mund, und eine Melodie strömte heraus, als könnte ich den Sumpf mit meinem Gesang dazu bringen, mir zu vertrauen und mit mir zu kooperieren. „Lasst sie alle ruhen und heilen, lasst alles Böse versiegelt sein. Wir können das gemeinsam tun, wir können dafür sorgen, dass sie für immer ruhen, wenn du nur an mich glaubst."

Meine Stimme verklang, aber es kam keine Antwort. Ich konnte nicht sagen, ob der Sumpf jetzt überhaupt zuhörte. Seufzend stand ich auf.

„Hey", sagte Kai mit unerwartet sanfter Stimme. Er zögerte einen Sekundenbruchteil, bevor er seinen Arm um mich legte. „Wir haben bisher immer einen Weg gefunden, um an sie heranzukommen. Wir geben nicht auf." Er hielt inne und schüttelte den Kopf. „Das stimmt, aber das muss ich ja nicht noch einmal sagen. Ruin hat recht. Du bist etwas Besonderes. Egal, was der Sumpf oder die Geister darin denken. Egal, was die Gauntts dir anhängen wollen. Du bist verdammt wertvoll, und ich will, dass du das nie vergisst."

Ich musterte ihn in der Dunkelheit. Sein Gesicht lag im Schatten, und das schwache Mondlicht spiegelte sich in seinen Brillengläsern, sodass seine Augen kaum zu erkennen waren. Was ich von seinem Gesichtsausdruck sehen konnte, war ernst und intensiv.

Kai sprach normalerweise nicht so. Ich war mir nicht sicher, wie ich es einordnen sollte. Genauso wenig wie die Art, wie er mit seiner Hand sanft über mein Gesicht strich.

Vielleicht dachte er, ich würde zusammenbrechen, so wie damals, als meine Suche nach Marisol erfolglos geblieben war. Möglicherweise dachte er, er müsste deswegen sanft mit mir umgehen.

„Ich komme schon klar", sagte ich. „Es ist nur frustrierend. Ich wünschte, es wäre nicht so schwer, die Gauntts aufzuhalten. Du musst dir keine Sorgen machen, dass ich aufgebe."

Kai stieß ein heiseres Glucksen aus. „Ich weiß. Das ist nicht der Grund … Weißt du, ich war schon immer so, schon als Kind. Ich wollte alles lernen, was ich konnte, hatte eine schnelle Auffassungsgabe und konnte Menschen gut durchschauen … Das hat meine Eltern so verunsichert, dass sie sich abgesehen von den Grundbedürfnissen nicht mehr großartig um mich gekümmert haben. Auch die meisten anderen Menschen konnten mit meiner scharfsinnigen Art nicht viel anfangen. Vor den Schädelbrechern hatte ich keine wirklichen Freunde."

Der Gedanke an den aufgeweckten, brillanten, einsamen Jungen, der er gewesen war, versetzte mir einen Stich ins Herz. „Es tut mir leid."

„Das muss es nicht. Das ist nicht der Punkt. Sie waren sowieso nicht wichtig, nicht wirklich. Aber du schon. Du bist alles, was ich mir wünsche, und ich will kein Besserwisser sein. Es sei denn, es hilft dir. Aber ansonsten … Ich versuche, meine weicheren Seiten zu finden, auch wenn ich in dieser Hinsicht nicht so viel zu bieten habe wie die anderen Jungs."

Plötzlich stiegen mir Tränen in die Augen. Noch bevor ich wusste, wie ich auf seine emotionale Offenbarung reagieren sollte, zog Kai mein Gesicht zu sich. Seine Lippen umschlossen die meinen in einem zärtlichen, aber leidenschaftlichen Kuss, der mich von den Zehen bis zum Scheitel erwärmte und die Kälte der feuchten Nacht vertrieb.

Ohne den Kuss zu unterbrechen, führte er mich zu einer einsamen Eiche, die nur wenige Meter vom Ufer entfernt stand. Die ausladenden Äste, an denen noch einige bunte Blätter hingen, boten uns etwas Schutz vor dem Nieselregen. Kai zog mich an sich, legte eine Hand auf meine Taille und fuhr mit der anderen sanft durch mein Haar.

„Du hast versucht, dem Sumpf zu sagen, wer du bist und wofür du stehst“, murmelte er. „Vielleicht wäre es besser, ihm zu zeigen, wie viel Liebe dich umgibt.“ Er blickte über die Schulter zu Ruin, der uns in respektvollem Abstand gefolgt war. „Wir beide, wenn Mr. Enthusiasmus so gerne mitmachen möchte, wie ich vermute.“

Mit einem Brummen ging Ruin um uns herum und legte seine Hände von hinten auf meine Taille. „Ich freue mich immer, unserer Frau zu zeigen, wie sehr ich sie vergöttere.“

Mir lief ein wohliger Schauer über den Rücken. Normalerweise würde ich mich draußen an einem theoretisch öffentlichen Ort nicht auf so etwas einlassen. Aber es war so dunkel, dass ich das Auto, das keine sechs Meter entfernt stand, kaum sehen konnte. Wir hatten keine Anzeichen dafür bemerkt, dass jemand in der Nähe war.

Vielleicht hatte Kai recht und es würde etwas bewirken, wenn wir uns hier liebten. Die Gauntts schienen hier nur den Tod herbeizuführen. Und selbst wenn er sich irrte, wollte ich ihm zeigen, wie viel mir seine Erklärung bedeutete.

„Ich habe keine Einwände.“ Ich beugte mich vor, um ihn erneut zu küssen.

Während wir uns küssten, streichelte Kai meine Hüfte. Ruin drückte sich von hinten an mich, strich mein Haar zur Seite und senkte seinen Kopf, um an meinem Hals zu knabbern.

Überall, wo die beiden mich berührten, flammte noch mehr Hitze in meinem Körper auf. So heiß wie mir jetzt war, hätte es um uns herum genauso gut Hochsommer sein können.

Kais Berührungen blieben weiterhin zärtlich. Er schob seine Hand unter mein Shirt, umfasste meine Brust durch meinen BH und fuhr mit dem Daumen in immer engeren Kreisen über meinen Nippel, bis ich vor Lust wimmerte.

Ruin schob seine Hand zwischen Kai und mich und massierte meine Mitte durch die Hose. Ich wiegte mich mit den Bewegungen seiner Finger, und ein zitterndes Stöhnen entwich mir. Mein Hintern streifte seine Erektion.

Ich rieb mich an ihm und wanderte gleichzeitig mit meiner Hand hinunter zu Kais Leiste. Er war genauso hart in seiner Jeans. Ich konnte nicht widerstehen, den Reißverschluss zu öffnen und meine Finger über die glatte Haut seines Schafts gleiten zu lassen. Sein Stöhnen ließ mein Herz schneller schlagen.

Ich liebte sie auch – sehr. Vielleicht war unsere Beziehung in jeder Hinsicht verrückt, aber durch sie hatte ich herausgefunden, wer ich wirklich sein konnte. Sie hatten mir das Selbstvertrauen gegeben, mich gegen Mom und Wade zu stellen, gegen die Gauntts zu kämpfen und eine unaufhaltsame Kraft zwischen unseren Feinden und meiner Schwester zu werden …

So sollte wahre Liebe sein, oder? Sie sollte einem helfen, ein besserer Mensch zu werden.

Man konnte über meine vier Geistergangster sagen, was man wollte, doch sie hatten mich in jeder Hinsicht unterstützt.

Ruin zog meine Jeans herunter und schob seine Hand in mein Höschen. Ein anerkennender Laut entwich ihm, und sein heißer Atem strich über meinen Hals. „So feucht für uns. Ich liebe es zu spüren, wie sehr du das genießt. Nox hat recht, du bist ein *sehr* gutes Mädchen."

Lachend drückte Kai meinen Po. „Und ein freches. Beides in einer Person. Was für ein Glück, dass wir sie haben."

„Oh, ja. Das größte Glück." Ruin küsste mich auf die Schulter und tauchte seine Finger in mich ein.

Ich konnte meinen Schrei nicht zurückhalten. Während ich mich unter Ruins stoßenden Fingern wiegte, versuchte ich, Kais Hose weit genug herunterzuziehen, um ihn ganz zu befreien. „Ich glaube, ich bin hier der Glückspilz. Und ich wäre noch glücklicher, wenn du in mir wärst."

Kai stieß einen stotternden, sehnsüchtigen Atemzug aus, doch in der nächsten Sekunde drehte er mich zwischen den beiden herum. „Meinem Freund wurde diese Ehre beim letzten Mal nicht zuteil. Du solltest uns alle haben, egal wie." Er reckte sein Kinn in Ruins Richtung. „Lehn dich gegen den Baum."

Ruin befolgte seine Anweisungen mit einem eifrigen Grinsen im Gesicht und lehnte sich an die Eiche, während ich den Reißverschluss seiner Jeans öffnete. Sein Schwanz sprang in meine Hand, und er stöhnte auf, als er seine Hose und seine Boxershorts noch weiter herunterzog. Dann ließ er seine Hand um mich herum gleiten und streichelte meinen Hintern.

„Egal wie", wiederholte er mit unverhohlener Lust. „Willst du uns beide, Engelsfisch?"

Kai war bei uns geblieben und strich mit seinen Fingern an meinen Seiten auf und ab. Dann hielten sie kurz inne. Mein Herz setzte vor Nervosität einen Schlag aus. „Ich … Haben wir alles, was wir brauchen?"

Kai drückte mir einen Kuss auf die Schulter und in den Nacken und ließ gleichzeitig seine Hand zwischen mich und Ruin gleiten, um über meine Mitte zu streichen. „Ich denke, mit dem, was wir haben, können wir dafür sorgen, dass du es genießt." Er zog mir die Hose aus und verteilte die Feuchtigkeit zwischen meinen Beinen von meiner Muschi bis zu meinem Hintereingang.

Während Kai begann, mich dort zu massieren, rieb sich Ruin an mir und reizte meinen Kitzler mit seinem steifen Schwanz. Kai hielt gerade lange genug inne, um ein Kondom herauszuholen und es seinem Kumpel zu reichen. Ruin riss es mit einem leisen Lachen auf. „Es ist gut, Freunde zu haben, die immer auf alles vorbereitet sind."

Ein Kichern entwich mir und ich half ihm, es über seine Länge zu rollen, wobei ich ein wenig länger mit meinen Fingern auf ihm verweilte, was ihm ein Stöhnen entlockte.

„Ich möchte, dass du dich so gut fühlst wie noch nie zuvor", sagte ich mit leiser und heiserer Stimme.

Ich spürte Kais Grinsen an meinem Kiefer, bevor er an meinem Ohrläppchen knabberte. „Und wir wollen beide das Gleiche für dich. Ergänzt sich das nicht perfekt?"

Er hob mich hoch, damit ich auf Ruins Schaft sinken konnte. Ruin umfasste meine Pobacken und spreizte sie, damit Kai besser an mich herankam. Wir verharrten eine Weile so, und ich genoss einfach das Gefühl, ausgefüllt und gehalten zu werden, während Kai mehr von meinem natürlichen Gleitmittel auf meiner anderen Öffnung verteilte. Dann drückte er seinen Schwanz dagegen.

Als er vorsichtig Stück für Stück in mich eindrang, stöhnte ich vor Ekstase auf. Ich glaubte nicht, dass der Genuss jemals nachlassen würde, von zwei meiner Jungs gleichzeitig genommen zu werden. Die berauschenden Empfindungen durchströmten meinen Körper und brachten mich in Wallung, obwohl wir uns kaum bewegten.

Ruin lehnte immer noch am Baumstamm, während Kai sich über uns beugte. Gemeinsam bewegten sie mich auf und ab und drangen mit jedem Mal tiefer in mich ein. Der Rausch der Lust wurde zu einer alles verschlingenden Flut.

Auch das war Liebe, oder? Sich den Menschen hinzugeben, denen man am meisten auf der Welt vertraute. Die Lust zu genießen, die dieses Vertrauen in unseren Körpern entstehen ließ.

Ein leises, wortloses Lied glitt über meine Lippen und wurde durch die Luft getragen. Ich zitterte und bebte mit dem zunehmenden Tempo, und meine Atemzüge wurden schneller, während die Melodie lauter wurde.

Kai stieß noch schneller zu, bevor er mit einem Stöhnen kam und seine Arme fest um meinen Oberkörper schlang. „Ich liebe dich verdammt noch mal", murmelte er.

Der Laut, den er ausstieß, als er zum Orgasmus kam, ließ auch mich explodieren. Ich klammerte mich an Ruin und senkte den Kopf, als die letzte Welle über mich hinwegrollte und ich zuckend im Nachglühen schwelgte. Ruin küsste mich leidenschaftlich auf den Mund, und seine Hüften zuckten, als er mir folgte.

Während wir eng umschlungen zum Stillstand kamen, konnte ich nicht feststellen, ob sich in der Luft des Sumpfes etwas verändert hatte. Ob Kräfte, die durch das Wasser schwirrten, unser Schauspiel bemerkt hatten oder sich dafür interessierten. Doch in mir spürte ich eine neue Gelassenheit.

Ich sorgte mich um so viele Menschen. Mir lag daran, die Wahrheit herauszufinden und denjenigen zu helfen, die zu Schaden gekommen waren. Nichts, was die Gauntts taten, konnte mich davon abhalten, dieses Ziel bis zum Ende zu verfolgen.

neunzehn

Jett

Ich hatte mir das Hauptgebäude von Thrivewell aus gutem Grund bis zum Schluss aufgehoben. Die Sicherheitsvorkehrungen in den anderen Zweigstellen des Bezirks waren nicht mit denen der Zentrale zu vergleichen. In den ersten Minuten, in denen ich von einer schattigen Ecke am Ende der Straße aus Wache hielt, fühlte ich mich eher wie ein Superheld der Selbstjustiz als wie ein abtrünniger Künstler.

Zwei Sicherheitsleute patrouillierten vor dem Gebäude. Irgendwann blieb einer stehen, um mit einem anderen Wachmann in der Lobby zu sprechen. Ich wusste nicht, wie viele noch drinnen waren, aber das war nicht mein Problem.

Ich brauchte eine Gelegenheit, um unbemerkt an den Außenwänden arbeiten zu können. Und das war kein Prozess, den ich überstürzen konnte, wenn meine Magie richtig wirken sollte. Vor allem, weil ich nach den sechs

Werken, die ich an diesem Abend bereits geschaffen hatte, langsam müde wurde.

Als ich den Rhythmus der Wachleute durchschaut hatte – einer patrouillierte vor dem Gebäude auf und ab, während der andere regelmäßig das gesamte Gelände umrundete – huschte ich die Straße hinunter, bis ich außer Sicht war. Dann überquerte ich die Straße und näherte mich erneut, wobei ich durch die dunklen Bereiche zwischen den Straßenlaternen schlich. Anstatt direkt auf das Thrivewell-Gebäude zuzugehen, schlich ich mich an der Seite des benachbarten Bürogebäudes entlang.

Dort gab es nicht annähernd die gleichen Sicherheitsvorkehrungen. Der gedrungene Betonbau, der im Vergleich zu den zwanzig Stockwerken von Thrivewell nur zehn Stockwerke hoch war, beherbergte auf verschiedenen Etagen mehrere Firmen, darunter eine Buchhaltungsfirma und ein Tonstudio, wie das Schild vor dem Gebäude verriet. Offenbar war keiner der Eigentümer bereit, ein großes Budget für nächtliche Sicherheitsmaßnahmen auszugeben. Im Gegensatz zu den Gauntts hatten sie keinen Grund, mit einem Angriff zu rechnen.

Ich griff nach der Türklinke und verformte das Schloss mit meiner geisterhaften Energie so, dass es die Tür nicht mehr blockierte. Doch als ich sie vorsichtig öffnete, ließ mich das Geräusch von Schritten erstarren. Schnell suchte ich Deckung hinter einer großen Topfpflanze im Seitenflur und beobachtete, wie der einzige Wachmann des Gebäudes vorbeischlenderte. Er schien mehr auf sein Handy als auf seine Umgebung konzentriert zu sein.

Mit etwas Glück würde niemand merken, dass das Verbrechen, das ich gleich begehen würde, von seiner nachlässigen Arbeitsweise profitiert hatte. Ich hatte nichts gegen den Kerl. Es musste furchtbar langweilig sein, stundenlang durch dunkle Gänge zu laufen, ohne dass etwas passierte.

Zum Glück fand ich ein paar Schritte weiter eine Treppe. Ich eilte die Stufen hinauf. Jetzt, wo ich den Wachmann hinter mir gelassen hatte, machte ich mir keine Sorgen mehr, dass mich jemand hören könnte. Im vierten Stock blieb ich kurz stehen. Neben der Tür zum Treppenhaus hing ein Schild mit dem rot-gelben Logo des Tonstudios. Ich prägte mir den Namen ein und dachte an die Berufswünsche, von denen Lily gesprochen hatte.

Wäre es nicht ein Schlag ins Gesicht für die Gauntts, wenn sie ihren Traum hier verwirklichen würde? Direkt neben dem Gebäude, in dem sie versucht hatten, sie zu brechen?

Damit konnte ich mich im Moment allerdings nicht befassen. Ich stieg die restlichen Stockwerke hinauf und verfluchte die anhaltenden Auswirkungen der mangelnden Fitness des Vorbesitzers meines Körpers, als ich außer Atem die Tür zum obersten Stockwerk aufstieß.

Jetzt brauchte ich nur noch ein Fenster an der Seite des Gebäudes, von dem aus man Thrivewell sehen konnte. Oder zumindest eine Wand, wobei es hilfreich wäre, wenn ich sehen könnte, was zum Teufel ich da tat.

Ich fand einen Raum im hinteren Teil des Gebäudes auf der richtigen Seite mit hüfthohen Fenstern, die sich über die gesamte Länge des Raumes erstreckten. Ich musste Thrivewell nicht *genau* an der Stelle erreichen, wo meine Magie wirken würde. Es genügte, irgendeine Art von Kontakt herzustellen. Außerdem war es dort hinten weniger hell, sodass ich vom Schutz der Dunkelheit profitierte.

Ich atmete ein paar Mal tief durch, um mich zu konzentrieren, und ging zum äußersten Ende der Fensterreihe, wo ich meine Hände auf die Scheibe legte. Mit meiner Willenskraft verformte ich den Beton darunter so, dass er wie ein Sprungbrett in Richtung der glänzenden Wand von Thrivewell hervorragte.

Nach der letzten Anstrengung spürte ich einen Anflug von Erschöpfung in meinen Armen, aber das Material fügte sich meinem Willen. Es dehnte sich über die etwa drei Meter zwischen den Gebäuden. Um Kraft zu sparen, machte ich die Rampe nur wenige Zentimeter breit. Wenn ich stürzte, wäre ich selbst schuld.

Der Vorgang verlief völlig geräuschlos, abgesehen vom Wind, der durch das nun offene Fenster wehte und einige Papiere auf den benachbarten Schreibtischen aufwirbelte. Zehn Stockwerke unter mir patrouillierte der Wachmann, seine Schritte waren kaum zu hören. Ich spähte zu ihm hinunter und wartete, bis er in der Dunkelheit hinter der nächsten Ecke verschwunden war. Dann schlich ich mich auf meine herbeigezauberte Rampe. Das sollten die guten Feen erst einmal nachmachen.

Um das Gleichgewicht nicht zu verlieren, rutschte ich auf meinem Hintern vorwärts, die Beine gespreizt und die Knie fest an die Ränder der Rampe gepresst. Es war nicht gerade die eleganteste Koordinationsübung, doch das war egal. Mich sollte sowieso niemand sehen.

Als ich das andere Ende erreichte und meine Füße die glatte Fassade von Thrivewell berührten, schwankte die Planke leicht unter meinem Gewicht. Ich überlegte kurz, ob ich mehr Beton daran entlang ziehen sollte, um sie zu verstärken, entschied mich dann aber dagegen. Sie fühlte sich stabil genug an, und ich hatte weder Zeit noch Energie zu verschwenden. Das hier war der Dreh- und Angelpunkt meines ersten richtigen öffentlichen Auftritts, das Meisterwerk, um das sich alle anderen drehten.

Vorsichtig beugte ich mich vor und legte meine Hände auf die glatte Oberfläche, so wie ich es zuvor mit der Fensterscheibe getan hatte. Doch diesmal verformte ich das

Gebäude nicht. Stattdessen schloss ich die Augen und stellte mir vor, welche Eindrücke ich auf der Fassade hinterlassen wollte.

Farben, Formen und die Linien von Buchstaben entsprangen meiner Fantasie. An manchen Stellen hielt ich inne, um die Details auszuarbeiten und sicherzustellen, dass jeder Effekt die gleiche Reflexionsqualität hatte. Der Vorhang durfte sich nicht zu früh öffnen, damit die Gauntts mein Werk nicht verdecken konnten, bevor der Rest der Stadt es gesehen hatte.

Der Schweiß sammelte sich auf meiner Stirn und rann meinen Rücken hinunter. Ich wagte nicht, die Hand zu heben, um ihn wegzuwischen. Stattdessen brachte ich die Bilder in meinem Kopf weiter auf die Oberfläche vor mir, egal wie sehr die Struktur aus Beton und Glas unter mir mit dem aufkommenden Wind schwankte.

Ein Anflug von Erschöpfung durchzuckte meinen Geist. Mit letzter Kraft stemmte ich mich dagegen, bevor ich zusammensackte und meine Hände sinken ließ, um mich abzustützen.

Es war geschafft. Zumindest soweit ich es beurteilen konnte, hatte ich mein Vorhaben vollendet. Ob es wirklich gelungen war, würde ich erst in ein paar Stunden wissen.

Ich rutschte auf dem Hintern zurück zu dem anderen Gebäude und sah dabei genauso bescheuert aus wie auf dem Hinweg – nur dass ich mich mit jedem Zentimeter erleichterter fühlte. Kaum hatte ich mich durch das Fenster ins Innere gezogen, wandte ich mich dem letzten Teil meiner Aufgabe zu. Mit einem Ruck meiner übernatürlichen Kräfte schob ich das Glas und den Beton an ihren Platz zurück.

Okay, vielleicht war das Fenster jetzt eher ein Parallelogramm als ein richtiges Rechteck. Und vielleicht war die Wand etwas unebener als vorher. Erschöpfte Künstler lieferten eben keine Perfektion. Wenn überhaupt, brachte ich ein wenig Schwung in das eintönige Leben dieser Büroangestellten. Sie sollten mir für den neuen Anblick dankbar sein.

Ich schlich mich durch das Treppenhaus nach unten und durch dieselbe Tür, durch die ich gekommen war. Als ich Lilys Auto erreichte, das ein paar Straßen weiter stand, schlief sie immer noch auf dem Rücksitz, wo ich sie zurückgelassen hatte. Eine Pistole steckte wie ein Teddybär in ihren verschränkten Armen.

Sie hatte darauf bestanden, dass keiner von uns mit dem Motorrad in die Stadt fuhr, da die Handlanger der Gauntts wahrscheinlich ein besonders wachsames Auge auf unsere Lieblingsfahrzeuge hatten. Nachdem sie, Kai und Ruin in die Hütte zurückgekehrt waren und von dem Angriff auf die Kinder berichtet hatten, hatte ich erklärt, dass ich eine eigene Mission zu erfüllen hatte. Sie war strikt dagegen gewesen, dass ich allein loszog. Und ich hatte nichts dagegen, dass sie mitkam. Tatsächlich passte es, dass sie eine der ersten Personen sein würde, die mein bisher größtes Werk zu sehen bekam. Wenn nicht sogar die allererste.

Sie rührte sich nur kurz, als ich den Motor startete. Ich fuhr in eine Tiefgarage, wo wir uns verstecken konnten, und stellte den Fahrersitz so weit nach hinten wie möglich. Auch ich musste etwas Schlaf nachholen. Bevor ich die Augen schloss, stellte ich den Wecker auf meinem Handy auf kurz vor Sonnenaufgang.

Ich wachte vor dem Wecker auf, als Lily sich aufsetzte. „Es tut mir leid", flüsterte sie, als ich sie ansah. „Du kannst weiterschlafen. Ich musste mich nur strecken."

Ich schaute auf die Uhr und schüttelte den Kopf. „Nein, ich hätte sowieso bald aufstehen müssen. Wir müssen in Position gehen. Bald geht die Sonne auf, dann kannst du sehen, was ich erschaffen habe."

Sie kletterte auf den Beifahrersitz und betrachtete mich

mit offener Neugier, während ich uns zurück in die Innenstadt fuhr. Die letzten Blocks liefen wir zu Fuß, die Köpfe gesenkt und die Kapuzen tief in die Stirn gezogen.

Ich hatte mir den perfekten Aussichtspunkt ausgesucht: ein Café im sechsten Stock eines Einkaufszentrums, fast direkt gegenüber dem Thrivewell-Gebäude. Eigentlich hatte es noch nicht geöffnet, aber das Türschloss stellte kein Hindernis für mich dar. Nachdem ich es mit meinen magischen Kräften geknackt hatte, führte ich Lily zu den bodentiefen Fenstern im vorderen Teil des Raums.

Draußen war es noch dunkel, nur ein schwacher Schimmer streifte den Himmel. Lily blickte durch das Glas auf das Thrivewell-Gebäude. „Wonach soll ich Ausschau halten?"

„Warte", sagte ich. „Ich habe es so gemacht, dass es erst sichtbar wird, wenn das Sonnenlicht darauf fällt. Noch etwa fünf Minuten."

Schnell tippte ich eine Nachricht an Kai und bat ihn, seinen Medienkontakten mitzuteilen, dass es im Thrivewell-Hauptquartier etwas zu sehen gab. Die anderen Gebäude, die ich „bemalt" hatte, würden sich auf natürliche Weise herumsprechen. Aber dieses hier musste auf jedem Fernseher und jedem Bildschirm im ganzen Bezirk zu sehen sein.

Die Ränder der übernatürlich erschaffenen Formen begannen im heller werdenden Licht zu schimmern. Lily trat näher an die Scheibe heran, ich folgte ihr und legte meinen Arm um ihre Taille. Es fühlte sich immer noch wie ein kleines Wunder an, dass ich einfach so mit ihr zusammen sein konnte, auf jede erdenkliche Weise, vollkommen mühelos. Dass ich etwas für sie tun konnte, was ihr so viel bedeutete, auch wenn es keine romantische Geste im herkömmlichen Sinne war.

Denn das Kunstwerk, das ich an der Fassade des Thrivewell-Gebäudes geschaffen hatte, war alles andere als schön. Als der erste Nachrichtenwagen auf der Straße unter uns in Sicht kam, wurden die Farben und Linien deutlicher.

Ein Quartett von Monstern mit den Gesichtern der erwachsenen Gauntts erhob sich bedrohlich über einer Schar von Kindern mit kränklich-grüner Haut. Thomas und Olivia ließen eine giftige violette Flüssigkeit auf sie tropfen. Die Bestie, die wie Marie aussah, zerrte am Arm eines kleinen Jungen. Er trug nur ein Unterhemd, und auf seinem Oberarm prangte ein Mal.

Umrahmt wurde das Bild von den Worten: *Die Kinder wurden von den Gauntts vergiftet. Achtet auf die Male, die sie dabei hinterlassen.*

Weitere Fahrzeuge hielten vor dem Gebäude an. Ein gedämpfter Schrei drang durch die Scheibe, zu leise, um die Worte zu verstehen. Lily presste ihre Hand auf den Mund.

„Es ist furchtbar", hauchte sie. „Und perfekt. Du hast den Spieß umgedreht und den Eltern und Ärzten gesagt, wonach sie suchen müssen."

„Sie werden nicht beweisen können, dass die Male von den Gauntts stammen oder dass sie etwas mit der Erkrankung der Kinder zu tun haben", gab ich zu. „Aber all diese Eltern wissen, dass sie den Gauntts irgendwann Zugang zu ihren Kindern gewährt haben. Ich dachte, es könnte nicht schaden, sie daran zu erinnern."

„Ja", stimmte sie leise zu und schenkte mir ein Lächeln, das traurig und dankbar zugleich war. Ich schlang meine Arme fester um sie und warf einen letzten Blick auf mein Meisterwerk. Wir mussten los, bevor die Café-Mitarbeiter kamen, um den Laden zu öffnen.

Mein Werk entsprach nicht der subtilen Kunst, die ich normalerweise bevorzugte. Es war so direkt, dass ich es unter anderen Umständen nicht gutgeheißen hätte. Doch in diesem Moment, mit dem, was wir durchmachten, erfüllte es seinen Zweck. Es war tatsächlich das vollkommenste Werk, das ich je geschaffen hatte.

Und wenn ich ein Kunstwerk schaffen konnte, das mit jeder Farbe und jedem Strich genau das ausdrückte, was ich vermitteln wollte, wer sagte dann, dass ich das nicht irgendwann in meinem gewohnten Stil wiederholen konnte? Schließlich hätte ich mir keine bessere Muse wünschen können.

seinen Zweck. Es war tatsächlich das vollkommenste Werk, das ich je geschaffen hatte.

Und wenn ich ein Kunstwerk schaffen konnte, das mit jeder Farbe und jedem Strich genau das ausdrückte, was ich vermitteln wollte, dass ich das nicht

zwanzig

Lily

Als ich nach dem dringend benötigten Nickerchen aufwachte, hatten sich die Jungs und Marisol um den kleinen Fernseher im Wohnzimmer versammelt. Die Mittagssonne schien durch die vorderen Fenster, und es wäre gemütlich gewesen, wenn nicht der Name „Gauntt" aus den Lautsprechern gekommen wäre.

Als ich die Couch erreichte, umfasste Nox meine Hüften und zog mich auf seinen Schoß, damit ich mich zu den dreien auf das Sofa setzen konnte. Ruin lehnte sich in dem Sessel neben uns nach vorne und bot mir einen Blaubeermuffin an. Mein Magen knurrte bei der Erinnerung daran, dass ich heute noch gar nichts gegessen hatte. Trotz des flauen Gefühls in meinem Magen nahm ich den Muffin und biss hinein, während ich die Nachrichten verfolgte.

„Die Reparaturtrupps haben sich beeilt, den Vandalismus

der letzten Nacht in den Thrivewell-Gebäuden zu beseitigen", sagte der Mann im Fernsehen. „Doch die Bilder der seltsamen Graffitis – wenn man die aufwendigen Schmierereien so nennen kann – kursieren in den sozialen Medien. Die Familie Gauntt hat eine Erklärung veröffentlicht, in der sie ihre Konkurrenten beschuldigt und behauptet, es handele sich um eine weitere Sabotageaktion. Und bei all dem muss ich sagen: Die wahren Opfer sind die Kinder, die noch immer in den Krankenhäusern um ihr Leben kämpfen."

Meine Kehle war wie zugeschnürt, als ich mühsam den letzten Bissen des Muffins hinunterschluckte. „Ernsthaft", murmelte ich, als die Nachrichtensendung zu einem anderen Thema überging. „Wird eigentlich *überhaupt* gegen die Gauntts ermittelt oder in Betracht gezogen, dass sie lügen könnten?"

Kai rieb sich die Stirn. „Der Reporter hat erwähnt, dass einige öffentliche Petitionen im Umlauf sind, die mehr Transparenz fordern, was auch immer das heißen mag."

„Das Wichtigste ist doch, dass die Eltern die Botschaft sehen, oder?", fragte Ruin in seiner gewohnt optimistischen Art. „Dass sie darüber nachdenken, ob sie einen Fehler gemacht haben."

„Falls es ihnen überhaupt etwas ausmacht, dass ihre Kinder krank sind, nach allem, was sie ihnen angetan haben", bemerkte Marisol mit einer Bitterkeit, die mir nicht gefiel. Ich nahm ihre Hand und drückte sie sanft.

Nox nahm meine andere Hand und strich mit dem Daumen über meine Finger. „Die Bilder sind in aller Munde. Zumindest haben wir die Gauntts mehr ins Gespräch gebracht. Wir sind am Ziel. Jetzt müssen wir nur noch entscheiden, wie wir sie am besten treffen."

Kaum hatte Nox die Worte ausgesprochen, ertönte von draußen ein mechanisches Ächzen. Wir sprangen alle auf.

Mit klopfendem Herzen rannte ich zum Fenster und spähte hinaus.

Die Motorhaube meines Wagens stand offen, doch ich konnte niemanden sehen. Es sah aus, als wäre sie von selbst aufgesprungen. Stirnrunzelnd trat ich aus der Haustür.

Als ich auf Fred 2.0 zuging, um einen genaueren Blick darauf zu werfen, flankierten mich die vier Jungs, dicht gefolgt von Marisol. Doch da war wirklich niemand. Nur wir und Fred 2.0, dessen Motorhaube nun auf und ab wippte, als würde er das Maul eines Hais nachahmen.

Das statische Rauschen aus dem Autoradio ging in eine Stimme über. Die Motorhaube bewegte sich im Rhythmus der Worte, als würde Fred tatsächlich mit uns sprechen.

„Lily Strom. Dies ist eine Nachricht für Lily Strom. Bringt sie her oder überbringt ihr diese Botschaft."

„Was zum Teufel?" Jett trat näher an das Auto heran und sprang zurück, als die Motorhaube zuknallte, als wollte sie ein oder zwei Körperteile verschlingen.

Die nächsten Worte waren nicht das, was ich von meinem treuen Gefährt erwartet hätte: „Lily Strom, das ist deine letzte Chance, über die Wiederherstellung der Gesundheit dieser Kinder zu verhandeln. Wenn dir etwas daran liegt, dass sie leben, wirst du dich mit einem Vertreter der Familie Gauntt auf der Wiese östlich des Hauses der Familie Strom treffen. Er wird allein kommen, also musst du das auch tun. Wenn du aggressiv auftrittst, ist deine Chance vertan und die Kinder werden sterben."

Die Motorhaube schlug geräuschvoll wieder zu. Ruin stieß ein Lachen aus. Er schlenderte hinüber und klopfte gegen den Metallrahmen, als wollte er Fred wieder aufwecken.

Marisol verschränkte die Arme vor der Brust. „Das ist wirklich ein verrückter Zauber."

„Erst haben sie dein Handy geortet und jetzt dein Auto",

knurrte Nox. „Diese Arschlöcher sollten besser lernen, sich zurückzuhalten." Er schlug mit der Faust in seine Handfläche und blickte seine Freunde an. „Wir sollten zu der Wiese rennen und es ihnen zeigen ..."

Ich hob die Hand, obwohl mein Herz immer noch schmerzhaft schnell schlug. „Nein. Sie sagten, ich solle allein kommen."

Nox starrte mich an. „Du kannst nicht einfach tun, was diese Arschlöcher wollen. Sie werden versuchen, dich zu vernichten."

„Vielleicht", sagte ich, „aber es wäre schwierig für sie, dort einen Hinterhalt zu planen. Da ist nichts außer Gras." Ich sah die Wiese vor meinem inneren Auge. Ich war mit diesem Blick von der Veranda aufgewachsen. „Es klang, als würden sie all diese Kinder auf der Stelle töten, wenn ich nicht wenigstens versuche, mit ihnen zu reden. Ich werde nicht auf jeden Mist eingehen, den sie verlangen, aber zu hören, was sie sagen, könnte uns einen Hinweis auf ihre Schwachstellen geben, oder?"

Kai verzog das Gesicht. „Da hat sie nicht ganz unrecht." Er warf mir einen strengen Blick zu. „Verschwinde sofort, wenn du *Anzeichen* dafür siehst, dass nicht nur der Vertreter da ist. Und behalte sein Blut unter Kontrolle, damit du ihn ausschalten kannst, bevor er dir etwas antun kann, falls er sich dazu entschließt."

Nox gab ein weiteres Knurren von sich und verlagerte sein Gewicht von einem Fuß auf den anderen. „Das gefällt mir nicht. Sie haben hier nicht das Sagen."

„Doch, das haben sie", entgegnete ich. „Wir können sie nicht wirklich aufhalten, bis wir herausgefunden haben, wie wir die Kinder retten können."

„Ich weiß." Mit finsterer Miene nickte er zum Auto. „Aber damit fährst du nirgendwo hin. Jetzt, wo sie dein Auto in ihre persönliche Bauchrednerpuppe verwandelt haben, sollten wir es vielleicht erst wieder benutzen, wenn die Gauntts aus dem Spiel sind. Kai, meinst du, du kannst schnell ein anderes Auto auftreiben?"

Kai klatschte in die Hände. „Ich bin sicher, dass ich mich um beide Probleme gleichzeitig kümmern kann."

Ich winkte Fred 2.0 zum Abschied zu, in der Hoffnung, dass es nicht allzu lange dauern würde, und Kai brauste davon. Eine halbe Stunde später kam er mit einer unauffälligen Limousine zurück, bei der niemand zweimal hinsehen würde. Genau das war wohl der Sinn der Sache.

„Es wird erst einmal niemand vermissen", sagte er, als er ausstieg. „Jett, willst du dem Nummernschild vorsichtshalber ein kleines Makeover verpassen?"

Während Jett nach hinten ging, um ein paar Anpassungen vorzunehmen, warf mir Kai den Schlüssel zu. Ich stieg ein, und Nox ließ sich neben mich auf den Beifahrersitz fallen.

„Was machst du da?", fragte ich.

Der Boss der Schädelbrecher warf mir einen so durchdringenden Blick zu, dass er mir das Fleisch von den Knochen gebrannt hätte, wäre da nicht die schützende Hingabe in seinem Gesicht gewesen. „Ich lasse dich da draußen nicht allein herumlaufen. Du solltest das Auto sowieso weit weg von ihrem Mann parken. Ich kann außer Sichtweite bleiben. Aber dann ist zumindest jemand da, der eingreifen kann, wenn du um Hilfe rufst."

Ich konnte mich nicht dazu durchringen, ihm zu widersprechen. Ich wollte dem Vertreter der Gauntts und ihren nächsten brutalen Schritten nicht allein entgegentreten. Doch ich erwiderte seinen Blick mit der gleichen Entschlossenheit. „Du musst sicherstellen, dass dich niemand sieht, und darfst dich nicht vom Fleck rühren, es sei denn, es ist *offensichtlich*, dass ich in Schwierigkeiten stecke, die ich nicht allein bewältigen kann. Du weißt, dass ich eine Menge aushalte."

Er schnaubte. „Ja, das weiß ich, Sirene. Ich kann mich zurückhalten. Wenn ich ausdrücklich darum gebeten werde." Ein verschmitztes Funkeln blitzte in seinen dunklen Augen auf und setzte mich auf eine ganz andere Weise in Brand.

„Gut", sagte ich. „Wir sollten besser aufbrechen. Sie haben sicher etwas Extrazeit eingeplant, falls ich die Nachricht nicht sofort bekomme, doch wer weiß, wie lange sie warten, bis sie annehmen, dass ich nicht komme."

Jett ging um das Auto herum und drückte eine Hand nach der anderen an die Fenster. „Ein wenig Tönung und niemand kann hineinsehen", erklärte er uns. „Das ist einfacher, als wenn sich der Boss auf dem Boden zusammenkauert."

Nox grinste ihn an. „Mein Arsch dankt dir."

Ich gab ihm einen Klaps. „Sobald wir uns der Wiese nähern, solltest du dich vorsichtshalber trotzdem ducken."

Während ich fuhr, schob er den Beifahrersitz so weit wie möglich zurück. Dann streckte er seine Beine aus, die trotzdem fast über den gesamten Fußraum reichten.

„Warst du in deinem letzten Leben auch so groß?", fragte ich. „Oder bist du immer noch dabei, Mr. Grimes auszufüllen?"

Nox gluckste. „Hast du Angst, dass ich zu groß für dich werde? Ich denke, du wirst klarkommen, Sirene."

Ich verdrehte die Augen und meine Lippen verzogen sich zu einem Lächeln. „Ich frage ja nur."

Er blickte an sich hinunter. „Ich glaube, das ist ungefähr meine normale Größe. Nach einundzwanzig Jahren im Limbo ist es schwer, sich genau zu erinnern. Jedenfalls fühlt es sich ziemlich richtig an."

Er sah erneut zu mir auf. „Apropos richtig, dir ist schon

klar, dass es nicht richtig ist, dass die Gauntts das Leben dieser Kinder auf deine Schultern laden, oder? *Sie* sind diejenigen, die morden. Sie sind diejenigen, die sie überhaupt erst manipuliert und mit ihren Malen gezeichnet haben. Sie versuchen nur, dich zum Einlenken zu bewegen, weil du so unermüdlich daran arbeitest, die Kinder vor ihnen zu schützen."

Obwohl ich das alles schon wusste, tat es gut, es aus seinem Mund zu hören. „Ich werde das Gefühl nicht los, dass sie die Kinder vielleicht in Ruhe lassen würden, wenn ich nachgebe."

Nox zuckte mit den Schultern. „Dann würden sie einfach einen Haufen anderer Kinder ruinieren, weil sich ihnen niemand in den Weg stellt. Du hast gesehen, wie wir arbeiten. In unserem Geschäft gibt es eine Menge Kollateralschäden. Ich weiß, dass du das nicht gewohnt bist, doch so wie ich es sehe, ist das im Grunde nur ein Spiegelbild der ganzen Welt. Es gibt immer Entscheidungen. Irgendjemand verliert immer. Du versuchst nur sicherzustellen, dass es vor allem die trifft, die es verdient haben, und so viele Menschen wie möglich zu retten, die dir wichtig sind. Aber du musst akzeptieren, dass du nie alle retten kannst."

Ich schluckte schwer. „Ja." Dann wusste ich nicht mehr, was ich sagen sollte. Er hatte recht. Und nur wegen der Gauntts *musste* ich mir überhaupt Gedanken darüber machen, jemanden zu retten.

Doch wenn ich eine Möglichkeit sah, jedes einzelne dieser Kinder zu retten, ohne noch mehr zu verlieren, dann würde ich sie nutzen.

Nox streckte die Hand aus und drückte mein Knie. „Es ist nicht falsch, dass du alle beschützen willst. Dein großes Herz ist einer der Gründe, warum ich dich liebe."

Diese Worte lösten immer noch ein Flattern in meiner Brust aus. „Nur einer der Gründe?", neckte ich ihn.

Er zwinkerte mir zu. „Ich habe auch eine gesunde Wertschätzung für den Rest deines Körpers. Und dein kluges Köpfchen, das anscheinend genauso gut Pläne schmieden kann wie das unseres Besserwissers." Er tippte leicht gegen meine Schläfe.

Obwohl das Gespräch nichts Konkretes geändert hatte, war ich etwas gefasster, als wir die Wiese erreichten. Mitten im Gras stand eine Gestalt, einen halben Kilometer vom nächsten Gebäude entfernt – meinem alten Haus, das einsam in der Ferne lag. Niemand sonst war in Sicht, und es gab auch kein Versteck in der Nähe, es sei denn, sie waren auf etwa fünfzehn Zentimeter geschrumpft. Selbst wenn die Gauntts Verstärkung in der Nähe des Hauses postiert hätten, könnten sie mich nicht so schnell erreichen.

Nox sank unaufgefordert tiefer in seinen Sitz. Ich lenkte den Wagen an den Rand der Wiese und parkte.

„Wenn ich dich brauche, rufe ich laut", sagte ich zu Nox, bevor ich die Tür öffnete.

Er salutierte vor mir. „Und ich werde ganz schnell rennen."

Ich stapfte über das Feld auf die wartende Gestalt zu. Es war ein Mann mittleren Alters, den ich noch nie zuvor gesehen hatte. Der vertraute Geruch des Sumpfes wehte mit der Brise zu mir herüber. Die Gauntts mochten einen Teil des Sumpfufers für sich beansprucht haben, aber das hier war mein Revier. Ich ließ mich nicht einschüchtern.

Ich erinnerte mich an Kais Vorschlag und richtete das Summen der Energie in mir auf den Mann der Gauntts, um ein Gefühl für das Pulsieren des Blutes in seinem Körper zu bekommen. Falls nötig, konnte ich es innerhalb eines Augenblicks in sein Herz leiten. Ich behielt seine Hände genau im Auge und achtete darauf, ob er versuchte, nach einer Waffe zu greifen. Er hielt zwar ein Tablet in der Hand, aber das bedeutete nicht, dass er keine versteckte Waffe bei sich tragen konnte.

Etwa einen Meter von ihm entfernt blieb ich stehen. „Ich bin hier. Was wollen die Gauntts mir sagen?"

Der Mann tippte wortlos auf das Tablet und hielt es hoch. Auf dem Bildschirm war das Fenster eines Videochats zu sehen. Marie Gauntt blickte mich an. Einen Augenblick später trat der neue Nolan, der Junge mit der alten Seele, neben sie.

„Miss Strom", sagte sie mit ihrer gewohnt kühlen Stimme. „Ich nehme an, Sie sind bereit, einen Waffenstillstand in Erwägung zu ziehen."

Ich reckte das Kinn. „Ich möchte nur hören, was Sie zu sagen haben."

Marie hob leicht die Schultern. „Es ist ganz einfach. Sie haben gesehen, wie viele Menschen Ihretwegen leiden müssen. Sie können das sofort beenden und gleichzeitig alles haben, was Sie jemals wollten."

„Und was genau wollen Sie dafür von mir?"

Nolan ergriff das Wort und seine trockene Stimme klang seltsam in seinem neuen, jungen Körper. „Geben Sie Ihre Verbündeten auf. Diese Bande, die die Stadt in Aufruhr versetzt. Kommen Sie zu uns und arbeiten Sie mit uns zusammen. Wir können Ihnen jede Karriere ermöglichen, die Sie sich wünschen, und Sie können Ihren Job so lange behalten, wie Sie möchten – genau wie wir. Und all die Feindseligkeit zwischen uns kann ein Ende haben."

Jeder Knochen in meinem Körper sträubte sich dagegen, in irgendeiner Weise so zu werden wie sie. Trotzdem wollte ich die Einzelheiten ihres Angebots hören, falls wir davon etwas im Kampf gegen sie verwenden konnten.

„Was würde mit den Schädelbrechern passieren?", fragte ich.

„Ihre Aktivitäten scheinen sich sehr um Sie zu drehen",

antwortete Marie. „Ich gehe davon aus, dass sie sich viel leichter unter Kontrolle bringen lassen, wenn Sie sich zurückziehen.“

Töten, meinte sie. Mein Kiefer verkrampfte sich. „Und Sie behaupten, dass Sie dann all diese Kinder wieder gesund machen würden? Dass sie sich vollständig erholen?“

„Sie sind nur wegen eures Handelns erkrankt“, erklärte Marie. Ich bemerkte, wie sorgfältig sie es vermied, irgendeine Beteiligung der Gauntts zuzugeben. Wahrscheinlich hatte sie Angst, ich könnte das Gespräch aufzeichnen und gegen sie verwenden.

Natürlich konnten sie das auch mit mir machen. Ich verschränkte die Arme. „Ich habe diesen Kindern nichts getan, und das wissen Sie auch. *Sie* haben sie krank gemacht, um sich an mir zu rächen.“

Nolan schnaubte. „Sehen Sie es, wie Sie wollen. Wollen Sie, dass die Kinder verschont werden oder nicht? Sie wissen, wie weit wir gehen können und wie viel Macht wir haben. Sie geht weit über das hinaus, was Sie und Ihre Schlägertruppe je erreichen könnten. Sie werden niemals gewinnen. Warum halten Sie an diesem Groll fest, wenn so viele Kinder Ihretwegen leiden?“

Mir lief ein Schauer über den Rücken. Glaubte er wirklich, dass eine Heilung von der angeblichen Vergiftung das Leiden beenden würde? Was war mit all dem anderen Mist, den sie den Kindern angetan hatten?

„Werden Sie auch mit den anderen Dingen aufhören, die Sie den Kindern antun?“, fragte ich. „Die Misshandlungen haben schon lange vor meiner Geburt angefangen.“

Marie neigte den Kopf zur Seite und sah mich so herablassend an, dass ich ihr am liebsten ins Gesicht geschlagen hätte. „Ich weiß nicht, wovon Sie sprechen. Alle Verbindungen, die wir zu den Menschen in diesen Städten hatten, dienten einzig und allein dazu, die notwendigen

Ressourcen zu beschaffen, um unser Erbe fortzuführen und gewisse Triebe zu befriedigen. Die wichtigste Energie kommt aus der Jugend, doch wir haben nie zu viel genommen. Wir haben niemandem *geschadet.* So weit würden wir nie gehen."

Sie hatten es also auf Kinder abgesehen, weil die Energie, die sie aus ihren jungen Körpern gewinnen konnten, am besten geeignet war, um ihre Magie aufrechtzuerhalten? Das ergab Sinn, wenn man bedachte, dass ein großer Teil der Familienmagie dafür verwendet wurde, ihre Geister von Körper zu Körper zu übertragen, um sie ewig am Leben zu erhalten.

Trotzdem konnte ich mir ein ungläubiges Schnauben nicht verkneifen. Glaubte sie ihre Geschichte wirklich selbst? Ich wusste nicht, ob es den Kindern langfristig schadete, wenn sie ihnen Energie entzogen, doch hielt sie gewisse Formen des Missbrauchs tatsächlich für akzeptabel, nur weil sie ihre Perversionen „befriedigen" mussten?

Jede noch so scheinbar unbedeutende Form war zu viel für die Menschen, die sie belästigt hatten. Ich hatte den emotionalen Schaden bei meiner Schwester gesehen – und in jedem anderen, den ich von dem Mal befreit hatte. Wenn die Gauntts durch ihren fortwährenden Wechsel von erwachsenen zu jugendlichen Körpern ihre Vorlieben zunehmend auf „Jugendliche" ausgerichtet hatten, dann war das nur eine weitere grausame Art, wie ihre Herrschaft diese Gemeinschaft vergiftet hatte.

„Entweder lügt ihr oder ihr seid nicht so klug, wie ihr zu sein scheint", erwiderte ich. „Ich habe die Auswirkungen eures ‚Erbes' überall in dieser Stadt gesehen. Ich habe es am eigenen Leib erfahren, als ihr mir sieben Jahre meines Lebens gestohlen habt, nur um euer schmutziges Geheimnis zu verbergen. Und jetzt glaubt ihr ernsthaft, dass ich mich an diesem kranken System beteilige?"

Maries Gesicht verhärtete sich zu einer Maske der

Missbilligung. „Wir haben Ihnen ein großzügiges Angebot gemacht. Sie sollten es sich gut überlegen, bevor Sie es uns einfach vor die Füße werfen. Nachdem wir Sie in Aktion gesehen haben, würden wir es vorziehen, mit Ihnen zusammenzuarbeiten, um die Sache zu vereinfachen. Eine weitere Verbündete, die unsere Sichtweise versteht, könnte für uns alle von Vorteil sein. Aber wenn Sie darauf bestehen, müssen wir unsere Autorität auf die harte Tour durchsetzen.“

Die Drohung jagte mir einen Schauer über den Rücken, aber ich sah keinen Ausweg. Ich würde den Gauntts nicht die Kontrolle über mein Leben überlassen und mich schon gar nicht ihrer kranken Philosophie beugen.

Nolan hatte gesagt, dass ich niemals gewinnen würde, aber wenn sie sich dessen so sicher waren, warum machten sie mir dann überhaupt dieses Angebot? Sie hätten doch keinen Grund dazu, wenn sie nicht fürchteten, dass ich eine Chance auf den Sieg hatte, oder? Sie machten sich Sorgen darüber, wie viel sie verlieren könnten, wenn der Kampf weiterging. Das bedeutete allerdings, dass sie glaubten, dass wir eine echte Chance hatten, sie aufzuhalten.

„Dann macht es auf die harte Tour“, antwortete ich entschlossen. „Aber vergesst nicht: Ihr werdet für jedes Kind bezahlen, das unter eurem Einfluss stirbt. Ihr habt keine Ahnung, wie viele Karten wir noch in der Hand haben.“

Nolans und Maries Blicke verdüsterten sich noch mehr. „Das werden wir ja sehen“, sagte Marie säuerlich. „Du hast dein Schicksal gewählt.“

Das Videobild erlosch. Der Mann steckte das Tablet in seine Jacke und ging wortlos davon.

einundzwanzig

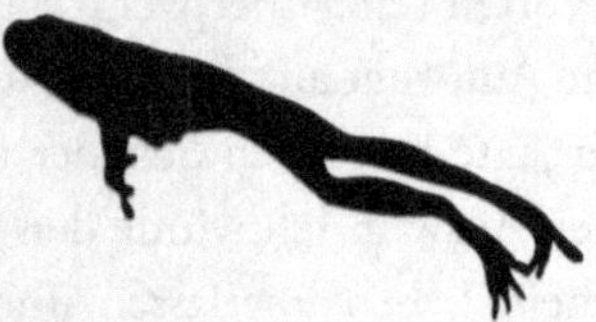

Lily

Mit einem mulmigen Gefühl eilte ich zum Auto zurück. Nox richtete sich erst auf, als ich die Tür hinter mir geschlossen hatte. Er musterte mein Gesicht.

„Ich nehme an, sie hatten keine überzeugenden Argumente?", fragte er.

Ich schüttelte den Kopf. „Nicht dass ich damit gerechnet hätte. Doch ich habe auch nichts wirklich Brauchbares herausgefunden. Sie waren extrem zurückhaltend, was nicht verwunderlich ist. Ich habe mein Bestes getan, um ihnen klarzumachen, dass es ein Fehler wäre, die Kinder noch kränker zu machen, aber ich weiß nicht, ob ich überzeugend genug war."

Nox schenkte mir ein langsames, breites Lächeln. „Du kannst sehr überzeugend sein." Dann hielt er kurz inne, während sein Blick weiter auf mir ruhte. „Stimmt sonst noch etwas nicht?"

Ich wischte mir mit der Hand über den Mund. „Ich weiß es nicht. Sie sprachen davon, ‚auf die harte Tour‘ gegen uns vorzugehen, als hätten sie uns vorher geschont. Ich weiß nicht, was sie damit gemeint haben. Möglicherweise haben sie nur geblufft."

„Wahrscheinlich", murmelte Nox. „Das würde zu den Arschlöchern passen."

Ich startete den Wagen und wendete, um zurück zum Haus zu fahren, während ich die Umgebung aufmerksam absuchte. Ich konnte keine Anzeichen dafür entdecken, dass wir beobachtet wurden, und der Bote der Gauntts war nicht in Freds Nähe gekommen. Das bedeutete allerdings nicht, dass sie keinen Plan hatten, um herauszufinden, wo wir uns versteckten. Ich biss mir auf die Lippe.

Aber Kai, der verdammte Klugscheißer, hatte dieses Problem schon bedacht, bevor ich es überhaupt ausgesprochen hatte. Nox hatte den anderen eine Nachricht geschickt, und als das Ping der Antwort ertönte, deutete er auf mich. „Unser Besserwisser hat mir die Adresse eines Parkhauses in Lovell Rise geschickt, wo wir anhalten sollen. Dort wird er für uns einen Wagenwechsel organisieren. Wenn wir rausfahren, wird niemand, der uns beobachtet, merken, dass wir in einem neuen Auto sitzen."

Ich atmete erleichtert aus. „Perfekt."

Die Tiefgarage, in die Kai uns geschickt hatte, lag unter einem großen Einkaufszentrum. Zumindest groß für Lovell Rise-Verhältnisse. An diesem Samstagnachmittag kamen und gingen die Autos ziemlich regelmäßig. Einer der wenigen verbliebenen Schädelbrecher-Rekruten winkte uns zu und übergab uns die Schlüssel für unser neues Auto. Wir fuhren aus dem Parkhaus und rasten zum Haus von Peytons Familie.

Wenigstens lastete nun nicht mehr die Last der unmittelbaren Bedrohung auf uns.

Sobald das Haus in Sichtweite kam, klingelte mein neues Wegwerfhandy. Nox fischte es für mich aus meiner Handtasche und stellte es auf Lautsprecher. Ich kannte die Nummer nicht.

„Hallo?", sagte ich.

Eine eindringliche Stimme ertönte aus dem Lautsprecher. „Hallo, ist da Lily? Ich weiß nicht, was ich tun soll. Es sieht so aus, als wären sie hinter mir her. Ich glaube nicht, dass ich noch länger hierbleiben kann."

Es dauerte einen Moment, bis ich begriff, dass es der Junge war, der zusammengekauert am Fuß eines Baumes in der Nähe des Lovell Rise College Parkplatzes gesessen hatte. „Fergus? Was ist passiert?" Ich hatte ihn vor Wochen vom Bann der Gauntts befreit, und er hatte uns geholfen, Thrivewell über die Eltern ihrer Opfer anzugreifen. Das letzte Mal, als ich mit ihm gesprochen hatte, hatte er nicht so verzweifelt geklungen – aber wir hatten nicht lange geredet. Wir hatten das letzte Mal Kontakt, als ich all unseren unmarkierten Verbündeten meine neue Nummer geschickt hatte, falls etwas Wichtiges passierte.

„Ich bin mir nicht sicher", sagte er in demselben gehetzten Ton. „Ich weiß nur, dass es hier nicht sicher ist. Sie haben herausgefunden, dass ich sie reinlegen wollte, und jetzt sind sie hinter mir her. Ich musste den Campus verlassen … Ich weiß nicht, wie lange sie brauchen werden, um mich zu finden …"

Es klang so, als würde er auf und ab gehen und wäre etwas außer Atem vom Laufen. Ein Kloß bildete sich in meinem Hals. „Du meinst die Gauntts. Sind sie hinter dir her?"

„Ja. Ja. Ich wollte dich nicht damit belästigen, aber …"

„Nein, ist schon gut", sagte ich schnell. Es war meine Schuld, dass er wieder zur Zielscheibe geworden war. Ich hatte ihn in diesen Kampf hineingezogen. „Hör zu, wir haben einen sicheren Unterschlupf für dich. Kannst du dir ein Auto leihen, das nicht auf dich zurückzuführen ist? Oder ein Taxi nehmen und den Fahrer in bar bezahlen?"

„Das sollte ich schaffen. Vielen Dank", antwortete er erleichtert.

„Kein Problem. Ich gebe dir die Wegbeschreibung durch."

Während ich ihm den Weg zum Haus erklärte, parkte ich daneben. Fergus bedankte sich noch einmal überschwänglich und legte auf. Als ich zur Haustür eilte, verkrampfte sich mein Magen erneut.

Wie lange würde es dauern, bis sich die Gauntts auch die anderen Opfer vorknöpften, die uns geholfen hatten? War überhaupt noch jemand sicher? Jetzt war ich doppelt froh, dass wir so viele Vorsichtsmaßnahmen getroffen hatten, um sicherzustellen, dass unsere Feinde unser aktuelles Versteck nicht finden konnten. Wenn es sein musste, konnte es für uns alle ein sicherer Zufluchtsort sein.

„Hey", sagte ich, als ich ins Wohnzimmer kam, wo die anderen Jungs um den Tisch saßen. Marisol erschien in der Tür zum zweiten Schlafzimmer. „Wir bekommen gleich Besuch. Die Gauntts sind hinter Fergus her, also habe ich ihm gesagt, er soll herkommen. Er kann eine von den Luftmatratzen haben. Wahrscheinlich sollte ich auch die anderen Studenten fragen, die mit uns zusammengearbeitet haben."

Jett erhob sich stirnrunzelnd vom Tisch. „Was haben diese Arschlöcher mit ihm gemacht?"

„Ich weiß es nicht", gab ich zu. „Er ist nicht ins Detail gegangen. Aber er war völlig durcheinander. Ich glaube …"

Bevor ich diesen Gedanken zu Ende denken konnte, klingelte mein Handy erneut. Ich nahm ab, weil ich dachte, dass Fergus vielleicht dringender Hilfe brauchte, doch dieses Mal war Peyton am anderen Ende der Leitung.

„Lily", sagte sie ohne Vorrede. „Hast du heute etwas von Fergus gehört?"

Ich hielt inne, gerade als ich den Schrank öffnete, um die Luftmatratze herauszuholen. „Ja. Hat er dich auch angerufen? Hast du von jemand anderem am College gehört? Es klingt, als würden die Gauntts anfangen, ernst zu machen."

Peyton atmete hörbar aus. „Ja, das glaube ich auch. Aber nicht so, wie er es vermutlich gesagt hat. Er hat mich vor einer Stunde angerufen und mir seltsame Fragen über euch gestellt: Ob ich wüsste, wo ihr seid oder was ihr vorhabt. Er hat versucht, es so klingen zu lassen, als wolle er helfen, aber irgendetwas daran … Je mehr ich darüber nachdenke, desto überzeugter bin ich, dass er nicht aus eigenem Interesse gefragt hat."

Ein Schauer durchfuhr mich. „Was meinst du?"

„Ich meine, dass die Gauntts ihn vielleicht schon erwischt und ihn überzeugt haben, den Rest von uns zu verraten – entweder um seine eigene Haut zu retten oder irgendeinen Vorteil zu bekommen. Ich kenne ihn nicht besonders gut, aber ich würde nicht sagen, dass er für sein starkes Rückgrat bekannt ist."

„Verdammt." Ich konnte nicht anders, als ihrer Einschätzung zuzustimmen. Ausdruckslos starrte ich auf die Schranktür und ließ ihre Worte auf mich wirken. „Ich habe ihm von dem Haus erzählt und ihm erklärt, wie er hierherkommt. Ich dachte, er wäre in Schwierigkeiten."

Peyton fluchte ebenfalls. „Dann solltet ihr besser von dort verschwinden. Sucht euch einen neuen Unterschlupf, zumindest, bis wir sicher sein können. Vielleicht irre ich mich, aber …"

Das Dröhnen eines Motors durchschnitt ihre Worte. „Warte", sagte ich und eilte zum Fenster.

Nicht nur ein, sondern gleich drei Autos fuhren die schmale Zufahrtsstraße zum Haus hinauf. So schnell konnte es Fergus auf keinen Fall von Lovell Rise hierher geschafft haben. Mein Magen zog sich zusammen. „Ich glaube, wir haben jetzt schon kein Glück mehr. Es kommt *jemand*, und es ist nicht Fergus. Ich muss auflegen."

„Was ist los?", fragte Ruin und stürzte zum Fenster, als ich das Telefonat beendete.

Ich deutete auf die Autos. „Peyton glaubt, dass Fergus den Drohungen der Gauntts nachgegeben und uns verraten hat. Und es sieht so aus, als hätte sie recht."

„Der verdammte Idiot", knurrte Nox mit einer energischen Handbewegung. „Wir haben keine Zeit, zu fliehen. Es ist besser, wenn wir Mauern um uns haben, falls es zum Kampf kommt. Schnappt euch eure Waffen und alles, was ihr sonst als Waffe benutzen könnt. Wir haben sie schon einmal in die Knie gezwungen, und wir werden es wieder tun."

Bis die Autos das Haus erreichten, hatten wir das gesamte Gebäude nach möglichen Waffen durchkämmt. In einer Hand hielt ich ein großes Küchenmesser. Marisol hatte eine schwere Bronzebüste von ihrer Kommode genommen, die sie als Knüppel benutzen konnte, und hielt zusätzlich ihre kleine Pistole in der Hand. Die Jungs hatten ihre Pistolen jeweils in einer Hand und die andere frei, um ihre Kräfte einzusetzen. Außerdem hatten sie einen Haufen improvisierter Waffen zusammengetragen: Messer, Bratpfannen, Glasflaschen und sogar die Holzscheite aus dem dekorativen Kamin neben der Tür, falls sie die Waffen wechseln mussten.

Durch das Fenster sahen wir, wie die Männer aus den Autos sprangen. Anders als beim letzten Mal machten sie sich nicht einmal die Mühe, vorsichtig zu sein. Es war wohl klar, dass wir sie kommen sehen würden. Kaum waren sie ausgestiegen, eröffneten sie sofort das Feuer.

Die Frontscheiben zerbarsten und die Glassplitter regneten auf uns herab. Beim Dröhnen der Schüsse waren wir alle in Deckung gegangen. Ich hob meine Arme über den Kopf, um mein Gesicht zu schützen, und bedeutete Marisol, dasselbe zu tun.

Während die Splitter auf uns herabregneten, zischten weitere Kugeln über unsere Köpfe hinweg. Sie ließen uns keine Chance, uns aufzurichten und selbst zu schießen.

Mein Bewusstsein raste zum nahegelegenen See, das Summen in meiner Brust hallte durch die Strömungen des Wassers. Mit einem Kraftakt der Konzentration ließ ich eine gewaltige Welle über den Rasen emporsteigen und dort einschlagen, wo ich unsere Angreifer vermutete.

Das Wasser ergoss sich über das Gras – und mehrere Körper wurden durch die Welle auf den Rücken geschleudert. Die Schüsse verstummten kurz. Dann sprangen die Schädelbrecher auf und schickten der Wasserflut einen Kugelhagel hinterher.

Leider waren die meisten unserer Angreifer hinter den Autos in Deckung gegangen, und selbst bei denen, die am Boden lagen, war es schwierig, aus der Entfernung einen wirkungsvollen Treffer zu landen. Die Männer hinter den Autos eröffneten das Feuer über die Kofferräume und um die Windschutzscheiben herum, und für mehrere Sekunden flogen so viele Kugeln hin und her, dass es ein Wunder war, dass die Luft nicht zerbarst.

Bei einer Million Schuss pro Minute ging die Munition natürlich schnell zur Neige. Nachdem beide Seiten mehrmals nachgeladen hatten, war um mich herum das Klicken leerer

Kammern zu hören. Die Jungs warfen ihre Waffen beiseite und griffen nach allem, was ihnen in die Hände fiel.

Doch unsere Angreifer hatten andere Pläne mit uns. Einer von ihnen warf etwas, das wie eine Getränkedose aussah, durch das zerbrochene Fenster. Das Ding landete mit einem dumpfen Schlag mitten im Wohnzimmer und begann, zu qualmen. Wir husteten und meine Augen brannten, als das giftige Gas aus der Dose quoll.

Uns blieb nichts anderes übrig, als zu fliehen. Als wir auf den Rasen vor der Hütte stürmten, rief ich eine weitere tosende Welle aus dem See herbei. Die Leute der Gauntts – eine Mischung aus Skeleton-Corps-Kämpfern und einigen offiziellen Leibwächtern, wie ich aufgrund der Anzüge vermutete, die drei von ihnen trugen – stoben auseinander, um auszuweichen. Trotzdem erwischte ich einige, die wieder auf dem Hintern landeten. Ein paar wurden von der Welle sogar in den See gespült, wo sie wie halb gestrandete Wale herumplanschten.

Ruin schlug einem Mann eine gusseiserne Pfanne auf den Kopf, das knackende Geräusch erinnerte mich an das Aufschlagen eines Eis. Das war auch eine Art, ein Omelett zu machen.

„Spieß deine Kollegen auf!", befahl Kai einem anderen mit einem Faustschlag und drückte ihm ein Fleischthermometer in die Hand. Der Skeleton-Corps-Kerl drehte sich abrupt um und rammte dem Mann neben ihm die improvisierte Waffe in die Brust. Das Thermometer gab ein klägliches Piepen von sich, als wollte es anzeigen, dass sein Ziel noch nicht durch war.

Ein weiteres Auto raste auf uns zu, und ich versuchte verzweifelt, auf dem nassen und daher rutschigen Boden das Gleichgewicht zu halten. Doch ich erkannte dieses Auto – es war das von Peyton. So wie sie die Straße entlangraste, nahm ich an, dass sie sich direkt nach unserem Telefonat auf den

Weg hierher gemacht und dabei sämtliche Verkehrsregeln gebrochen hatte.

Einige unserer Angreifer drehten sich um, um auf die neue Bedrohung zu reagieren. Und sie erwies sich tatsächlich als Bedrohung. Peyton hielt mit bereits geöffnetem Fenster gegenüber von den feindlichen Fahrzeugen an. Sofort begann sie, Gegenstände auf die umstehenden Männer zu werfen. Eine volle Wasserflasche traf einen Typen an der Schläfe, ein Eiskratzer einen anderen mitten ins Gesicht.

Ein dritter Kerl stürzte sich auf ihre Tür, doch sie zückte blitzschnell eine kleine Dose Pfefferspray. Als das Zischen ertönte, führte er einen Schmerztanz auf und rieb sich verzweifelt die Augen.

Ein Mann griff in seinen Kofferraum, zog eine offenbar noch geladene Waffe heraus und sprang auf uns zu. Marisol stieß einen warnenden Schrei aus und riss ihre Waffe hoch. Mein Herz setzte einen Schlag aus.

Vielleicht hätte sie schießen können. Vielleicht wäre es sogar vernünftiger gewesen, sie das tun zu lassen. Doch ich wusste, wie es sich anfühlte, wenn ein Mord auf einem lastete, auch wenn es Menschen waren, um die man nicht trauerte. Ich wollte nicht, dass meine kleine Schwester diese Last tragen musste.

Ich musste sie beschützen.

Ich schleuderte meine Kräfte zuerst auf unseren Angreifer und leitete sein Blut in sein Herz, sodass es wie Faustschläge gegen seine Arterien und Venen prallte. Der Kerl versteifte sich, kippte nach hinten und schlug auf dem Boden auf, bevor Marisol ihren Finger um den Abzug legen konnte.

Als ich ihr einen prüfenden Blick zuwarf, um zu sehen, wie sie reagierte, nutzte einer der anderen Männer meinen Moment der Unaufmerksamkeit und riss seinem Kollegen die Waffe aus der Hand. Als ich mich wieder zu ihm umdrehte, schoss er.

Kais Körper wurde zur Seite geschleudert. Der Schmerzensschrei hallte schwach, aber unverkennbar durch unsere übernatürliche Verbindung. Er sackte zusammen und presste eine Hand auf seine Brust.

Ein Aufschrei brach aus meiner Kehle. Der Rest meiner Jungs starrte Kai für den Bruchteil einer Sekunde an. In ihren Gesichtern lag blankes Entsetzen. Dann wich ihr Ausdruck purer, glühender Wut, die sich mit meinem eigenen inneren Aufruhr vermischte.

Chaos brach auf dem Rasen aus. Nox stürmte vorwärts und schleuderte Schockwellen aus übernatürlicher Energie in alle Richtungen. Ruin stieß einen markerschütternden Kampfschrei aus und wirbelte um unsere Angreifer herum. Auf der einen Seite schlug seine Bratpfanne gegen Fleisch und Knochen, während seine Faust auf der anderen Seite Männer in Angst und Schrecken versetzte. Jett rannte zu Kai und presste seine Hand direkt unter der Wunde auf das Shirt seines Freundes. Seine Gesichtszüge verhärteten sich vor Konzentration.

Das hätte reichen müssen. Wir hatten den Kampf schon fast gewonnen. Doch in dem Getümmel um mich herum bemerkte ich den Mistkerl, der direkt auf Marisol zustürmte, erst, als es fast zu spät war.

Er hielt ein Messer in der Hand. Vielleicht hatte er vorgehabt, sie als Geisel zu nehmen, anstatt sie zu töten. Nicht, dass ich das gutgeheißen hätte. Als er ihr Handgelenk packte und ihren Arm brutal auf den Rücken drehte, schleuderte ich ihm meine Kräfte entgegen.

Sein Herz zersprang, und sein Körper verkrampfte sich, während ein metallischer Geschmack meine Kehle erfüllte. Das Messer fiel ihm aus der Hand und streifte die Schulter meiner Schwester, wo sich ein kleiner Blutfleck ausbreitete. Seine Finger umklammerten kurz ihr Handgelenk, als er fiel. Mit einem Knacken brach der Knochen, und sie schluchzte und tastete nach ihrem Arm, der nun schlaff herunterhing.

Wut stieg in mir auf. Ich stürzte auf sie zu und wirbelte herum, bereit, jeden in Stücke zu reißen, der noch stand.

Doch da war niemand. Nur wir und ein Haufen Leichen. Und Kai, der an der Hauswand lehnte und aussah, als würde er sich gleich zu ihnen gesellen.

zweiundzwanzig

Kai

Ich hatte noch nie solche Schmerzen gespürt. Oder vielleicht doch – in den Sekunden, als mich die Kugeln trafen, kurz bevor ich zum ersten Mal starb. Doch diese Erinnerung war in den Jahren des Schwebezustands verblasst. Ich war mir nicht sicher, wie viel von diesem Gefühl ich überhaupt wahrgenommen hatte, bevor mich das Zeitliche gesegnet hatte.

Diese Qual nahm ich jedoch in voller Klarheit wahr. Sie überflutete alle meine Sinne und machte es mir schwer, klar zu sehen oder die Schreie und Detonationen um mich herum zu verarbeiten. Mit jedem Herzschlag wurde der Schmerz in meiner Brust stärker.

Die Tatsache, dass mein Herz noch schlug, bedeutete zumindest, dass mich die Kugel dort nicht getroffen hatte. Die Tatsache, dass ich Schmerzen hatte, bedeutete, dass ich noch lebte. Manchmal konnte ich Dinge genauso positiv sehen wie Ruin.

Trotz des pochenden Schmerzes nahm ich eine Hand auf meinem Körper wahr. Eine schroffe Stimme erteilte knappe Anweisungen. Es war eindeutig Jett, auch wenn ich mich nicht genug konzentrieren konnte, um die Worte zu verstehen. Etwas bewegte sich, zog sich zusammen, schmiegte sich an meine Rippen ... Der Schmerz ließ ein wenig nach. Ich blinzelte und schaffte es, meinen Blick auf sein Gesicht zu richten.

„Ich weiß nicht, wie lange das halten wird", sagte er, und eine ungewohnte Dringlichkeit lag in seiner sonst so mürrischen Stimme. „Ich habe keine Ahnung, wie viel da drin beschädigt wurde. Wir sollten den Kerl holen, der Ruin zusammengeflickt hat."

Ich versuchte, ihm zuzustimmen, brachte aber nur ein undeutliches „Hmmm" heraus. Beim Einatmen brannte meine Lunge, doch die Luft schien drinzubleiben. War sie vorher entwichen? Ich konnte mich nicht erinnern, ob ich während der schlimmsten Schmerzen überhaupt geatmet hatte. Normalerweise hatte ich das Atmen als etwas Selbstverständliches angesehen.

Doch mittlerweile war für mich nichts mehr für selbstverständlich. Diese verdammten Konzernschweine mit ihren Kampfhundestaffeln und ihren verrückten Zauberkräften.

Ich hustete stotternd und schaffte es, zu krächzen: „Mein Handy. Dr. Morton. Sag ihm ... Wir zahlen das Doppelte vom letzten Mal."

Da Jett keine Ahnung hatte, wie viel ich ihm damals gezahlt hatte, nahm er es einfach hin. Unsere finanzielle Situation war nicht gerade rosig, seit wir mehr Zeit damit verbracht hatten, Krieg zu führen, als uns um unsere Geschäfte zu kümmern. Doch wir würden es schaffen.

Die Geräusche um mich herum waren verstummt. Ich schielte an Jett vorbei und stellte fest, dass nur noch die Leute standen, die ich dort sehen wollte. Na ja, und das College-Mädchen, das in den Vorbesitzer von Ruins Körper verknallt war, doch soweit ich das beurteilen konnte, war sie im Moment auf unserer Seite.

Alle hatten sich zu mir umgedreht und starrten mich an. Jett wiederholte, was ich über den Arzt gesagt hatte – na ja, eigentlich war er ein Tierarzt. Aber das war auch eine Art Mediziner. Zumindest wusste er, wie alle Teile zusammengehörten, und darauf kam es an. Nox machte einen Schritt auf mich zu, bevor er zögerte.

„Ich weiß nicht, ob wir ihn bewegen sollten." Er schaute mich an. „Meinst *du*, wir können dich bewegen?"

Das sollte ich doch wissen, oder? Ich war der Besserwisser. Ich öffnete meinen Mund und schloss ihn wieder. Er war völlig ausgetrocknet. Ich dachte daran, wie Ruin auf dem Rücksitz von Lilys Auto gelegen hatte, wie das Blut aus seiner Wunde gespritzt war, die wir für geheilt gehalten hatten.

Aber hierzubleiben war auch keine gute Idee. Die Gauntts wussten jetzt, wo wir waren.

Natürlich sah es so aus, als lägen jetzt alle ihre verbliebenen Schläger tot auf dem Rasen. Konnten wir hoffen, dass wir sie endgültig ausgeschaltet hatten?

„Ich bin mir nicht sicher", sagte ich schließlich.

Nox verzog das Gesicht. Vielleicht weil er diese Worte noch nie aus meinem Mund gehört hatte. Möglicherweise beunruhigten sie ihn. Mich beunruhigten sie irgendwie auch.

„Ich hole ihn her", sagte er unvermittelt. „Lass ihn entscheiden. Die Gauntts haben noch nie zweimal hintereinander angegriffen. Und falls doch jemand auftaucht, wisst ihr, was ihr zu tun habt."

Jett reichte ihm mein Handy mit dem Kontakt. Nox

klemmte es sich zwischen Schulter und Ohr, während er zum Auto eilte, und der Künstler wandte sich Marisol zu. Zum ersten Mal fiel mir auf, dass ihr Arm schlaff herabhing und ihr Handgelenk unnatürlich zur Seite gedreht war. Das sah überhaupt nicht gut aus. Lily umarmte sie sanft, während ihre Schwester versuchte, die Tränen zurückzuhalten.

Ich war nicht der Einzige, den diese Mistkerle verletzt hatten. Ich verspürte den Drang, aufzustehen und das Problem mit all dem medizinischen Wissen anzugehen, das ich im Laufe meines Lebens gesammelt hatte. Doch die geringste Bewegung ließ den Schmerz von einem dumpfen Pochen zu einer stechenden Qual anschwellen. Ich biss die Zähne zusammen und fand mich damit ab, dass ich vorerst dort bleiben musste, wo ich war: an die Seite des Gebäudes gelehnt.

Peyton fuhr sich mit den Fingern durchs Haar und starrte fassungslos auf das Chaos um uns herum. „Oh mein Gott. Verdammt noch mal. So können wir das Haus nicht zurücklassen! Wie zur Hölle soll ich das erklären … Wenn sie herausfinden, dass ich hier eine Schießerei zugelassen habe …“

Ihre Stimme klang, als würde sie gleich hyperventilieren. Ruin warf Marisol einen besorgten Blick zu, schien aber zu dem Schluss zu kommen, dass seine Fähigkeiten bei Peyton im Moment sinnvoller eingesetzt werden konnten. Ein leichter Klaps auf ihren Arm beruhigte sie augenblicklich.

„Wir bringen das in Ordnung“, versprach er lächelnd. „Ich helfe dir.“

„Wir brauchen einen Lastwagen“, murmelte ich. „Legt alle Leichen auf einen Haufen, und dann … spritzt den Rasen ab. Und ruft Lamont an. Er wird sich darum kümmern.“

Ich war mir nicht sicher, ob meine Anweisungen schlüssig waren, aber Nox, der gerade ins Auto steigen wollte, hielt inne. „Du solltest in deinem Zustand keine Leichen schleppen“, sagte er zu Ruin. „Sonst brauchen wir den Doc auch noch für dich. Wir können froh sein, dass deine Eingeweide in dem Kampf nicht wieder aufgerissen sind.“ Mit einem frustrierten Knurren stapfte er zu unserem Sonnenschein und drückte ihm mein Handy mit der Adresse des Tierarztes in die Hand. „*Du* holst den Doc. Dann kannst du die meiste Zeit sitzen und ihm klarmachen, wie wichtig es ist, dass er schnell herkommt.“

Ruin nickte knapp und sprang ins Auto. Während er davonraste, zog Nox sein eigenes Handy heraus, vermutlich um Lamont anzurufen. Er brummte ein paar Anweisungen ins Telefon und machte sich dann daran, die Leichen zur Seite des Grundstücks neben Peytons Auto zu schleifen. Die Studentin erschauderte kurz, bevor sie sich dazu durchrang, ihm zu helfen, obwohl ihr die Abscheu ins Gesicht geschrieben stand.

Jett flüsterte Marisol etwas zu, während er sich mit offensichtlicher Sorgfalt um ihren Arm kümmerte. Ihr Kiefer war noch immer vor Schmerz verkrampft, aber ihr Gesichtsausdruck war hoffnungsvoller. Der Arzt sollte sie auch untersuchen, sobald er hier war.

Vielleicht nur sie. Ich wusste nicht, ob ich überhaupt so lange durchhalten würde. Der Schmerz pulsierte in unregelmäßigen Abständen durch meinen Körper, mit jedem Atemzug und jeder noch so kleinen Bewegung. Viele lebenswichtige Organe waren möglicherweise gequetscht, verletzt oder sogar durchbohrt worden.

Wenn ich jetzt ging, hatte ich wenigstens alle beschützt, die mir wichtig waren. Ich hatte Lily all die Zuneigung gezeigt, zu der ich fähig war. Ich würde sie in dem Wissen verlassen, wie viel sie mir bedeutet hatte. Mehr konnte ich nicht verlangen.

Und hey, vielleicht bekam ich ja noch einmal die Chance

zurückzukommen. Diesmal würde ich mir meinen neuen Körper sorgfältiger aussuchen, so viel war sicher. Keine aufdringlichen Familienmitglieder oder Arschloch-Freunde.

Ich schluckte und hustete. Mir war gar nicht aufgefallen, dass sie ins Haus gegangen war, aber einen Moment später kam Lily heraus und brachte mir ein Glas Wasser. Sie hielt es mir an die Lippen, damit ich trinken konnte.

Die kühle Flüssigkeit rann meine Kehle hinunter wie ein Schluck vom Paradies. Die Kugel hatte mich oberhalb des Magens getroffen, sodass ich mir zumindest keine Sorgen machen musste, dass das Stillen meines Durstes tödlich sein könnte.

Lily ließ mich so viel trinken, wie ich wollte. Dann stellte sie das Glas ab und berührte sanft meine Wange. Für ein paar Sekunden sah sie mich einfach nur an. Ihre Miene war angespannt.

„Es tut mir leid", sagte sie plötzlich.

Ich schaffte es, eine Augenbraue zu heben. Meine Stimme klang wieder etwas fester. „Wie bitte? Ich bin mir ziemlich sicher, dass *du* nicht auf mich geschossen hast. Das wäre auch schwierig ohne Waffe."

Lily warf mir einen bösen Blick zu und schaute über ihre Schulter zu ihrer Schwester. Als sie wieder mich ansah, war der Ausdruck in ihren Augen noch grimmiger.

„Ich war abgelenkt", sagte sie. „Hätte ich besser aufgepasst, hätte ich den Kerl rechtzeitig gesehen. Ich wollte Marisol beschützen. Vielleicht habe ich es ein bisschen übertrieben. Ich will einfach nicht … Ich will nicht, dass sie noch mehr Mist durchmachen muss, als sie bereits ertragen musste. Allerdings wollte ich auch nicht, dass du verletzt wirst, nur weil ich die Nerven verloren habe."

Der Schmerz in ihrer Stimme ließ mein Herz auf eine ganz andere Weise schmerzen. Ich schmiegte mein Gesicht an ihre Hand. „Du hast diese Gefahr nicht in unser Leben gebracht, nicht in das deiner Schwester und auch nicht in dein eigenes." Ich hielt inne und nahm einen angestrengten Atemzug, bevor ich fortfuhr und aussprach, was für mich völlig offensichtlich war. „Das ist alles die Schuld der Gauntts. Und du kannst sie nicht vor allem beschützen. Es wird Momente geben, in denen du nicht da sein kannst. Ist es nicht besser, wenn sie lernt, sich selbst zu verteidigen?"

Lily verzog das Gesicht. „Nur weil ich damit einverstanden war, dass Nox ihr das Schießen beibringt, heißt das nicht, dass ich will, dass sie diese Lektionen auch anwendet."

„Du wirst vielleicht keine andere Wahl haben", entgegnete ich so sanft wie möglich. „Aber auch das wird nicht deine Schuld sein. Ich glaube nicht, dass sie dir deswegen Vorwürfe machen wird."

„Nein." Lily stieß ein Lachen aus, das fast erschrocken klang. „Sie könnte mir sogar vorwerfen, dass ich mich eingemischt habe. Aber sie ist erst sechzehn."

Ich schaffte es nicht, mit den Schultern zu zucken. „Wir haben mit sechzehn schon angefangen, die Schädelbrecher aufzubauen. Wie sagt man so schön, – das Alter ist nur eine Zahl."

Lilys Augen verengten sich, aber sie widersprach mir nicht. Stattdessen ließ sie sich neben mir ins Gras sinken und fuhr sich mit der Hand über das Gesicht. „Sobald wir dich sicher transportieren können, brechen wir wieder auf. Ich weiß nicht, was wir als Nächstes tun sollen. Wie sollen wir sie besiegen? Je länger dieser Kampf dauert, desto schlimmer wird es."

„Uns gehen die Möglichkeiten aus", stimmte ich zu. „Und sie haben den Einsatz erhöht. Aber wir … haben immer noch eine Chance. Wir können sie besiegen. Wir schlagen ein letztes Mal mit allem zurück, was wir haben. Wir tun, was immer nötig ist …"

Ich wusste nur nicht, wie. Meine Gedanken wollten sich nicht zu einer kohärenten Strategie ordnen. Zu viel Schmerz kribbelte darin und drängte sie in seltsame Richtungen, statt sie wie sonst in geordnete Bahnen zu lenken.

Die Handlanger der Gauntts hatten mich nicht nur körperlich außer Gefecht gesetzt, sondern auch meine Fähigkeit beeinträchtigt, meinen Verstand für unsere Operationen zu nutzen.

Ein seltenes Aufflackern von Panik durchzuckte mich, doch ich unterdrückte es und konzentrierte mich ganz auf die Frau neben mir. Diese sanfte, kämpferische Frau, die so viel durchgestanden hatte.

„Du schaffst das", sagte ich zu ihr. „Du bist klug, und du hast etwas noch viel Wichtigeres."

Sie legte den Kopf schief. „Und das wäre?"

„Dein Verständnis. Du weißt, was die Opfer der Gauntts durchgemacht haben und wie es ist, wenn dein Leben von äußeren Kräften bestimmt wird. Du weißt, wie man die Kraft findet, sich gegen jemanden aufzulehnen, der viel größer ist als man selbst." Ich hustete, fand aber meine Stimme wieder. „Wir haben eine Armee von Leuten da draußen. Wir müssen nur den effektivsten Weg und den richtigen Zeitpunkt finden, um sie zuschlagen zu lassen … Und dafür sorgen, dass sie absolut entschlossen sind. Du kannst das."

Sie ließ den Kopf hängen. „Da bin ich mir nicht so sicher. Du bist doch derjenige, der immer weiß, wie man Leute in die richtige Richtung lenkt und jede Information als Druckmittel benutzt."

„Darum geht es hier nicht", erwiderte ich. „Es geht um … Verbindung. Du kannst das. Ich weiß nicht, ob ich es noch erleben werde, aber ich bin absolut sicher, dass du es schaffen wirst."

Ich konnte nicht sagen, ob meine Worte ausreichten,

aber Lily neigte leicht den Kopf, um mir zu verstehen zu geben, dass sie mich gehört hatte. Sie drückte meine Hand und suchte in meinem Gesicht nach Antworten, die ich selbst nicht finden konnte. „Danke", sagte sie.

Als sie aufstand, um nach ihrer Schwester zu sehen, sah ich ihr nach und hoffte inständig, dass ich ihr den Anstoß gegeben hatte, den sie brauchte, um das zu tun, was ich nicht mehr konnte.

dreiundzwanzig

Lily

„Wie fühlt es sich an?“, fragte ich Marisol, während ich ihren Arm untersuchte.

Sie hielt ihn vorsichtig in dem behelfsmäßigen Gips, den Jett aus etwas Erde geformt hatte. „Ich glaube, es geht. Jett meinte, es fühlte sich an, als wäre nur einer der größeren Knochen gebrochen und hat ihn versiegelt. Die Schmerzen sind nicht mehr so schlimm, es tut nur noch ein bisschen weh. Falls nötig, können wir den Gips aufbrechen, damit der Arzt es sich ansehen kann.“

Ich war mir nicht sicher, ob der Arzt, auf den wir uns verließen, genug Erfahrung mit dem menschlichen Knochenbau hatte, um subtilere Probleme zu erkennen, doch ich wusste, wie geschickt Jett inzwischen mit seinen Kräften war. Solange sie keine starken Schmerzen hatte, konnten wir warten, bis ich sie sicher in ein richtiges Krankenhaus bringen konnte.

Zu sehen, wie gelassen sie die Situation hinnahm, schmerzte fast genauso wie zu hören, wie der Knochen gebrochen war. Sie sollte nicht in einer Welt leben müssen, in der es normal war, sich mit Gangstern anzulegen und den Arm gebrochen zu bekommen.

Doch wie Kai gesagt hatte, war es nicht meine Entscheidung gewesen. Die Gauntts hatten uns in diese Situation gezwungen und mir die Schuld zu geben, würde nichts ändern.

Die anderen Dinge, die er gesagt hatte, hallten noch immer in meinem Kopf nach. Ich verstand besser als jeder Schädelbrecher, wie es war, von den Gauntts aus dem Leben gerissen zu werden. Ich wusste, wie es sich anfühlte, Zeit und Erinnerungen zu verlieren, die einem eigentlich gehören sollten, auch wenn es nicht ganz dasselbe war wie das, was die anderen Opfer erlebt hatten. Ich kannte die Frustration, wenn jemand anderes die Entscheidungen traf und einem die Kontrolle entriss.

Wir mussten unsere Verbündeten zusammentrommeln und diesen Krieg so schnell wie möglich beenden, bevor die Gauntts noch mehr zerstörten. Bevor sie beschlossen, dass ich meine Drohung nicht wahr machen konnte, und diese Kinder als Strafe für meinen Ungehorsam ermordeten. Und vielleicht gab es niemand Besseren als mich, um herauszufinden, wie man sie aufhalten konnte.

Ich hatte den Jungs in diesem Konflikt so oft die Führung überlassen, weil ich dachte, dass es mehr ihre Welt war als meine. Es hatte mich nicht gestört, hauptsächlich als Unterstützung zu dienen. Dabei war der Kampf gegen die Gauntts eigentlich mehr meiner als ihrer. Es war mein Leben und das meiner Schwester, das diese Familie von Arschlöchern absichtlich ruiniert hatte. Ich glaubte nicht, dass sie überhaupt von den Morden an den Schädelbrechern gewusst hatten. Das Skeleton Corps hatte sich lediglich um seine Angelegenheiten gekümmert.

Und vielleicht ging es gar nicht darum, den perfekten Plan zu finden, sondern darum, endlich den Mut aufzubringen, das auszusprechen, was gesagt werden musste, um den offensichtlichsten Plan einfach durchzuziehen.

Nox und Peyton waren immer noch damit beschäftigt, Leichen auf den wachsenden Haufen zu stapeln, und Kai hatte die Augen geschlossen, während er sich ausruhte. Ruin hatte ihm sowieso sein Handy abgenommen. Ich ging zu Jett hinüber, der gerade nichts zu tun hatte, während er sich von seinen Heilversuchen erholte, die ihn offenbar viel Energie gekostet hatten.

„Du hast doch Parkers Telefonnummer, oder?", fragte ich.

Er musterte mich, während er sein Handy herauszog. „Ja. Warum?"

„Ich glaube nicht, dass wir das noch länger laufen lassen können. Und wenn wir gegen die Gauntts vorgehen wollen, müssen wir zuerst ihre Soldaten ausschalten. Ich muss sehen, ob ich unsere Leute im Inneren dazu bringen kann, den letzten Schritt zu tun."

Jett nickte und zeigte mir die Nummer. Er widersprach nicht und schlug auch nicht vor, dass er oder einer der anderen es stattdessen tun sollte. Mir war immer noch etwas mulmig zumute, aber seine Unbekümmertheit beruhigte meine Nerven ein wenig.

Ich tippte die Nummer in mein Handy ein und hielt es mir ans Ohr. Ich war mir nicht sicher, ob Parker rangehen würde, da er sich in gefährlicher Gesellschaft befinden könnte, doch nach dem zweiten Klingeln nahm er ab. „Hallo?"

„Hey", sagte ich. „Hier ist Lily. Von … Du weißt schon."

Bevor ich weitersprechen konnte, stöhnte er auf. „Es tut mir so leid … Ich habe gerade erst von den Typen gehört, die sie auf euch angesetzt haben. Es waren Leute, mit denen ich nicht viel zu tun habe. Geht es allen gut?"

Es überraschte mich nicht, dass er nicht sofort über alles informiert wurde. Er arbeitete unter einem der ranghöchsten Männer des Skeleton Corps, doch die einzelnen Einheiten waren stark voneinander getrennt und es gab wenig Kommunikation zwischen ihnen, damit es für Außenstehende schwerer war, der Gang zu schaden. Irgendwie war es eine Erleichterung, die Sorge in Parkers Stimme zu hören.

Andererseits hatte er sich schon gegen seine Bosse aufgelehnt, als er sich zum ersten Mal gegen die Schädelbrecher gewandt hatte. Und die Erkenntnis, welche Machenschaften seine Bosse unterstützten, hatte seine Entschlossenheit nur noch verstärkt.

Aber würde das ausreichen, damit er sich offen gegen sie stellte?

Ich blickte zu Kai und überlegte, wie ich Parkers Frage beantworten sollte. Genau in diesem Moment fuhr unser neuer Wagen vor, mit Ruin am Steuer. Er führte den Mann hinaus, der ihn zuvor zusammengeflickt hatte. Ein weiterer Anflug von Erleichterung durchströmte mich.

„Sie haben uns ziemlich heftig erwischt, aber wir haben es alle überlebt", sagte ich und betete im Stillen, dass meine Aussage wahr blieb. „Die Gauntts haben allerdings noch mehr Drohungen ausgesprochen. Ich glaube nicht, dass uns noch viel Zeit bleibt, wenn wir nicht wollen, dass überall in der Stadt Kinder sterben. Und es wird fast unmöglich für uns, uns von ihnen fernzuhalten. Wir müssen alle Register ziehen, um sie zuerst auszuschalten."

Parkers Stimme wurde vorsichtiger. „Woran hast du gedacht?"

Ich holte tief Luft. „Du und deine Freunde sind unsere Geheimwaffe. Die Gauntts haben uns hauptsächlich durch ihre Drohungen und die ständigen Angriffe der Skeleton-Corps-Typen in die Enge getrieben. Ich denke, wir müssen die Führung des Corps komplett stürzen, die Verbindung der Bande zu den Gauntts kappen – und dann können wir sie direkt angreifen. Vielleicht können wir sogar einige der niederrangigen Mitglieder überzeugen, sich der Revolte anzuschließen.“

Einen Moment lang herrschte Stille, dann hörte ich das Rascheln von Stoff, als Parker seine Position änderte. „Ich weiß nicht ... Du hattest noch nie mit diesen Typen zu tun. Ein falscher Schritt und ...“

Ich nahm all meine Entschlossenheit zusammen. „Und was dann? Werden sie zurückschlagen? Was könnte schlimmer sein, als weiterhin die Drecksarbeit für die Familie zu erledigen, die dich all die Jahre ausgenutzt hat? Willst du nicht endlich dein *eigenes* Leben führen?“

„Natürlich will ich das“, erklärte er. „Leider ist das nicht so einfach.“

„Das weiß ich.“ Ich schloss meine Augen und sortierte meine Gedanken. „Hör zu – die Gauntts haben mich sieben Jahre lang in einer Psychiatrie weggesperrt. Ich habe ein Drittel meiner Kindheit verloren, als hätte es nie existiert. Dir haben sie das Gefühl von Sicherheit genommen und die Möglichkeit, über dein eigenes Leben zu entscheiden. Das haben sie Hunderten Menschen angetan. Das heißt, wir sind nicht allein. Wir stecken da gemeinsam drin. Wir sind verdammt viele – viel mehr als sie. Wir müssen uns nicht mehr von ihnen terrorisieren und in die Opferrolle zwingen lassen. Wir können uns die Kontrolle zurückholen, die sie uns genommen haben.“

Ich war mir nicht sicher gewesen, was ich genau sagen würde, bis die Worte aus mir heraussprudelten, doch sie fühlten sich richtig an. Sie hallten in meiner Brust wider und rollten über meine Zunge, und irgendetwas daran musste auch Parker auf die richtige Weise berührt haben.

Er seufzte. „Ich will nicht, dass diese Kinder noch mehr leiden. Ich will nicht länger von Leuten herumkommandiert werden, die diese Perversen unterstützen. Wenn ihr wirklich auf unserer Seite steht …"

„Das tun wir", antwortete ich, und plötzlich kam mir eine Idee in den Sinn. „Und *du* kannst sofort die Kontrolle übernehmen. Du gibst die Befehle. Besprich mit den anderen, wann der beste Zeitpunkt für einen Angriff ist, sag uns wann und wo, und wir werden sofort da sein, um euch zu unterstützen. Wir wissen, dass du diesen Krieg genauso gewinnen willst wie wir. Wir legen unser Leben in deine Hände."

Ein Hauch von Ehrfurcht lag in Parkers Stimme. „Okay. Alles klar. Ich denke, wir können ziemlich schnell etwas auf die Beine stellen. Bei all dem, was hier los ist, kann ich die Bosse wahrscheinlich davon überzeugen, noch heute ein Meeting einzuberufen. Ich melde mich bald wieder."

Er legte auf, und ich eilte hinüber, um herauszufinden, was der Tierarzt über Kais derzeitigen Zustand zu sagen hatte.

Der Mann hockte vor Kai, der die Augen geöffnet hatte und auf die Worte des Arztes hin nickte. Seine Augen sahen trübe aus, aber zumindest war er bei Bewusstsein und in der Lage, sich an einem Gespräch zu beteiligen. Sein Herz schlug schneller, als der Arzt Kais Hemd zurückschob, um die Wunde zu untersuchen, die Jett verschlossen hatte.

Er schnaubte und schüttelte den Kopf. „Ich habe keine Ahnung, was für seltsame Kräfte ihr besitzt. So etwas habe ich noch nie gesehen." Er hielt sein Stethoskop erst an Kais Brust, dann an seinen Rücken und sagte ihm, er solle tief durchatmen. Anschließend schnalzte er ein paar Mal mit der

Zunge, als könne er mit seiner Missbilligung Wunden heilen.

„Es scheint nichts Lebensbedrohliches zu sein, aber er braucht dringend Flüssigkeit und Ruhe. Und es wäre gut, wenn er irgendwo beobachtet werden könnte, wo es medizinische Geräte gibt, falls sich sein Zustand verschlechtert. Und wenn ich ihn röntgen könnte, wären wir noch sicherer."

„Wir müssen sowieso von hier verschwinden", sagte Nox und hob den Kopf. Ein kleiner Lastwagen rumpelte gerade über die Zufahrtsstraße auf uns zu. „Und da ist unser Aufräumtrupp. Perfekt."

Den Rekruten, der den Lastwagen fuhr, als „Truppe" zu bezeichnen, schien etwas übertrieben, aber er packte sofort mit an. Gemeinsam mit Nox, Jett und Peyton lud er die Leichen von dem Haufen im Gras auf die Ladefläche des Lastwagens. Der Arzt wandte den Blick ab und schnalzte wieder leise mit der Zunge. Wenn regelmäßig Gangster zu seinen Patienten zählten, hatte er sicher schon viele Leichen gesehen, die er nicht mehr zusammenflicken konnte.

Ich schnappte mir den Gartenschlauch und spülte das Blut in den See, während ich mich im Stillen bei ihm entschuldigte, ihn in diese Gewalt hineingezogen zu haben. Ich hatte keine Ahnung, was wir mit den zerbrochenen Fenstern machen sollten, aber dieses Problem schien mir weit weniger dringend als all die anderen, die uns im Nacken saßen. Gerade als der letzte Körper mit einem dumpfen Aufprall auf der Ladefläche landete, klingelte mein Handy. Es war Parker. Ich hielt mir das Telefon ans Ohr. „Hey. Gibt's was Neues?"

„Ja", sagte er ein wenig atemlos, aber unverkennbar entschlossen. „Wir haben alles in die Wege geleitet. Es wird ein Treffen geben, bei dem wir alle anwesend sein werden. Wenn wir von innen zuschlagen und ihr gleichzeitig von außen angreift, denke ich, dass wir sie zu Fall bringen können. Es sind kaum noch Leute als Wachen übrig. Seid einfach um fünf Uhr bei der Castle Top Bakery. Wartet, bis der Zuckerguss am Fenster ist."

„Das kriegen wir hin", antwortete ich, auch wenn ich mir nicht sicher war, was ich von seiner merkwürdigen letzten Anweisung halten sollte. Doch bevor ich fragen konnte, legte er auf.

„Was ist los?", fragte Nox, der neben dem Lastwagen stand.

„Wir werden die restlichen Bosse des Skeleton Corps ausschalten", verkündete ich. „Und dann nehmen wir uns die Gauntts vor."

In einem schnellen Hin und Her erklärte ich, was ich Parker gesagt hatte und welche Anweisungen er uns gegeben hatte. Nox wippte auf seinen Fersen, während er zuhörte.

Ruin hüpfte mit seinem typischen Enthusiasmus auf und ab. „Wir machen sie platt, oder?"

„Wir können sie nicht hängen lassen", erklärte ich. „Ich habe ihnen gesagt, dass wir kommen."

Nox rieb sich den Kiefer. „Bist du sicher, dass wir ihnen trauen können?"

Das war die große Frage, nicht wahr? Doch ich kannte die Antwort bereits. Sonst hätte ich mich nicht an Parker gewandt.

Ich nickte. „Er ist von Anfang an zu uns gekommen. Er hat sein Leben in unsere Hände gelegt, indem er sich damals gegen seine Chefs gestellt und *uns* vertraut hat, dass wir das Richtige tun und ihm seine Erinnerungen zurückgeben würden. Dass wir ihn nicht hintergehen würden. Er und die anderen, die er zu uns gebracht hat, wissen, wie furchtbar die Gauntts sind. Wir müssen ihnen jetzt helfen. Das ist unsere beste Chance, den Einfluss der Gauntts zu brechen und sie genug zu schwächen, um sie ein für alle Mal aufzuhalten."

„Gut", sagte Nox, und mein Herz schwoll vor Liebe an. Er hatte es wirklich ernst gemeint, als er mich als ein Mitglied der Schädelbrecher bezeichnet hatte, – so sehr vertraute er *meinem* Wort.

Er deutete auf den Rekruten. „Der Arzt und Kai werden dich begleiten. Er wird dir sagen, wo du sie absetzen sollst. Lass den Laster an der vereinbarten Stelle stehen und komm zu uns in die Konditorei." Er wandte sich an Peyton. „Freunde vom College werden nicht viel Widerstand leisten, wenn wir *ihnen* überhaupt noch trauen können."

Sie schlang die Arme um sich. „Ich bin hergekommen, um zu helfen, weil ich euch dieses Versteck besorgt habe, aber ich werde mich ganz sicher nicht kopfüber in einen weiteren Bandenkrieg stürzen. Ich weiß nicht, wie es bei den anderen aussieht, aber es würde mich wundern, wenn Fergus der Einzige wäre, den die Gauntts unter Druck gesetzt haben."

„Wir wissen es zu schätzen, dass du überhaupt hergekommen bist", sagte ich.

Sie fing meinen Blick auf und neigte leicht den Kopf, was sich wie die erste wirklich respektvolle Anerkennung anfühlte, die sie mir seit Beginn dieses ganzen Wahnsinns entgegenbrachte. Vielleicht war es sogar so etwas wie Freundschaft.

„Schon gut", sagte Nox und deutete auf Marisol. „Kannst du die Kleine mitnehmen, nur um …"

„Moment mal." Meine Schwester trat vor und unterbrach ihn. „Ich bin keine Kleine, und ich will nicht zurückgelassen werden. *Ich* kann kämpfen."

Mein Magen verkrampfte sich. „Mare …"

Sie schüttelte den Kopf und begegnete meinem Blick. „Ich habe immer noch meinen guten Arm. Ich kann immer noch eine Waffe abfeuern. Es ist auch mein Kampf, vielleicht sogar mehr als deiner."

Jede Faser meines Körpers schrie danach, ihr zu widersprechen, sie mit aller Kraft davon abzuhalten. Aber konnte ich das überhaupt? Und sollte ich es?

Die Schädelbrecher hatten mich auf jede erdenkliche Weise beschützen wollen, aber ich hatte darauf bestanden, an ihrer Seite zu kämpfen. Und zwar aus genau den Gründen, die Marisol genannt hatte. Weil ich es konnte, und weil es auch mein Kampf war.

Ich hatte versucht, sie vor so vielem zu beschützen. Ich hatte mich ihr in den Weg gestellt, als sie mit ihrer Missbrauchsgeschichte an die Öffentlichkeit gehen wollte. Ich hatte eingegriffen, als sie diesen Typen erschießen wollte – und sie war trotzdem verletzt worden.

Ich konnte sie nicht vor allen Gefahren beschützen, und irgendwann musste ich sie in die Welt entlassen. Sie hatte ohnehin viel zu früh erwachsen werden müssen, und zwar auf eine Art und Weise, wie ich es keinem sechzehnjährigen Mädchen wünschen würde. Hatte sie es nicht genauso verdient, ein wenig Kontrolle über ihr Leben zurückzugewinnen?

Nach kurzem Zögern schluckte ich. „Okay. Du kannst mit uns kommen. Aber du bist verletzt und hast keine Kräfte, also bleibst du in den hinteren Reihen, wo wir dich etwas besser beschützen können, okay?"

Sie grinste mich an, als hätte ich ihr eine epische Geburtstagsparty erlaubt. „Abgemacht."

„Dann kann es ja losgehen", erklärte Nox. „Setzt euch in Bewegung und lasst uns diese Mistkerle so tief in den Abgrund ziehen, dass sie mit dem Teufel zu Abend essen können."

vierundzwanzig

Lily

Ich wettete darauf, dass mindestens ein Mitglied der Skeleton-Corps-Führung eine Vorliebe für Süßigkeiten hatte, da sie ihre Treffen gewöhnlich in Eisdielen und Konditoreien abhielten.

Castle Top sah definitiv nach einem leckeren Treffpunkt aus. Auf dem Schild war eine Schokoladentorte in Form eines Schlosses abgebildet, und die Frontscheibe war mit kunstvollen Gebäckmustern verziert. Definitiv kein typisches Gangster-Ambiente.

An der Tür hing ein Schild mit der Aufschrift GESCHLOSSEN, und die rosa getönte Scheibe war abgedunkelt und doppelt verspiegelt, sodass wir mehr von der Straße hinter uns sehen konnten als von dem, was drinnen vor sich ging.

Wir saßen in unserem Auto, nur ein paar Häuser weiter auf der anderen Straßenseite, die Augen auf das breite Fenster gerichtet. Die Anspannung in meiner Brust vibrierte im Einklang mit dem Summen meiner übernatürlichen Energie. Meine Gedanken kehrten immer wieder zu den Bildern unseres Kampfes im Haus von Peytons Familie zurück – Kai, der zusammenbrach, Marisols Arm, der knackte.

War Kai wirklich sicher dort, wo der Arzt ihn zur genaueren Untersuchung hingebracht hatte? Ich nahm an, dass er dort auf jeden Fall sicherer war, als er es hier gewesen wäre.

Meine Schwester rutschte auf dem Rücksitz zwischen Ruin und Jett hin und her. Sie hielt die Waffe, die Nox ihr gegeben hatte, in der Hand. Sie war bereit, zuzuschlagen, wenn sie es taten. Als ich sie im Rückspiegel betrachtete, bildete sich ein Kloß in meiner Kehle.

Diesmal würde ich nicht eingreifen, wenn sie sich verteidigen wollte. Ich wusste nicht, welche noch schlimmeren Konsequenzen ich möglicherweise nicht verhindern konnte, wenn ich versuchte, sie vor den Gefahren zu bewahren, die sie bereit war, auf sich zu nehmen. Das bedeutete allerdings nicht, dass es mir leicht fiel.

Nox starrte durch die Windschutzscheibe, wie die Ruhe vor dem Sturm, schweigend und bedrohlich. „Wehe, sie verarschen uns so wie das Skeleton Corps beim letzten Mal."

„Wir wissen, *warum* die Bosse uns verraten haben", erinnerte ich ihn. „Sie haben herausgefunden, dass wir es auf die Gauntts abgesehen haben, und wollten ihre finanzielle Unterstützung nicht verlieren. Sie haben sogar einen ihrer eigenen Bosse verraten. Diese Typen haben keinen Grund dazu."

„Abgesehen davon, dass sie nicht sterben wollen", warf Jett ein.

„Ich bin mir ziemlich sicher, dass sie sich dieses Risikos bewusst waren, als sie sich einer Gang angeschlossen haben", sagte Marisol mit ihrer schnippischen Teenager-Attitüde. Ich konnte nicht anders, als ihre Widerstandskraft zu bewundern. Und sie hatte nicht ganz unrecht.

„Wir mähen sie alle nieder, richtig?" Ruin rieb sich die Hände. „Alle Bosse. Nach dem letzten Mal kann man keinem von ihnen mehr trauen."

Ich nickte. „Sie sind diejenigen, die den Deal mit den Gauntts eingegangen sind und die ihre Befehle ausführen. Wenn die Bosse weg sind, könnte das Skeleton Corps auseinanderbrechen ... oder vielleicht werden Parker und seine Leute aktiv und ändern ihren Kurs. Vielleicht finden die Gauntts irgendwann neue Anführer, die mit ihnen zusammenarbeiten, aber nicht sofort. Zumindest werden sie für eine Weile im Chaos versinken."

Ein grausames Lächeln huschte über Nox' Gesicht. „Und dabei schneiden wir ihnen die Beine ab und zerlegen sie in so viele Stücke, wie wir wollen."

Jett grunzte. „Wir sollten nichts überstürzen. Wir haben uns noch nicht einmal mit dem Skeleton Corps befasst."

Ein lautes Krachen ertönte aus der Konditorei, und wir erstarrten auf unseren Sitzen. Meine Hand schnellte zum Türgriff.

Mit einem cremigen Platschen landete ein riesiger, faustgroßer Klumpen Zuckerguss am Fenster, direkt unter dem Bild eines Churros, sodass es aussah wie Eier an einem Gebäckpenis.

„Das ist unser Zeichen", rief ich und stieß die Tür auf.

Wir rannten über die Straße, als aus dem Inneren der Konditorei ein weiteres Klopfen und Krachen zu hören war. Nox warf sich gegen die verschlossene Tür, und ein elektrisches Knistern vibrierte durch den Rahmen, als er das Schloss mit einer Kombination aus physischer und magischer Kraft knackte.

Wir stürmten hinein und rutschten beinahe auf der klebrigen Mischung aus Zuckerguss und zerdrücktem Teig aus, die den Boden bedeckte. Unsere drei Verbündeten bewachten wie versprochen die Rückseite des Gebäudes und hinderten die drei verbliebenen Anführer des Skeleton Corps und ihre wenigen Handlanger an der Flucht. Einige dieser Männer und einer der Anführer lagen bereits mit dem Gesicht nach unten auf dem Boden. Sie waren mit Kuchen- und Gebäckstücken übersät, sodass man meinen könnte, sie seien an einer Überdosis Dessert gestorben, wären da nicht die Blutlachen, die sich in der süßen Masse ausbreiteten.

Die anderen Mitglieder des Skeleton Corps hatten sich hinter die Verkaufstheke geflüchtet, die sich über die gesamte Länge des Raumes erstreckte. Auch die meisten Torten, Kuchen und anderen süßen Köstlichkeiten hinter der Glasscheibe waren dem Kampf zum Opfer gefallen. Die Vitrine war zersplittert, und mehrere Torten waren regelrecht zerfetzt worden, als hätte jemand mit einem persönlichen Groll gegen Gluten den Laden gestürmt.

Die letzten beiden Bosse und ihre Lakaien hatten sich geduckt zur Tür geschlichen, wohl in der Hoffnung, unbemerkt zu entkommen. Ihre Haare waren mit Glassplittern und bunten Zuckerstreuseln übersät, als hätte ihnen jemand eine postmoderne Cupcake-Glasur verpasst.

Unsere Ankunft schnitt ihnen den Fluchtweg ab, worüber sie nicht sehr erfreut waren. Ich hatte kaum Zeit, die süßliche Luft einzuatmen, als sie auch schon ihre Waffen erhoben, um uns die Köpfe wegzublasen.

Die Energie in mir griff instinktiv nach den flüssigsten Gegenständen im Raum. Kuchen mit Geleefüllung, die dem ersten Massaker entgangen waren, kippten von ihren Ständern und klatschten den Männern ins Gesicht, sodass sie nicht mehr zielen konnten. Während sie sich hektisch das Gesicht abwischten, um ihre Augen von dem Zeug zu befreien, kamen wir näher.

Mit einem Energiestoß schleuderte Nox die Kasse neben

dem Tresen gegen den Kopf eines der Männer. Ruin rutschte zielstrebig über den glatten Boden auf unsere Verbündeten zu und feuerte dabei Kugeln ab. Ein paar weitere Kekse mussten dran glauben. Die Typen von Skeleton Corps duckten sich noch immer hinter den Tresen.

„Waffenstillstand!", schrie einer der Anführer. „Waffenstillstand! Wir müssen das nicht so regeln."

„Ach, nein?", knurrte Nox. „Was schlägst du dann vor?"

„Wir waren schon einmal Verbündete. Wir könnten unsere Kräfte wieder vereinen."

Der Anführer der Schädelbrecher schnaubte. „Das Einzige, womit ihr euch ‚verbündet' habt, war der Versuch, uns zurück ins Grab zu schicken. Wir wissen, wer eure Fäden in der Hand hält. Wir machen keine Deals mit Schoßhündchen."

„Es hat keinen Sinn, weiterhin für sie zu kämpfen, wenn sie nicht hinter uns stehen", fügte der andere Boss hinzu. „Profitiert ihr nicht mehr davon, uns auf eurer Seite zu haben, anstatt uns tot zu sehen?"

„Warum sollten wir darauf vertrauen, dass *ihr* auf *unserer* Seite steht?", fragte ich und trat einen Schritt vor. Ich konnte den rasenden Puls des Mannes in seinen Adern spüren. Seine Angst war berechtigt, doch das garantierte nicht mehr als eine vorübergehende Loyalität.

Ich fixierte ihn mit meinem Blick. „Ihr habt euch immer nur den Gauntts unterworfen. Nicht einmal eure eigenen Leute habt ihr beschützt! Ihr habt einen von ihnen verraten, als ihm klar wurde, dass die Leute, denen ihr gehorcht, kranke Bastarde sind. Euch war scheißegal, was sie euren Männern antun könnten. Was glaubt ihr, warum genau diese Männer sich jetzt gegen euch wenden?"

Mit einer ausladenden Geste deutete ich auf unsere drei Verbündeten, die zustimmend nickten.

„Ihr habt uns auf zu viele verdammte Arten und zu oft

verraten, als dass wir euch auch nur ein Wort glauben könnten", schnauzte Parker.

Ich richtete meinen Blick auf die Männer, die sich um ihre Bosse duckten. „Die, die das Sagen haben, haben beschissene Entscheidungen getroffen. Wer von euch ihnen den Rücken kehren und sich uns anschließen will, ist willkommen. Aber diese beiden hier werden dafür bezahlen, dass sie den Gauntts geholfen haben, diese Stadt zu terrorisieren."

Fünf Lakaien standen immer noch um die Bosse herum. Sie warfen sich unsichere Blicke zu und schielten nervös zu ihren Vorgesetzten.

„Wagt es ja nicht, verdammt noch mal", knurrte einer der Bosse, doch sein Drohversuch bewirkte eher das Gegenteil von dem, was er beabsichtigt hatte. Die Mienen der Untergebenen verhärteten sich. Alle fünf Männer machten sich aus dem Staub.

„Ihr gottverdammten Verräter!", schrie der andere Boss und eröffnete das Feuer auf die Männer, die über den mit Glassplittern übersäten Tresen sprangen. Die ehemaligen Lakaien eilten aus der Schusslinie, und in derselben Sekunde prasselte von unserer Seite ein Kugelhagel auf die Bosse nieder, die in den Fächern unter der Theke Schutz suchten.

Sie hatten keinen Ausweg mehr, aber das war ihre eigene Schuld. Alles wäre anders gekommen, wenn sie damals auf ihren Kollegen gehört hätten, der die Gefährlichkeit der Gauntts erkannt und sich schon vor Wochen unserem Kampf gegen sie angeschlossen hatte.

Vielleicht hätten wir die Familie schon viel früher zu Fall bringen können. Vielleicht wären die Kinder nie krank geworden. Vielleicht hätte Nolan Junior nicht sein Leben lassen müssen, um seinem Adoptivgroßvater einen neuen Körper zu geben. Wir hatten zwar viel Gewalt ausgeübt, doch das Schlimmste lastete auf ihrem Gewissen, nicht auf unserem.

Als meine Männer und unsere Verbündeten sich näherten, um das endgültige Urteil zu vollstrecken, inszenierte einer der Lakaien, die das Schiff verlassen hatten, eine umgekehrte Meuterei. Vielleicht glaubte er, dass seine Bosse doch noch die Oberhand gewinnen könnten und er sich einen Platz an ihrer Seite sichern würde, wenn er ihnen den Sieg verschaffte. Vielleicht war er auch einfach nur zutiefst beleidigt über die rücksichtslose Zerstörung von Kuchen. Was auch immer ihn antrieb, er stürzte sich auf Nox und zog seine Waffe.

Bevor ich meine übernatürlichen Kräfte auf ihn richten konnte, stieß Marisol einen Schrei aus, der mit einem donnernden Knall verschmolz. Eine Kugel schlug seitlich in den Schädel des Mannes ein und brachte ihn zu Fall, bevor er selbst einen Schuss abfeuern konnte.

Meine Schwester sog scharf die Luft ein, und ihr Blick wanderte von dem leblosen Körper zu der Waffe, die sie mit ihren beiden zitternden Händen umklammerte. Dann sah sie mich an. Ihr Gesicht war blass, aber ihre Miene entschlossen.

„Er war einer von denen, die den Gauntts geholfen haben, mich von dir fernzuhalten", krächzte sie mit rauer Stimme. „Ich habe ihn aus den Erinnerungsfetzen erkannt. Er hat mich ausgelacht und fand es witzig, mich anzuspucken und herumzuschubsen, ohne dass ich mich wehren konnte …" Ihr Blick kehrte zu dem Toten zurück.

Ein Kloß bildete sich in meiner Kehle, aber ich lächelte sie trotzdem an. „Ich weiß, was du meinst."

Nox drehte sich zu den übrigen Handlangern um, die sich uns angeschlossen hatte. „Hat sonst noch jemand Lust, für Arschlöcher, die sich einen Dreck um euch scheren, in einen sinnlosen Kampf zu ziehen? Nein? Gut."

Die Männer zogen sich weiter zurück. Einige warfen

sogar ihre Waffen weg, um ihre guten Absichten noch deutlicher zu machen. Nox gab den anderen Schädelbrechern und unseren Verbündeten ein Zeichen. Sie gingen zu den Enden der Theke und positionierten sich so, dass die Bosse sie nicht ins Visier nehmen konnten. Dann stürmte Nox auf die Ladentheke zu und schwang beide Fäuste gleichzeitig.

Die Energie, die er mit seinen Schlägen freisetzte, durchschlug das Holz und die Männer stürzten aus ihren Verstecken. Im selben Augenblick traten unsere Leute in Aktion. Kugeln zerfetzten den Boden und durchbohrten die beiden überraschten Gestalten von beiden Seiten. Innerhalb von Sekunden waren die letzten Bosse des Skeleton Corps so löchrig wie eine Schachtel Donuts.

Ruin hob seine Waffe und stieß einen Siegesschrei aus. Parker entwich ein überraschtes, beinahe erleichtertes Lachen. Wir sahen uns an, und ein Gefühl des endgültigen Sieges breitete sich in uns aus, doch dann erbebten die Wände der Konditorei.

Wir drehten uns um. „Was zum Teufel?", fragte Jett.

Mein erster Gedanke war, dass wir im unpassendsten Moment von einem Erdbeben überrascht wurden. Doch als das Gebäude weiter knarrte und vibrierte, bemerkte ich einen vertrauten, schicken Wagen, der auf der anderen Straßenseite angehalten hatte. Die Insassen waren hinter getönten Scheiben verborgen, doch ich war mir absolut sicher, wer sie waren.

„Die Gauntts sind da", stieß ich mit rauer Stimme hervor.

fünfundzwanzig

Lily

Ruin sprang zum Fenster der Konditorei, um einen Blick hinauszuwerfen. „Das ist doch gut, oder? Wir wollten sie in die Luft jagen, jetzt können wir es."

Ich wünschte, ich könnte seinen Optimismus teilen, doch das Ächzen des Gebäudefundaments und die sich ausbreitenden Risse in der Decke dämpften mein Siegesgefühl.

„Im Gegensatz zu ihnen haben wir einen Teil unserer Kräfte verbraucht", gab ich zu bedenken. „Und wenn wir nicht aufpassen, werden sie mit *ihren* Kräften das ganze Gebäude über uns zum Einsturz bringen."

Ich versuchte, mein Bewusstsein über die Straße und durch das Auto zu lenken, aber das Beben des Gebäudes und das Fehlen jeglicher visueller Anhaltspunkte machten es mir unmöglich, mich auf einen einzelnen Puls zu konzentrieren.

Die Risse über mir wurden immer größer. Ich hatte keine Zeit, mich zu sammeln.

„Wir müssen hier weg, bevor wir begraben werden", schrie ich und zerrte Marisol zur Hintertür.

Die Männer rannten alle mit uns mit: die Schädelbrecher, unsere ursprünglichen Verbündeten vom Skeleton Corps, und die vier Handlanger, die sich uns angeschlossen hatten, weil ihnen klar geworden war, dass ihre Bosse untergehen würden. Früher hatten wir auf gegnerischen Seiten gestanden, doch jetzt vereinte uns ein gemeinsames Ziel: zu überleben. Es lag eine gewisse Harmonie in dem dumpfen Aufprall unserer rennenden Schritte und dem heiseren Keuchen unseres Atems, als einer von uns die Tür für den Rest von uns aufstieß, ein anderer uns gegen eine bebende Wand winkte und ein dritter uns in die Gasse dahinter zog.

Es ging nicht nur ums Überleben, oder? Es ging um Freiheit. Freiheit von den Arschlöchern und Scheißkerlen, die *uns* kleinhalten und für ihre eigenen Zwecke missbrauchen wollten. Die von uns Gehorsam verlangt hatten, ohne im Gegenzug Loyalität zu bieten.

Und ich hatte dazu beigetragen, diese Harmonie herzustellen. Ich hatte die Träger der Male aufgeweckt. Ich war zu ihnen und den anderen Lakaien durchgedrungen und hatte sie überzeugt, sich von ihren Bossen loszusagen.

Während wir durch die Gasse eilten und die ersten dumpfen Schläge der einstürzenden Konditorei hörten, blühte in meinem Kopf eine Idee auf, die sich langsam wie eine Blüte entfaltete.

Wir mussten die Gauntts aufhalten, aber allein würden wir es nicht schaffen. Genauso wenig wie wir es zu sechst mit der Führung des Skeleton Corps aufnehmen konnten. Ich wusste genau, welche Verbündeten wir jetzt brauchten. Wenn es mir gelungen war, die Gangmitglieder zu ermutigen, die versucht hatten, uns zu erschießen, dann würde mir das sicher auch bei den Leuten gelingen, an die ich mich als Nächstes wenden würde.

Am Ende der Gasse blieb ich stehen und beobachtete die Straße dahinter, für den Fall, dass die Gauntts auftauchten und einen weiteren Angriff starteten.

„Wir haben ihnen Angst eingejagt. Sie sind verzweifelt", stieß ich zwischen keuchenden Atemzügen hervor. „Sie sind das Risiko eingegangen, hierherzukommen, um uns anzugreifen. Ich glaube nicht, dass wir eine Chance haben, wenn wir ihnen hier gegenübertreten, aber ich denke, wir könnten sie in eine andere Art von Falle locken."

Ruin grinste und schlug begeistert mit der Faust in die Luft. „Also gut. Wir zeigen ihnen, wer hier das Sagen hat."

Ich hoffte, dass ich das durchziehen konnte. Ich griff nach meinem Handy und wählte Peytons Nummer.

„Was jetzt?", fragte sie, als sie abnahm, und ihr leicht genervter Ton wurde sofort von einer besorgten Frage abgelöst, die sie nicht zurückhalten konnte. „Geht es euch allen gut?"

Meine Lippen zuckten amüsiert, aber ich kam direkt zur Sache. „Für den Moment ja. Ich möchte, dass du eine Nachricht überbringst. Sag all den Leuten vom College Bescheid, deren Male ich beseitigt und deren Erinnerungen ich freigesetzt habe. Mindestens einer von ihnen wird den Gauntts Bericht erstatten."

Peyton horchte sofort auf. „Wie lautet die Nachricht?"

„Sag ihnen, dass wir einen Weg gefunden haben, die Energiequelle der Gauntts zu zerstören. Wir gehen jetzt in den Sumpf, damit sich niemand, der verletzt wurde, noch lange Sorgen machen muss."

Sie atmete scharf ein. „Ist das dein Ernst? Wenn ja, warum …"

„Es ist kompliziert", sagte ich. „Aber es wird

funktionieren, wenn die Gauntts uns folgen. Kannst du die Nachricht überbringen?"

„Ja. Nur den ersten Teil, nicht das mit der Verfolgung." Ein kurzes, raues Lachen entwich ihr. „Ich hoffe, ihr macht ihnen die Hölle heiß, so wie sie es verdienen."

Nox richtete seine imposante Gestalt noch weiter auf und gab den Leuten um uns herum ein Zeichen, da er meinen Plan scheinbar verstanden hatte. „Alles klar, wir verlegen das Ganze in den Sumpf. Schnappt euch das nächstbeste Fahrzeug und versammelt euch für einen Hinterhalt in der Nähe der Zufahrt zu …"

„Warte", unterbrach ich ihn. Wir hatten nicht viel Zeit, da die Nachricht die Gauntts jederzeit erreichen konnte. In der Ferne heulten Sirenen und kündigten weitere Komplikationen an, die wir vermeiden mussten. „Ich will nicht, dass alle dabei sind, und es wird auch keinen Hinterhalt geben. Ich habe eine andere Idee, aber ich denke, dass nur diejenigen mitkommen sollten, die … besondere Möglichkeiten haben, sich zu schützen."

„Und ich", beharrte Marisol. Ich drückte ihre Hand, da ich wusste, dass es keinen Sinn hatte, zu streiten.

Nox runzelte die Stirn und strahlte autoritäre Bedrohung aus. Ich wusste, wie sehr er die Gauntts in meinem Namen vernichten wollte, und die beste Methode, die er kannte, war, sie mit allem anzugreifen, was wir hatten. „Wir können es schaffen", sagte er nachdrücklich. „Aber wir brauchen so viele Leute wie möglich."

Ich hielt seinem Blick stand und sah ihn vielsagend an. „Wir haben noch mehr Verbündete unten im Sumpf."

Er stieß einen verächtlichen Laut aus. „Sie haben nichts anderes getan, als dich nass zu machen."

„Vielleicht habe ich mich nicht auf die richtige Weise an sie gewandt. Sie konnten oder wollten mir nicht helfen, also werde *ich* ihnen diesmal meine Hilfe anbieten. Ich bin mir sicher, dass das unsere beste Chance ist, die Gauntts zu vernichten. Bitte, vertrau mir.“

Nox starrte mich an, und seine Miene wurde ein wenig weicher. Er vertraute mir, sonst wären wir gar nicht hier.

„In Ordnung“, sagte er. „Ich habe keine Grundlage, mich gegen verrückte Taktiken zu wehren. Sag uns einfach, was du brauchst.“ Er winkte den Jungs vom Skeleton Corps zu und konnte es sich nicht verkneifen, seine autoritäre Haltung gegenüber denen zu zeigen, die er herumkommandieren konnte. „Verhaltet euch ruhig und unauffällig. Wir rufen euch, wenn wir euch brauchen. Haltet euch einfach von den Gauntts und den anderen Arschlöchern fern, mit denen ihr zusammengearbeitet habt.“

Parker nickte und schickte die anderen mit unerwarteter Autorität weg. Vielleicht hatte das Skeleton Corps doch eine Zukunft, wenn sich der Staub erst einmal gelegt hatte. Vielleicht sogar eine bessere.

Der Rest von uns trat aus der Gasse und lief in die entgegengesetzte Richtung. Nox rannte zum Auto und schlingerte um die Kurve, um uns einzusammeln. Dann rasten wir in Richtung Sumpfgebiet, wobei der Boss der Schädelbrecher wie üblich jegliche Geschwindigkeitsbegrenzungen ignorierte.

„Willst du mir nicht sagen, was genau du vorhast?“, fragte er mich.

Ich schluckte gegen die plötzliche Trockenheit in meiner Kehle an. „Ich glaube, das werde ich selbst erst wissen, wenn ich es tue.“

Er stieß einen unbehaglichen Laut aus und sagte nichts mehr dazu.

Kurz nachdem wir die Stadtgrenze hinter uns gelassen hatten und über die Landstraßen zwischen den kleinen Ortschaften rasten, drehte sich Marisol auf dem Rücksitz um. Ihre Stimme zitterte, und das lag nicht nur an den

Vibrationen des ruckelnden Motors. „Ich glaube, sie sind hinter uns."

Ich drehte mich um, um nachzusehen. In der Ferne konnte ich ein dunkel glänzendes Auto erkennen, das verdächtig nach der Limousine der Gauntts aussah. Mein Herz schlug schneller. Aber ...

„Gut", sagte ich. „Wir wollen, dass sie kommen. Wenn wir sie ausschalten wollen, müssen wir sie hierherlocken."

Solange dieser Schachzug so funktionierte, wie ich es mir vorstellte. Solange wir den Sumpf früh genug erreichten, damit ich die nötigen Vorbereitungen treffen konnte.

Das *war* doch das Richtige, oder? Was, wenn ich mich zu weit aus dem Fenster lehnte?

Ich schloss die Augen und sammelte mein Vertrauen in mich selbst. Meinem inneren Wahnsinn freien Lauf zu lassen, hatte mich zu vielem befähigt: meine Tyrannen abzuwehren, meine Erinnerungen aufzubrechen, Marisol zu retten. Diese Strategie fühlte sich *richtig* an.

Wenn der Kampf gegen die Gauntts mehr meiner war als der der Schädelbrecher, und mehr Marisols als meiner, dann gehörte er erst recht den Geistern und dem Sumpf, in dem sie einst zurückgelassen worden waren. Manchmal brauchte man nur jemanden, der einem den Weg wies.

Die Schädelbrecher hatten mich vor all den Jahren auch nicht aus dem Sumpf gezogen. Sie hatten mich nur dazu gebracht, die Kraft zu finden, mich selbst zu retten. Damals hatte ich diese Kräfte erhalten, und jetzt konnte ich sie zurückgeben.

Nox manövrierte das geliehene Auto weit weniger vorsichtig als Fred. Er fuhr es bis zum Ende der letzten Fahrspur, so weit wie die Reifen es über das unebene Feld schafften. Von dort war es nur noch ein kurzer Weg bis zur Landzunge.

„Bleibt in der Nähe des Wassers", rief ich den anderen zu,

während ich über den schmalen Landstreifen zur Spitze rannte, wo die Gauntts ihren Zauber gewirkt hatten. „Beschützt Marisol so gut ihr könnt. Ich versuche, bereit zu sein, bevor sie hier sind."

Doch das dunkle Auto kam von Sekunde zu Sekunde näher und zeichnete sich immer größer am Horizont ab. Ich zögerte keine Sekunde. Während die Jungs sich wie eine menschliche Mauer am Fuß der Landzunge aufstellten, um meine Schwester zu schützen, sprang ich ins Wasser.

Das kalte Wasser umhüllte mich bis zu den Schultern und durchnässte meine Kleider im Nu. Ich streckte meine Hand durch die plätschernde Strömung nach den Energien aus, die ich vorhin gespürt hatte, nach den Geistern, die noch immer hier waren.

„Bitte", sagte ich, oder dachte ich, oder vielleicht beides. Da meine ganze Konzentration auf das Summen in mir und die kontrastierende Resonanz im Wasser gerichtet war, fiel es mir schwer, auf etwas anderes zu achten. „Holt all die Macht hervor, die sie in euch gesteckt haben. Ich möchte, dass ihr sie nutzt, und ich werde hier sein, um euch mit allem, was ich in mir habe, zu unterstützen. Wir können etwas Besseres damit machen. Wir können ihren Einfluss auf euch brechen und Leben retten, anstatt sie zu nehmen. *Bitte!* Ich möchte das für euch tun."

Ich stellte mir vor, wie dieser Showdown ablaufen würde, wenn der See kooperieren würde, wie ich meine Kräfte mit der Wut und dem Grauen verbinden würde, die ich zuvor hier gespürt hatte. Energieschauer kribbelten durch das Wasser über meine Haut, als würden die Geister mich mit aufgeregten Fingern anstupsen. Zumindest hoffte ich, dass es Aufregung war und keine Angst. Ich brauchte sie auf meiner Seite.

„Sie haben euch euer Leben gestohlen", fuhr ich eindringlich fort. „Sowohl als ihr noch am Leben wart, als auch danach. Ihr könnt dafür sorgen, dass sie das nie wieder jemandem antun. Das ist euer Krieg, und jetzt habt ihr die Chance, ihn wirklich zu führen."

Tiefere Erschütterungen vibrierten durch mein Fleisch. Ich sammelte das Summen in mir und schob es hinaus zu den Geistern, zu dem Wasser, in dem sie Jahrzehnte verbracht hatten. Ein antwortendes Summen strömte in mich zurück und verstärkte die Energien in mir.

Antwortete der Sumpf? Würde er uns so unterstützen, wie wir es brauchten?

Ich würde es gleich herausfinden. Das Brummen eines Motors in der Nähe durchbrach meine wassergetränkte Benommenheit. Ich richtete meine Aufmerksamkeit auf das Ufer und sah, wie die dunkle Limousine nicht weit von uns entfernt im Gras zum Stehen kam. Die Türen flogen auf, und eine flirrende Welle von Energie peitschte durch die Luft.

Nox schlug mit beiden Fäusten zu, und Jett und Ruin feuerten ihre Waffen ab. Mehr war aus dieser Entfernung nicht möglich. Und schon nach wenigen Schüssen wurden sie und Marisol von den Kräften der Gauntts zurück ans Ufer geschleudert.

Mein Herz setzte einen Schlag aus. Wir hatten keine Zeit mehr. Jede Sekunde konnte über Leben und Tod entscheiden.

„*Jetzt!*", schrie ich innerlich und äußerlich und riss die Arme hoch.

Das Wasser des Sumpfes stieg an, als hätte ich es heraufbeschworen wie die Dirigentin eines gewaltigen Wasserorchesters. Es stieg höher und höher und formierte sich zu – eins, zwei, drei, vier … und dann mehr Gestalten, als ich um mich herum erfassen konnte. Sie erhoben sich über mir und der Landzunge wie flüssige Riesen, viereinhalb, vielleicht sechs Meter hoch. Glänzende Arme streckten sich aus ihren wässrigen Körpern; riesige, durchsichtige Köpfe wandten sich dem Wagen der Gauntts zu.

Die vereinte Kraft des Sumpfes mit meiner eigenen hatte den Geistern der ermordeten Enkel die einzige Art von Leben gegeben, die ich ihnen bieten konnte. Ein gewaltiges, rachsüchtiges Leben.

Noch mehr Energie strömte in mich hinein und aus mir heraus, als ich meine Arme in Richtung Ufer schwang. Die gigantischen Gestalten stürmten vorwärts, wobei das Wasser um sie herumschwappte und sich auf das Gras ergoss, als sie an Land kamen.

Jemand im Auto der Gauntts versuchte, sie anzugreifen. Magie flirrte durch die Luft; die wässrigen Beine wackelten. Doch ihre Gestalten hielten stand, angetrieben von der Wut, die ich in ihren behelfsmäßigen Körpern spüren konnte, ebenso wie von meiner eigenen Magie.

Ich konnte nicht sagen, wie viel von dieser Wut dem Sumpf und wie viel den Geistern gehörte. Beide waren gleichermaßen von den Schurken ausgenutzt worden, auf die sie zusteuerten. Auf jeden Fall waren sie auf Rache aus.

„Halt!", rief eine Stimme, die ich für die von Marie hielt, während die anderen in der seltsamen Sprache sangen, die ich schon während ihres Rituals gehört hatte. „Ihr gehört *uns*. Ihr tut, was wir euch sagen. Wir …"

Der Fahrer musste begriffen haben, dass sie die Kontrolle nicht so einfach zurückgewinnen würden. Der Motor heulte auf und die Türen wurden hastig zugeschlagen, bereit für eine überstürzte Flucht – doch die Sumpfriesen hatten sie bereits erreicht.

Die Geister schlugen mit ihren riesigen Fäusten gegen die Fenster und zertrümmerten das Glas. Wasser strömte in den

Wagen und schleuderte die Gauntts durch die zerborstenen Front- und Heckscheiben hinaus.

Es waren nur noch vier von ihnen übrig: Marie Senior, Thomas, Olivia und Nolan in seinem neuen, jüngeren Körper. Prustend und zappelnd wälzten sie sich auf dem Boden, wie Fische, die aus ihrem Becken gesprungen waren.

Die Geister gossen immer mehr Wasser über sie und durchtränkten sie. Die Gauntts schrien Worte der Macht und errichteten eine durchsichtige Barriere über sich, doch die Gestalten, die nun so viel von ihrer Magie in sich trugen, durchbrachen sie mit donnernden Schlägen. Wasser strömte in ihre Kehlen und stieg ihnen in die Nasen, bis ihr hektisches Keuchen in ein Blubbern überging und ihre Brustkörbe sich unnatürlich aufblähten.

So ging es weiter, bis schließlich alle vier regungslos dalagen. Es war vollbracht. Sie waren tot und es war niemand mehr da, der ihre Geister auf ein neues Opfer übertragen konnte. Ihre Schreckensherrschaft war endgültig beendet.

Ein stechender Schmerz breitete sich in meinem Hinterkopf aus, und jeder Nerv in meinem Körper brannte. Doch gleichzeitig durchströmte mich ein fast unwirkliches Gefühl der Erleichterung.

Die Gauntts hatten den Sumpf mit ihren kranken Absichten vergiftet, und genau das war ihnen nun zum Verhängnis geworden. Ich hatte lediglich einen Kanal geschaffen, der die Rache ermöglicht hatte.

Und jetzt war ich völlig erschöpft.

Ich schwankte und kippte rückwärts in den Sumpf. Das Wasser schloss sich um mich, als wollte es *mich* nach meiner knappen Flucht vor vierzehn Jahren zurückfordern.

Nox

Noch bevor ich mich aufrichten konnte, war ich völlig durchnässt. Ich griff nach Ruins Hand, um ihm aufzuhelfen, und dann konnten wir nur noch fassungslos auf die Wassermassen starren, die die Gauntts endgültig in die Knie zwangen. Sie schlugen mit ihren wässrigen Fäusten auf sie ein, bis ihre Körper aufgequollen und zerschmettert waren, und stürzten schließlich auf sie herab, als würde sich ihr wässriges Selbst über ihre Mörder erbrechen.

Als die Wasserflut zurück in den Sumpf strömte, drehte ich mich gerade noch rechtzeitig um, um zu sehen, wie Lily unter die Oberfläche sank und selbst fast leblos aussah.

„Nein!", schrie ich, während Trotz in mir aufstieg. Ich hatte Lily gegen alle meine Instinkte das Kommando überlassen, weil sie sich auf eine Weise mit den Geistern hier verbunden hatte, wie es der Rest von uns nicht konnte. Doch ich würde nicht zulassen, dass der Sumpf sie mir wegnahm, egal, was er für uns getan hatte. Auf keinen Fall.

„Sieh mal", keuchte Marisol und zeigte in die andere Richtung. Ich drehte den Kopf und sah, dass nicht alle Sumpfmonster dorthin zurückgeflossen waren, wo sie hergekommen waren.

Eine der gigantischen Wassergestalten schwebte immer noch über dem am weitesten entfernten Körper, der einmal Nolan Junior gewesen war, bevor der Senior vor ein paar Wochen von ihm Besitz ergriffen hatte. Die Erkenntnis traf mich wie ein Blitz.

Es *waren* nur wenige Wochen vergangen. Der Körper war die ganze Zeit über am Leben gehalten worden. Er konnte sich nicht allzu sehr verändert haben. Es gab eine Chance, oder?

Jede Faser meines Körpers drängte mich, zu Lily zu rennen und sie zu retten, doch ich wusste, dass dies nicht in ihrem Sinne wäre.

Natürlich hieß das nicht, dass ich sie im Stich ließ.

„Jett", rief ich und deutete auf die Landzunge. „Hol Lily. Sieh zu, dass es ihr gut geht." Dann eilte ich zu dem leblosen Körper des Jungen.

Bilder schossen mir durch den Kopf, während meine Füße über den schlammigen Boden stapften. Bruchstücke meiner Kindheit tauchten wie aus dem Nichts in meinem Kopf auf.

Ich zuckte vor der Faust meines Vaters zurück. Ich versteckte mich im Schrank, um einem weiteren betrunkenen Streit zwischen meiner Mutter und ihm zu entgehen. Ich zitterte unter meiner dünnen Decke und drei Schichten Kleidung, weil sie vergessen hatten, die Heizungsrechnung zu bezahlen.

Meine Kindheit war beschissen gewesen, bis Gram mich da rausgeholt hatte. Und wie hatte ich es ihr gedankt?

Doch jetzt konnte ich etwas tun. Ich konnte etwas Gutes weitergeben. Ich konnte mein Bestes geben, um *diesem* Jungen eine zweite Chance auf ein richtiges Leben zu ermöglichen.

Der Junge sah genauso aufgedunsen und leblos aus wie die anderen. Seine Haut war von der Kälte des Wassers schon blau angelaufen. Doch im Gegensatz zu den Erwachsenen war sein Körper nicht so übel zugerichtet. Seine Arme und Beine waren nicht unnatürlich verdreht und in seinem aufgeblähten Brustkorb konnte ich keine gebrochenen Rippen erkennen.

Ich kniete mich neben ihn, rollte ihn auf die Seite und versetzte ihm einen kräftigen Schlag zwischen die Schulterblätter. Wasser lief ihm aus Mund und Nase. Dann drehte ich ihn wieder auf den Rücken.

Die Wassergestalt in Menschenform hockte immer noch neben uns. Ich funkelte sie an. „Du musst es tun. Lass den Sumpf hinter dir und spring hinein. Lass dein Herz wieder schlagen. Ich werde mein Bestes tun, aber wenn du nicht mitmachst, wird dein idiotischer Großvater versuchen, in deinem Körper zurückzukommen."

Die flüssige Masse zitterte. Dann begann das Wasser von der Gestalt abzulaufen, als würde sie sich häuten, und sie schrumpfte von Sekunde zu Sekunde mehr.

Ich atmete tief ein und legte die Handflächen auf die Brust des Jungen, während ich jede Erinnerung an den HLW-Kurs hervorholte, den ich vor Jahren gemacht hatte, für den Fall, dass ich ihn einmal brauchen würde, um Gram zu retten.

Ich war nicht da gewesen, als sie mich vielleicht gebraucht hätte, aber jetzt war ich da. Ich wollte jemanden retten. Und ich wollte glauben, dass sie mich breit angelächelt und mir beide Daumen nach oben gezeigt hätte, wenn sie zuschauen würde.

Wie viele Kompressionen waren es? Zehn? Zwanzig? Dreißig? Ich machte einfach weiter, während sich der Schmerz in meinen Armen ausbreitete und ich hoffte, dass das Herz zu schlagen begann. Vielleicht hatten ihn die Geister endgültig ertränkt. Vielleicht hatte seine Seele nicht mehr genug Kraft, um wieder einzutauchen. Vielleicht …

Ich drückte noch einmal kräftig auf sein Brustbein, und ein Energieblitz schoss durch meine Hände in die Brust des Jungen. Ich riss meine Hände weg, und meine Finger brannten wie Feuer, als ich auf den Körper vor mir starrte.

Der Brustkorb hob und senkte sich. Ich drückte meine Handfläche erneut darauf und spürte den unregelmäßigen Herzschlag unter meiner Hand, der von Minute zu Minute gleichmäßiger wurde.

Hatte der Junge es geschafft? Oder hatte ich aus Versehen dieses Arschloch Nolan wieder zum Leben erweckt? Ich beugte mich über den Jungen, die Fäuste bereit, um ihm, wenn nötig, eine Tracht Prügel zu verpassen.

Die Augen des Jungen blinzelten. Er blickte zu mir auf. Dann drehte er sich hastig zur Seite und begann zu husten und zu würgen, während ein weiterer Wasserschwall aus ihm hervorquoll. Offensichtlich hatte ich meine Arbeit nicht sehr gründlich gemacht.

Als er da lag und nach Luft rang, fand er schließlich seine Stimme. „Danke", stieß er heiser hervor und klang dabei nur wie ein Junge, nicht wie ein selbstgefälliger Firmenmogul, der so tat, als ob. „Ich … Danke." Dann begann er zu weinen.

Ich hatte nichts dagegen, heldenhaft ein Leben zu retten, doch ich hatte absolut keine Ahnung, was ich mit einem schluchzenden Jungen anfangen sollte. Zu meiner Erleichterung hatten Ruin und Marisol sich irgendwann während meiner großen Aktion zu mir gesellt. Sie ließen sich zu beiden Seiten des Jungen nieder, der, wie ich vermutete, nicht mehr Nolan Junior genannt werden wollte, jetzt, wo er endlich die Wahl hatte. Ruin klopfte ihm auf die Schulter und der Junge entspannte sich automatisch.

„Alles wird gut“, sagte Marisol mit beruhigender Stimme und strich ihm mit ihrer unverletzten Hand über das feuchte Haar. „Du wirst wieder gesund.“

Mein Herz stolperte, als ich mich abrupt umdrehte und mein Blick zu den Ausläufern der Landzunge huschte – zu der anderen Seele, von der ich nicht sicher war, ob wir sie gerettet hatten.

Jett führte Lily mit vorsichtigen, taumelnden Schritten über die Landzunge. Beide waren völlig durchnässt. Er hatte einen Arm um Lilys Rücken geschlungen, während ihrer über seinen Schultern lag. Sie erwiderte meinen Blick mit einem zittrigen Lächeln, das noch breiter wurde, als sie den Jungen hinter mir bemerkte. Sie zupfte an Jetts Shirt und beschleunigte ihre Schritte auf dem schlammigen Boden.

Ich eilte zu ihr und schloss sie in eine Umarmung, die mit der von Ruin hätte mithalten können, ohne mich darum zu kümmern, dass meine trocknende Kleidung wieder nass wurde.

„Du hast es geschafft“, stieß sie atemlos und ungläubig hervor. „Du … Du hast ihn zurückgebracht? Nolan Junior, nicht den alten Nolan?“

„Ich glaube, er hat den schwierigsten Teil übernommen“, gab ich großzügig zu und umarmte sie noch fester. „Und *du* hast es geschafft. Du hast ihnen ermöglicht, den Gauntts die Hölle auf Erden zu bereiten. Sie sind weg. Es ist vorbei.“

Sie zog sich zurück, und ihre Miene war plötzlich besorgt. „Glaubst du, ihre Magie ist mit ihnen verschwunden?“

Ich brauchte Kais Fähigkeiten nicht, um zu verstehen, wovon sie sprach. Und ihre Schwester auch nicht. Marisol hatte bereits ihr Handy gezückt und tippte darauf herum.

„Es ist noch früh", sagte sie. „Ich bin mir nicht sicher, wie lange es dauern würde, bis … oh! Der Bruder von einem der Kinder, das im Krankenhaus war, hat gepostet, dass sie gerade aus dem Koma erwacht ist. Es scheint ihr gut zu gehen." Mit leuchtenden Augen schaute sie uns an. „Wenn sich eines von ihnen erholt hat, als die Gauntts gestorben sind, dann sind doch bestimmt alle wieder gesund, oder?"

Ruin legte den Kopf schief. „Ich frage mich, ob die Male auch verblassen werden. Werden sich all diese Menschen daran erinnern, was die Gauntts ihnen angetan haben?"

Lilys Lächeln wurde schief. „Nicht alle werden darüber glücklich sein. Aber zumindest werden sie es wissen. Und wenn genug von ihnen bereit sind, ihre Stimme zu erheben, nachdem wir die Geschichte öffentlich gemacht haben, können sie vielleicht dafür sorgen, dass die Gauntts *nach* ihrem Tod das Vermächtnis bekommen, das sie verdienen."

„Das sollten sie auch, verdammt", erklärte ich. „Aber jetzt haben wir es verdient, uns selbst zu feiern. Wir sollten uns vergewissern, dass Kais Organe nicht aufgerissen sind. Und …" Ich wandte mich wieder dem Jungen zu, der sich aufsetzte und auf seine Hände starrte, die er hin und her drehte, als könnte er nicht so recht glauben, dass sie wieder ihm gehörten. „Was machen wir mit ihm? Mit ihnen allen?" Mein Blick wanderte zu den mit Wasser vollgesogenen Körpern.

Lily schwieg nachdenklich und strahlte die ruhige Zuversicht aus, die ihr allmählich in Fleisch und Blut übergegangen war. Ich liebte diesen Anblick so sehr, dass ich mich beherrschen musste, sie nicht einfach zu küssen –, was ich definitiv später nachholen würde. Doch sie jetzt abzulenken, wäre wohl eher kontraproduktiv gewesen.

„Wir lassen sie hier", sagte sie nach einer Minute. „*Wir* haben sie nicht angerührt. Es war ihre eigene Magie, die sie getötet hat. Es wird eine Untersuchung geben, und die

Polizei wird sich wahrscheinlich fragen, wie sie gestorben sind, aber es sollte nicht auf uns zurückfallen. Und er …"

Sie löste sich aus meinen Armen und ging auf den Jungen zu. Er hob den Kopf, als sie sich neben ihn hockte, und noch immer schimmerten Tränen in seinen Augen.

„Wo möchtest du hin?", fragte sie. „Wir könnten dich in dein altes Zuhause bringen. Ich denke … Jetzt, wo die Leute, die dir wehgetan haben, weg sind, gehört es theoretisch dir. Die Anwälte können sich um alles kümmern. Wenn du nicht zurück willst, ist das auch in Ordnung. Du hast sicher viele schlechte Erinnerungen an dieses Haus."

Der Junge räusperte sich, aber seine Stimme klang immer noch rau. „Ich … Marie ist noch dort, oder?"

Es dauerte einen Moment, bis ich verstand, dass er Marie Junior meinte – seine Schwester. Lily legte ihre Hand auf seine Schulter. „Soweit ich weiß, ja. Sie könnte in einer schwierigen Situation sein, denn es sieht nicht so aus, als wäre sie offiziell adoptiert worden."

Der Junge hob das Kinn. „Ich werde dafür sorgen, dass es ihr gut geht. Ich kann mich jetzt um sie kümmern. So *hätte* es von Anfang an sein sollen."

Lily strahlte ihn an, und in diesem Moment hoffte ich wirklich, dass unser Geistersperma noch etwas Saft hatte, denn sie würde eines Tages eine tolle Mutter abgeben.

„In Ordnung", sagte sie. „Wir werden dich nach Hause bringen. Aber zuerst kommst du mit uns mit." Sie sah mir in die Augen. „Meinst du, unser falscher Fahrer würde seine Rolle noch einmal spielen?"

Und dann wäre endlich alles und jeder dort, wo er hingehörte, vielleicht zum ersten Mal in meinem ganzen Leben.

siebenundzwanzig

Lily

Ein Jahr später

„Und das war's", sagte der Produzent über die Sprechanlage und zeigte mir durch das Fenster der Tonkabine einen Daumen nach oben und ein breites Grinsen. „Die letzte Aufnahme war fantastisch, Lily. Ich glaube, wir haben den Song perfekt hinbekommen."

Ich nahm die Kopfhörer ab, und ein erleichtertes, freudiges Lachen brach aus mir heraus. „Dann fehlen nur noch drei."

Als ich das Aufnahmestudio verließ, musste ich dem Drang widerstehen, mich zu kneifen, um sicherzugehen, dass ich nicht träumte. Nachdem ich monatelang Songs geschrieben, Kontakte zu Musikern geknüpft und ein Demoband aufgenommen hatte, war es mir tatsächlich gelungen, einen Plattenvertrag zu bekommen. Ich war schon seit Wochen im Studio und arbeitete an meinem Debütalbum, doch es fühlte sich immer noch nicht ganz real an. Wie konnte das mein Leben sein?

Jedes Mal, wenn ich meinen Jungs gegenüber solche Gedanken äußerte, schnaubten sie nur und sagten: „Wie könnte es das nicht sein?" Seit die Gauntts weg waren, hatten wir uns an einen neuen, deutlich friedlicheren Alltag gewöhnt und sie hatten mich ermutigt, meinen Traum zu verfolgen. Jett hatte mich auf dieses Studio direkt neben dem Thrivewell-Gebäude hingewiesen und meinte, er hätte ein gutes Gefühl dabei.

Wir stellten uns gerne vor, wie sich die Gauntts in ihren längst überfälligen Gräbern umdrehten, wenn sie die Freude in meiner Stimme hörten, die sie nicht hatten auslöschen können.

Kai wartete im Empfangsbereich und tippte auf seinem Handy herum. Ich ging zu ihm und stupste ihn an. „Du wirst ja doch noch richtig internetsüchtig."

Er schnaubte. „Es ist immer noch voller Müll. Aber wenn man weiß, wie man richtig sucht, findet man dort viele nützliche Informationen, die man sonst nirgendwo bekommt." Seine Augen blitzten hinter den Brillengläsern. „Onkel Stu hat mir einen Link zu einem Blog über Anlagestrategien geschickt. Ich glaube, ich kann unser Einkommen verdoppeln, ohne uns in Gefahr zu bringen. So wie du es magst."

„Du wirst die Bande arbeitslos machen", stichelte ich, als wir mit dem Aufzug ins Erdgeschoss fuhren.

Ein paar Monate nach dem Fall der Gauntts hatte sich der Onkel des Vorbesitzers von Kais Körper bei ihm gemeldet, in dem Kai einen Gleichgesinnten gefunden hatte.

Offenbar war der Bruder von Zachs Mutter kein so typischer Sportler wie die unmittelbare Familie des Footballspielers. Stattdessen hatte er sich auf intellektuelle Aktivitäten konzentriert. Kai hatte erst nichts mit ihm zu tun haben wollen, bis sie ins Gespräch gekommen und sich sofort darin überboten hatten, wer von ihnen mehr über so ziemlich alles wusste. Seitdem standen sie regelmäßig per E-Mail und Nachrichten in Kontakt.

Es war unglaublich zu sehen, wie glücklich dieser Austausch Kai machte. Er war immer noch derselbe Besserwisser wie eh und je, aber er hatte sich noch weiter von dem effizienten und pragmatischen Typen entfernt, der er gewesen war, als ich ihn kennengelernt hatte. Von seiner leiblichen Familie hatte nie jemand seinen scharfen Verstand oder seine Liebe zum Lernen verstanden. Es war vielleicht Jahrzehnte zu spät, aber ich war froh, dass er diese Verbindung jetzt gefunden hatte.

Ich fuhr oft allein mit Fred 2.0 ins Studio. Obwohl er vorübergehend im Besitz der Gauntts gewesen war, lief der Wagen wieder einwandfrei. Wenn die Jungs Zeit hatten, fuhr ich auch gerne auf einem ihrer Motorräder mit. Ich begleitete Kai zu seiner Maschine, sprang auf und schlang meine Arme um seine Taille.

„Nox ist vor einer Weile zum Friedhof gefahren, um nach dem Rechten zu sehen", teilte er mir mit. „Sollen wir vorbeischauen und ihn daran erinnern, dass er heute Abend noch einen Termin hat?"

Ich lehnte mich an seine kräftige Gestalt. „Klar. Ich möchte sowieso das Endergebnis sehen."

Wir brausten durch die Straßen zum Friedhof, wo Nox' Großmutter begraben lag. Ihr Teil des Friedhofs war inzwischen kaum noch zu übersehen. Nox hatte einen großen Teil ihrer letzten Einkünfte in den Entwurf und Bau eines Denkmals investiert, das ihren schlichten Grabstein ersetzen sollte. Die hellgraue Marmorplatte schimmerte im Sonnenlicht. Sie war etwas höher als der massige Mann, der sie betrachtete.

Ich eilte den Hügel hinauf zu Nox und hakte mich bei ihm unter, als ich ihn erreichte. Er zog mich an sich und nickte zu der Marmortafel, auf der die lebensgroße Gravur einer breitschultrigen Frau mit stählernem Blick und einem warmen Lächeln zu sehen war. Ihre Arme waren vor der Brust verschränkt und das Kinn erhoben. Sie sah aus, als würde sie uns gleich fragen, was wir vorhatten – und uns für eine gute Leistung loben, solange wir uns voll und ganz dafür einsetzten, ganz gleich, wie legal sie war.

„Es ist wunderschön", sagte ich.

„Sie war kein Engel und sie hätte gelacht, wenn jemand das behauptet hätte", meinte Nox. „Ich dachte, das hier würde ihr besser gefallen als eine kitschige Statue mit Flügeln. Der Steinmetz, den Jett gefunden hat, hat anhand der Fotos gute Arbeit geleistet. Es ist fast, als wäre sie wirklich hier."

Jett hatte angeboten, das Bild mit seinen übernatürlichen Kräften in den Marmor zu gravieren, was Nox abgelehnt hatte, weil er glaubte, seine Großmutter hätte das als Betrug empfunden. Er hatte darauf bestanden, für die Arbeit zu bezahlen und sie auf traditionelle Weise ausführen zu lassen. Und er schien mit dem Ergebnis sehr zufrieden zu sein.

„Es ist nicht das Haus, das ich ihr zu Lebzeiten schenken wollte, aber wenigstens hat sie eine echte Präsenz im Jenseits", sagte er, als wir den Hügel wieder hinunterfuhren.

„Granit wäre haltbarer gewesen", konnte sich Kai nicht verkneifen zu sagen.

Nox sah ihn streng an. „Das hast du schon gesagt. Aber sie hat etwas Schönes verdient. Wenn dieser Stein kaputt geht, kaufe ich ihr einfach einen neuen." Er führte mich zu seinem Motorrad. „Den Rest des Weges fährst du mit mir."

Trotz seines bestimmenden Tonfalls wusste ich, dass es eine Bitte und kein Befehl war. Aber es machte mir nichts aus, ihm zu gehorchen, und auch Kai nahm es ihm nicht übel. Ich quetschte mich hinter den kräftigen Mann auf den Sitz und ließ mich von ihm nach Hause fahren.

Sosehr ich unsere erste Wohnung in Mayfield auch geliebt hatte, die wenigen Wochen, die wir dort verbracht hatten, waren von unangenehmen Erinnerungen überschattet worden. Außerdem war sie eigentlich nie groß genug für uns alle gewesen. Nachdem die Schädelbrecher etwas Zeit gehabt hatten, um ihre – äh – Geschäftsinteressen wieder in Gang zu bringen, konnten wir die Gebühr bezahlen und den Mietvertrag vorzeitig kündigen. Stattdessen hatten wir in derselben Gegend eine Eigentumswohnung mit drei Schlafzimmern gekauft und zu einem größeren, zweistöckigen Zuhause umgebaut.

Die obere Etage gehörte eigentlich Marisol und mir, obwohl die Jungs auch oft bei uns waren. Es gab sogar eine Terrasse, auf der wir einen kleinen künstlichen Teich für die verschiedenen Amphibien anlegen konnten, die uns immer noch ab und zu besuchten. Unten empfingen die Schädelbrecher ihre neuen Rekruten und Geschäftspartner, wenn es nötig war. Natürlich nur für nicht kriminelle Aktivitäten, aber Kai war nicht der Einzige, der diesem Bereich den Rücken gekehrt hatte.

Als wir die untere Etage betraten, schlug mir ein Hauch von Gewürz ins Gesicht, bei dem meine Augen tränten.

„Entschuldigung!", rief Ruin fröhlich aus der Küche über das Surren der Ventilatoren hinweg, die den schlimmsten Gestank vertrieben. „Ich mache gerade eine neue Ladung fertig. Meine Geisterpfeffermischung!"

„Die brennt einem die Zunge weg", teilte uns meine Schwester amüsiert mit, als sie mit einer Schutzbrille und mehreren orangefarbenen Flecken auf ihrer Schürze in der Tür erschien.

Ruin hatte herausgefunden, dass ihm das Herstellen von scharfer Soße genauso viel Spaß machte, wie sie zu essen. Vielleicht sogar noch mehr, da er sie genau nach seinem Geschmack zubereiten konnte. Nachdem er seine persönliche Mischung einem Mann zum Probieren angeboten hatte, der mit den Schädelbrechern verhandelt hatte und der unter anderem in der Lebensmittelverarbeitung tätig war, hatte unser Gewürzjunkie einen Produktionsauftrag erhalten.

Ruin kochte das Zeug hier in der Wohnung, verschiedene Arbeiter holten es ab, und die Herstellerfirma füllte es in Flaschen ab, etikettierte es und verteilte es an ausgewählte gehobene Lebensmittelgeschäfte. Der Fabrikant hatte ihn immer wieder gedrängt, ihm die Rezepte für die Massenproduktion zu überlassen, aber Ruin hatte kein Interesse. Vor allem, weil ihm das Experimentieren mit neuen Geschmacksrichtungen mehr Spaß machte als das Geldverdienen.

Marisol half ihm oft in der Küche, wenn sie von der Schule nach Hause kam. Ihr Lächeln, als sie ihre Schürze auszog, löste in mir ein viel tieferes Gefühl der Erleichterung aus als alles, was ich an diesem Tag zuvor empfunden hatte.

„Ist dein Geschichtstest gut gelaufen?“, fragte ich.

„Ja“, antwortete sie fröhlich. Ich begann zu glauben, dass Ruins gute Laune auf sie abfärbte. „Ich habe alle Fragen richtig beantwortet, bis auf eine, bei der ich mir nicht ganz sicher war. Aber dann habe ich im Lehrbuch nachgeschaut und bin mir ziemlich sicher, dass ich auch die richtig beantwortet habe.“

Ich betrachtete ihr Gesicht und die leichte Röte auf ihren Wangen. Und ich war mir ziemlich sicher, dass sie nichts mit ihrem Test zu tun hatte. „Ist sonst noch etwas Gutes passiert?“, fragte ich.

Ihr Lächeln wurde schüchtern und verschmitzt zugleich. „Ein Typ, den ich ziemlich cool finde, hat mich gefragt, ob wir am Wochenende ins Kino gehen wollen. Er heißt Jason."

„Hmm", sagte ich, als würde ich überlegen, ob ich ihr die Verabredung erlauben sollte, doch ich konnte mir ein Grinsen nicht verkneifen. „Das ist großartig. Pass nur auf, dass er cool bleibt."

„Sonst kühlen wir ihn auf jede erdenkliche Weise ab. Und das wird ihm nicht gefallen", meldete sich Nox hinter mir zu Wort.

Marisol verdrehte die Augen, aber die jugendliche Rebellion in ihrem Gesicht machte mich nur noch glücklicher. Wir hatten dafür gesorgt, dass sie mit einem Therapeuten über den ganzen Mist sprach, den sie mit den Gauntts sowie Mom und Wade durchgemacht hatte. Ich war mir jedoch ziemlich sicher, dass sie sich vor allem dank ihrer eigenen inneren Stärke so gut erholt hatte. Sie war stärker, als ihr vielleicht selbst bewusst war.

Ich hoffte, dass dies für alle ehemaligen Opfer galt. Wie erwartet war die Magie der Gauntts zusammen mit ihren längst überfälligen Seelen verschwunden und überall in der Gegend waren blockierte Erinnerungen an die Oberfläche gekommen. Innerhalb kürzester Zeit hatten sich ein paar Dutzend Menschen gemeldet, um über das zu sprechen, was sie durch die Familie erlitten hatten. Und wir hatten keine Ahnung, wie viele andere im Verborgenen mit den Folgen zu kämpfen hatten. Ich vermutete, dass die örtlichen Therapeuten einen regelrechten Boom an neuen Patienten erlebt hatten.

Direkt konnten wir nicht viel dagegen tun, aber ich hatte darauf bestanden, dass ein großzügiger Teil der ersten Geschäftseinnahmen der Schädelbrecher für Mayfields kostenlose psychologische Hilfsprogramme gespendet wurde.

„Okay!", sagte ich. „Nehmt euch alle etwas zu essen, am

besten etwas, das euch nicht die Zunge verbrennt. In einer halben Stunde müssen wir los. Jett soll nicht denken, wir hätten es vergessen."

Kai schmunzelte. „So, wie er heute Morgen geredet hat, bin ich mir nicht sicher, ob es ihm lieber wäre, wenn die ganze Stadt käme oder niemand."

Nox klopfte dem anderen Mann auf die Schulter. „Du weißt, wie er ist. Keine Zwischenrufe während der Show."

Kai sah seinen Boss mit hochgezogenen Augenbrauen an. „Das würde ich nie tun."

Eingehüllt in eine Gewürzwolke kam Ruin aus der Küche und zog mich in eine überschwängliche Umarmung, bevor er mir einen Kuss auf die Lippen drückte. „Wir haben nebenbei noch ein paar Burger gebraten. Ich glaube nicht, dass *zu* viel Pfeffer dran gekommen ist."

„Sie sind essbar", bestätigte Marisol.

Nachdem wir die Burger aufgegessen hatten, zog ich mein bequemes Shirt und meine Yogahose aus und schlüpfte in ein knielanges Seidenkleid. Als ich wieder nach unten kam, musterten mich alle drei Jungs mit anerkennenden Blicken. Ich schlug Nox' Hand weg, als er sie ausstreckte, um mir an den Hintern zu fassen, und wedelte mit meinem Finger vor seinem Gesicht. „Übe dich in Selbstbeherrschung."

Er grinste mich an. „Oh, ich werde es die ganze Nacht üben, aber das Warten wird sich lohnen."

Ich warf ihm einen bösen Blick zu, aber zum Glück war Marisol noch oben und machte sich fertig, sodass sie seine anzügliche Bemerkung nicht mitbekam. Sobald sie fertig war, machten wir uns alle gemeinsam auf den Weg. Die Jungs fuhren ausnahmsweise im Auto mit, weil sie ihre eleganten Outfits nicht ruinieren wollten, die sie für diesen Anlass angezogen hatten.

Jett hatte seine erste öffentliche Kunstausstellung in einer kleinen, angesagten Galerie in der Innenstadt von Mayfield. Genau wie Ruins neues Geschäftsprojekt war auch diese Ausstellung eher zufällig zustande gekommen. Er hatte ein paar seiner alten Bilder in den Müllcontainer hinter unserem Gebäude geworfen. Der Wind hatte ein Blatt Papier erfasst und zufällig genau in dem Moment auf den Bürgersteig geweht, als der Galeriebesitzer dort entlangging. Als Jett hinterherlief, um es zu holen, hatte der Galerist ihn angesprochen, und drei Monate später waren wir nun hier.

Manchmal fragte ich mich, ob noch andere Geister über uns wachten, von denen wir nichts wussten. Vielleicht war Nox' Gram doch noch in unserer Nähe. Vielleicht machten die Geister, denen wir geholfen hatten, sich an den Gauntts zu rächen, hin und wieder einen Abstecher aus dem Sumpf, um uns unter die Arme zu greifen.

Oder vielleicht hatte das Schicksal einfach entschieden, dass meine Jungs in ihrem ersten Leben genug durchgemacht hatten und es an der Zeit war, ihnen endlich ein bisschen Glück zu schenken.

Ich war froh, dass wir nicht die Ersten waren, die pünktlich zur Ausstellungseröffnung eintrafen. Einige Besucher schlenderten bereits durch den weiß getünchten Raum und betrachteten die Gemälde und Mixed-Media-Kompositionen. Ich beobachtete eine Frau, die mit gerunzelter Stirn einen rotbraunen Streifen betrachtete, von dem ich ziemlich sicher war, dass er aus Jetts Adern und nicht aus einer Farbtube stammte. Möglicherweise hatte er auch ein wenig scharfe Soße in seine Werke gemischt.

Er nutzte gerne alles, was ihm zur Verfügung stand, und blutete im wahrsten Sinne des Wortes für seine Kunst.

Jett stürmte mit ungewohntem Elan auf uns zu, seine Haltung war steif, aber seine nervöse Aufregung vibrierte förmlich durch die übernatürliche Verbindung zwischen den Jungs und mir. „Vielleicht kommt ein Kritiker von einer

Kunstzeitschrift", sagte er. „Und jemand hat schon angefragt, ob er eines der Bilder kaufen kann. Jemand will meine Arbeit tatsächlich in seinem Haus aufhängen." Er sah verblüfft aus.

Ich stupste ihn mit dem Ellbogen an. „Hey, *wir* hängen deine Kunst überall bei uns zu Hause auf."

Er verzog das Gesicht. „Weil ihr es müsst."

„Ich will es. Und es ist toll, dass dieser Kritiker kommt, aber am Ende ist doch egal, was irgendein Magazin-Typ denkt, oder?" Ich ließ meinen Blick über die verschiedenen Werke schweifen. Jedes löste auf seine Weise Emotionen in mir aus. Als könnte ich nachempfinden, wie sich Jett gefühlt hatte, als er sie geschaffen hatte. „Bist du denn zufrieden?"

Er rieb sich den Mund und ließ seinen Blick durch den Raum schweifen. „Es gibt immer Dinge, die nicht ganz so gelingen, wie ich es mir vorgestellt habe, egal wie sehr ich mich bemühe … Aber im Großen und Ganzen vermitteln die Werke die Stimmung, die ich wollte. Und das ist das Wichtigste."

Einige weitere Leute kamen herein, darunter auch ein paar bekannte Gesichter. „Hey!", sagte ich zu Peyton und winkte ihr etwas verlegen zu. Sie winkte mit einem schiefen Lächeln zurück.

Seit wir zusammen gegen eine mörderische Gang gekämpft hatten, waren wir zwar keine besten Freundinnen, aber auch nicht mehr verfeindet. Ich wusste nie so recht, wie freundlich ich zu ihr sein sollte. Aber immerhin hatten wir eine beständige Dynamik gegenseitigen, toleranten Respekts entwickelt. Und das war viel angenehmer als die frühere Feindseligkeit zwischen uns.

Tatsächlich sah ich sie öfter, als ich erwartet hatte, denn sie hatte sich mit Parker angefreundet, den ich als Nächsten begrüßte. Er und einige vom Skeleton Corps, die ihre Allianz mit den Schädelbrechern fortgesetzt hatten, waren gekommen, um sich Jetts Arbeit anzusehen.

Peyton blieb dicht bei Parker, als sie durch den Raum gingen, und nahm seine Hand. Ich verstand ihre Beziehung nicht ganz, aber es waren schon seltsamere Dinge passiert. Wer hätte gedacht, dass *ich* nicht nur mit einem, sondern gleich mit vier Gangstern zusammen sein würde? Und dann auch noch mit wiederauferstandenen?

„Wow", hörte ich einen der Jungs vom Skeleton Corps leise murmeln. Er stand vor einem Gemälde, das breiter war, als er seine Arme ausstrecken konnte. Wilde Rottöne und dunkles Lila bildeten ein feuriges Gewitter auf der Leinwand. Jetts Lippen verzogen sich zu einem stolzen Grinsen.

Eine Stunde später tauchten die nächsten bekannten Gesichter auf. Ich drehte mich gerade mit einem Glas Wein in der Hand um, als Nolan und Marie Junior durch die Tür traten, gefolgt von einem Mann, der wohl einer ihrer Vormunde sein musste.

Zwei Kinder im Alter von zehn und elf Jahren hätten in einer Indie-Kunstgalerie eigentlich fehl am Platz gewirkt, doch die Adoptivenkel der Gauntts hatten einige nützliche Fähigkeiten von ihren verstorbenen Familienmitgliedern geerbt. Sie traten mit der Gelassenheit von CEOs auf – was sie auch sein würden, sobald sie achtzehn wurden. Die Schädelbrecher und ich hatten hinter den Kulissen alles getan, um sicherzustellen, dass die Kinder, die die Gauntts einst ausnutzen wollten, so unbeschadet wie möglich davonkamen. Persönlich hatten wir sie aber schon lange nicht mehr gesehen.

Nox ging auf sie zu, als sie den Raum betraten. „Seid ihr sicher, dass es eine gute Idee ist, hier zu sein?", fragte er augenzwinkernd. „Mit Leuten wie uns gesehen zu werden, könnte schlecht für euren Ruf sein."

Nolan Junior, der wie seine Schwester seinen Namen vorerst behalten hatte, in der Hoffnung, damit ein neues Vermächtnis zu schaffen – schenkte dem Boss ein kleines

Lächeln. Seine Augen blitzten amüsiert. „Wir erweitern unseren kulturellen Horizont", verkündete er mit kindlicher Ausgelassenheit. „Unsere Lehrer sagen *ständig*, wie wichtig es ist, vielseitig zu sein."

Ein untersetzter Mann in einem teuren Anzug ging an uns vorbei. Er schien die Gauntt-Kinder aus den Nachrichten nicht wiederzuerkennen. „Kinder in einer Galerie", murmelte er verächtlich, bevor er zwei Gläser Wein hintereinander leerte und dem Kellner einen ebenso verächtlichen Blick zuwarf. „Schrecklich. Bei so einem Anlass sollte wirklich etwas Besseres serviert werden."

„Arschloch auf zwei Uhr", murmelte Nox leise und beobachtete den Typen aus den Augenwinkeln. Er wechselte einen Blick mit Kai, der auf seinem Handy herumtippte. Ruin rieb sich die Hände.

Nachdem die Schädelbrecher gesehen hatten, wie die Gauntts so viele Menschen ausbeuteten, waren sie zu dem Schluss gekommen, dass ihre Herrschaft über die Stadt anders aussehen sollte. Im Moment konzentrierten sie sich vor allem darauf, Idioten, die ihnen zufällig über den Weg liefen, auszurauben oder einzuschüchtern. Nox bezeichnete das gerne als „Arschlochsteuer".

Ideale Ziele gab es in dieser Stadt mehr als genug und zum Glück war keines davon so mächtig wie die Gauntts. Wir hatten die Augen offen gehalten und auf Anzeichen dafür geachtet, ob die Seelen dieser Psychos zurückgekehrt waren oder sich neue Körper gesucht hatten, doch bisher sah es gut aus.

Ich hoffte, dass ihre Opfer im Sumpf nicht nur ihre Körper zerstört, sondern auch ihre Seelen aus unserer Welt mitgenommen und direkt ins Jenseits befördert hatten, sodass es kein Zurück mehr gab.

„Keine ‚Besteuerung' bis *nach* der Show", befahl ich Nox.

„Keine Sorge", sagte er, fasste mich von hinten an der

Taille und drückte mir einen schnellen Kuss hinter mein Ohr. „Wir werden Jetts großen Moment nicht ruinieren."

Die Veranstaltung dauerte bis Mitternacht. Um halb elf schickte ich Marisol mit einem Uber nach Hause, mit der Anweisung, dass sie schlafen gehen sollte, weil sie morgen Unterricht hatte. Als die Galerie schloss, hatte Jett neun Werke verkauft – zwei davon an die jungen Gauntts – und sah so zufrieden aus, dass ich mich halb fragte, ob Ruin ihm etwas Freude eingeflößt hatte.

Kai, der am wenigsten getrunken hatte, erklärte sich bereit, Fred zu fahren. Ich setzte mich auf die Rückbank zwischen Nox und Jett.

Nox ließ seine Finger von meinem Knie nach oben gleiten und schob dabei den Stoff meines Kleides beiseite. „Ich glaube nicht, dass die Nacht für uns schon vorbei ist. Wir müssen noch eine Zielperson aufspüren. Vorher könnte ich allerdings ein bisschen Inspiration gebrauchen."

Ich legte den Kopf schief. „Ach, ja? Mutierst du jetzt zum Künstler?"

Er lachte. „Nein, ich bin nur ein einfacher Mann, der dein wunderschönes Seufzen und Stöhnen braucht, um durchzuhalten, Sirene." Er blickte zu Jett hinüber. „Obwohl ich mir sicher bin, dass unser wahrer Künstler auch seine Muse feiern möchte."

Jett fuhr mit den Fingern über meinen anderen Oberschenkel. „Ich werde sicher nie nein sagen, wenn sich mir die Gelegenheit bietet, meinen kreativen Horizont zu erweitern."

„Ich denke, wir sollten *alle* feiern", erklärte Ruin. „Such einen guten Parkplatz, Kai!"

Mir entwich ein Kichern, das in ein Keuchen überging, als Nox' Daumen über mein bereits feuchtes Höschen strich. Ich gab mich ihrer gemeinsamen Umarmung hin.

Vor etwas mehr als einem Jahr hatte ich mich auf nichts

anderes konzentrieren können, als zu überleben und dafür zu sorgen, dass meiner Schwester kein Leid zugefügt wurde. Der Weg in ein richtiges Leben war voller Stolpersteine gewesen. Doch wir hatten unseren Platz in dieser verrückten Welt gefunden, und vielleicht hatten wir sie mit unserer ganz eigenen Art von Wahnsinn sogar ein bisschen besser gemacht.

Ich war gespannt, wohin uns diese Verrücktheit noch führen würde.

über den autor

Eva Chase ist eine Amazon Top 100-Bestsellerautorin für Urban Fantasy und paranormale Liebesromane. Sie ist mit Magie, Chaos und Herzschmerz aufgewachsen und bringt alle drei Elemente in ihre Geschichten ein. Aber keine Angst vor dem gefürchteten Liebesdreieck - Evas Heldinnen müssen sich nie entscheiden. Online findet man sie unter www.evachase.com.